里下河生态文学写作计划丛书

软 肋

黄跃华◎著

中国民族文化出版社

北 京

黄跃华，江苏泰州人，小说家，泰州市作协副主席。

1986 年开始文学创作，发表小说、散文 100 多万字，著有小说集《诱变》《软肋》等。获泰州市政府文艺奖、《小说选刊》最受读者欢迎奖、江苏省精神文明"五个一工程"奖等。

中国作家协会会员。

现居泰州。

目 录

十字坡

孙兰英一早便跑到对面的坡上骂人。坡呈十字形，向西通县城，其余通岭家村三个组。

孙兰英五十多岁了，瘦得像一根枯瘪的丝瓜，蓬头散发，骂一声脖子一伸，像打鸣的公鸡。她骂了有一支烟工夫。路过的男女上班的上班，上学的上学，没一个搭理她。只有跟着来的黑狗高一声低一声地随着她吠，吠着吠着便跑过去跟一条白狗厮混，气得孙兰英抓起块砖头就砸。

孙兰英在坡下开了个服务部，卖农药、兽药、化肥。因为算账狠，熟识的人背后都喊她孙二娘。她丈夫在镇农技站当技术员，前天请物价局的人吃饭，酒喝多了，从十字坡上摔下来，摔断了三根肋骨。丈夫骑的摩托车，警察抽了血，一化验，不得了，醉驾。按照法律，醉驾要接受刑罚，作为国家公职人员将被开除工作。

想想丈夫的事业编制要丢了，想想手捧金饭碗手不动脚不动一年挣十几万，想想到死还能再混国家二三十年，孙兰英心中那个气呀，恨呀，怨呀，一齐发作起来，就像刚出水的河豚鱼，身子一下子胀成几倍大。她发了疯似的骂人，发了疯似的追查，谁报警让她丈夫丢了饭碗。

太阳升到一竿子高，路边的柳树都绿成了一片，蚕豆花星星点点。孙兰英还在来回不停地骂。砂石路一里多长，两边分住着岭家村一组四十多户人家。孙兰英嘶哑的骂声锯木头般响在人们头上。骂热了，索性脱掉羽绒服，露出里面的白羊毛衫，人一下子小了一半，像剥了叶的莴苣。

年轻的村主任从镇上开会回来，望着孙兰英上蹿下跳，骂得嘴角泛起两堆白沫，实在看不下去，劝说道，人家报警有什么错？哪有见死不救的道理呢？村主任是大学生，戴着眼镜，说话慢条斯理。他记得，前天孙兰英丈夫醉倒在坡下，几拨人喊孙兰英都没喊着，她外出进货去了。等到她从医院回来，碰到村主任仍吓白了脸心有余悸地说，要是没人送医院，这死鬼可能怎么死的都不晓得。当时的孙兰英呀，遇到每个人都作揖感谢，岭家村的人救了她丈夫，岭家村的人都是好人。前天刚好是 3 月 5 日，学雷锋的纪念日，村主任认真地说，我们村是文明村，个个都是活雷锋。孙兰英说以后要好好谢谢这些活雷锋。

孙兰英骂了半天没人搭讪，好不容易遇上村主任接话了，顿即来了劲。她薄嘴唇尖下巴，一开腔便扫机枪似的。村主任被她拽住手连珠炮似的发问，人家醉倒了碍你什么事？死了找你算账？你倒好，成事不足败事有余，饭碗丢了谁负责？

她掰着手指头给村主任算账，丈夫一年挣多少钱？再活二三十年损失多少？全国多少人才能考一个事业编制？唾沫溅了主任一脸，主任摘下眼镜擦，边擦边想，你前天不还感谢大伙救了你丈夫么，怎么屁股一掉就翻脸不认人了？

村主任摇着头，但还耐着性子劝说孙兰英，饭碗丢了的事要找政府，找人事部门，至于报警的人嘛，这个，这个……

孙兰英突然蹦起来，捋起袖子问，什么这个这个，你不报警谁知道他酒驾？不知道酒驾会丢饭碗？孙兰英把牙齿咬得格格响，几乎要把那几颗歪牙咬碎。十字坡每年都有喝酒跌死跌伤的，哪个不赔？一起喝的，请客的，谁逃得了？孙兰英说得没错，去年有一个警察也是醉驾，也是摔在坡下，结果公职开除了，一起喝酒的每人赔了五万。

村主任望着孙兰英扭歪了的脸，不禁缩了缩脖子。下乡两年，村主任才搞清了现在的农村什么人最凶，人怕邪的鬼怕恶的，邪的人把好处都占去了，老百姓个个敢怒不敢言，村干部在他们眼里只不过是个稻草人。

村主任叹着气走了，电动车在砂石路上一颠一颠。孙兰英的骂声又从后面追过来。几个人来看热闹，走在前头的是雷三，他三十多岁，脑子少根筋，平时喜欢到十字坡转悠。这儿下雨落雪易翻车，人家喊他帮忙，给支烟抽，他就乐得屁颠屁颠的。

雷三趿着鞋，看见孙兰英在拼命跺脚，觉得好笑，指着孙兰英喊，二癞头死了。孙兰英丈夫小时候头上害疮，诨名二癞头。

孙兰英回过头来骂，狗日的三枪毙，放什么屁！

雷三嘿嘿笑，他木讷，一天说不了几句话。笑了半天，才抹了一把鼻涕，甩开去，嬉皮笑脸地学着孙兰英的样子跺脚，我喊人送火葬场了。

孙兰英抓起一个砖块砸过去，砸中雷三的头，你妈 × 这辈子认识 110、120？

丈夫酒醉时像死猪，不可能知道谁报的警。找医院要电话，要不到，找交警查，查不到。孙兰英赖在交警队不走，交警发火了，桌子一拍，吼道，荒唐，救人救出事来了？没人报警警察难道吃饱了撑的！

回头再一个个盘查，问遍了岭家村所有的人，就连上小学的几个学生也没放过。学生们个个惊恐万分头摇得像拨浪鼓，我们看见有人躺那儿了，但谁会报警呢？爸妈不让我们多管闲事。

孙兰英不服这口气，骂了一天，想骂出报警的人，但始终没人接招。孙兰英恼怒得恨不得一口咬断自己的舌头。夜里躺在床上，身子像烙大饼一般翻来覆去，放电影似的把怀疑对象过了一遍又一遍，她不相信没人报警救护车会无缘无故开到岭家村来。折腾了一夜，渐渐的，她把怀疑的目光开始聚焦到两个人身上。

一个是丁善和，同组的瓦匠，他是第一个发现丈夫倒在树下的。他是孙兰英的死对头，怨是修屋后这条砂石路结下的。孙兰英要他多出钱，闹翻后成了仇人。后来又眼红丁善和承包鱼塘发了财，闹着重新招标，结果孙兰英弟弟抢走了那鱼塘。丁善和恨死了孙兰英一家，平时路过她家总要啐几口唾沫。

另一个是丁善和的邻居，李存义，做过二十多年的会计，成天茶杯不离手，从不喝别人的水，怕不干净。他妻侄在镇农技站当站长，是孙兰英丈夫的头儿。孙兰英的服务部隔三岔五被人举报，背后捣鬼的总少不了他。当天最兴高采烈的就是他，不但自己跑了一趟又一趟，还喊来几个年轻媳妇看热闹。孙兰英丈夫的裤子没系好，裤裆里的那玩艺儿露在外面，迎风张扬，羞得年轻媳妇们直骂李存义老不正经。

这两个人都是孙兰英的仇人，巧合的是，去年十字坡警察出事时就他们两个人在现场。他们都知道醉驾的后果。你说，面对这一千载难逢的机会，他们能放过不来报复她？

孙兰英决定先去试探一下丁善和。

丁善和正在茅坑上，半天才出来。他五十多岁，背已开始驼，脸瘦得巴掌大，黑得像炭灰。丁善和边系裤子边慢腾腾地说，人是看见了，也喊了，但喊过我就去县城上工了。

孙兰英说，你中午从来不回家吃饭，怎么偏偏那天回来？

丁善和说圈里的母羊叫了几天窝，要配种。

孙兰英说有人看见你打电话的。

丁善和"噗"的一声笑出声，约配种时间呀，老公羊老趴地上，配不动，得提前半天打电话。丁善和忍不住咧开少了一颗门牙的嘴，头向后仰着，颤颤地晃。

孙兰英愣住了，丁善和是个出了名的老实人，平时跟人说话都不敢大声。一次几个人一起喝酒，孙兰英丈夫喝多了，没人敢送他回家，只得叫丁善和送。丁善和那时还没跟孙兰英闹僵，送过去却挨了孙兰英劈头盖脸一顿臭骂。

孙兰英断定丁善和没有说真话。丁善和的笑很滑稽，皮笑肉不笑，嘴角往上咧，触电了似的，分明是一种幸灾乐祸的表情。孙兰英想起来，自从她在坡上骂娘后，丁善和见了她不像过去那般绕道走，而是挺着个鸡胸迈着方步，把个倒挂着的水葫芦似的头晃来晃去，故意在十字坡下吆五喝六，甚至还有一次跑到孙兰英丈夫摔倒的地方撒了一泡尿。

孙兰英看出这是一种反常现象，是丁善和特意伪装出来的。他是故意气自己。孙兰英挂不住了，当着丁善和的面破口大骂起来，农村人相信早上骂人最灵。丁善和三年间死了父母和丈人，孙兰英骂这是报应，只有做了缺德事的人才会遭到，上天有眼。孙兰英断定，只要他报的警肯定憋不住要跳出来。

然而，无论她怎么骂，丁善和俩口子就是不接话。丁善和去城里做活，砰的一声关上门，他老婆坐在他电动车后面去做小工。丁善和把电动车骑得呼呼的，乱蓬蓬的头发一股劲儿地向后飘去，花白似雪，腰板挺得直直的，搓衣板一般。路过孙兰英时特意一加速，电动车欢快地叫着，鸟儿一般飞过去，他老婆从后面搂紧丁善和，嘴里哼着小调。

孙兰英恨不得长出一双翅膀飞过去，一脚连人带车把他们踢下河。

但到李存义门前骂就不是一回事了，孙兰英骂缺德的人都无后。李存义的儿子在外地当老板，结婚五年没生出个儿女，这在农村里骂人最狠毒。李存义火爆脾气，拿手指着孙兰英问，你骂娘跑到人家门口骂什么意思？

孙兰英骂红了眼，唾沫四喷，边拿手拍着胸口边回道，不做亏心事不怕鬼敲门，谁做了缺德事谁有数。

李存义手里抓着茶杯，竖起来再倒过去，歪着头问孙兰英，我是看见你男人倒在那儿，也喊了，但谁证明我报警了？"呸"的一声吐出嘴里的茶叶，你说我凭什么要报警？这与我有什么关系？吃饱了撑的？脑子进水了？

孙兰英一手叉腰，一手在空中乱舞，不报警你为什么打电话？还喊来女人看热闹？

李存义扯开上衣的纽扣反问，我打电话关你什么事？人家约我去喝酒，你男人能喝我们不能喝？谁不晓得酒是个好东西呀，能联络感情，能做成生意，能找人消灾。李存义还夸张地仰头做了个动作，感情深一口闷。

孙兰英的脸气白了，灌了水的猪肺似的。在岭家村，唯一敢面对面与孙兰英斗的只有李存义。李存义的妻侄在镇农技站当站长，孙兰英的丈夫干私活帮老婆开店赚钱，你不买她的东西就请不动她的丈夫，站长批他以权谋私，两个人斗了十几年。就在昨天，人高马大的站长还特意来了岭家村，这在近两三年里还是头一次。站长手扶一棵桂花树晃着头笑。要知道孙兰英的丈夫当时就醉倒在那棵树下。站长笑得泪水都出来了，不住拿手擦。站长为什么要扶住那树？为什么早不来晚不来偏偏这时候来？这不是你李存义故意喊他来幸灾乐祸是什么？

孙兰英突然发现，李存义和丁善和经常鬼鬼祟祟搅在一起，两个人在路上遇见了都要下车东扯西扯，扯完了再得意忘形地你拍一下我的头，我拍一下你的肩。甚至有一次丁善和下班回来一头扎进李存义家里，手里拎着一袋茶叶，李存义好喝茶。他们喝酒喝到天黑，屋里传来的笑声一阵高似一阵，惊飞了树上的几只乌鸦。丁善和平时说话蚊子似的，走路也怕树叶子砸到头，但却突然间腰杆挺直了，声音也粗起来。李存义似乎更是得意，背着手迈着官步四处蹓跶，对任何人都热络起来，遇到雷三甚至破天荒地扔了支烟给他。

孙兰英心里断定，报警的肯定就在他们中间，甚至不排除两个人联手串通的可能。孙兰英坚信自己没有错，咬着牙恨恨地想，既然不承认，那就得给你们一个下马威看看。

给什么下马威？孙兰英做事狠，嫁到岭家村三十多年，不管村里村外，干部群众，她从来没有打过输仗。无论是当初分田时死磨硬缠分到了最好的一块田，还是看不得丁善和当年承包鱼塘发了财带头起哄重新招标，甚至借丈夫的名，在十字坡下搭了个违章房卖农药化肥。

孙兰英无论干什么拿定主意前都轻易不发声，就像农村里常见的毒蛇，出击了一招致敌于死地。她想好了一二三四五几步路子，一招一招来。先走第一招，扒了屋后那条砂石路。逼蛇出洞，出洞了就不怕你不低头，赔我的损失。

那条路从孙兰英家屋后通过，丁善和和李存义两家进出的必经之路。岭家村一组的四十多户人家都住在路两边。丁善和和李存义两家离得最远，在路的最顶头。当初修这条砂石路时，一事一议每户出五百，孙兰英撺掇几个人提出异议，要求他们两家要多出点钱，因为这两百米受益最多的就他们两家。村主任不同意，说修路是好事，邻里乡亲的哪能为这点事伤了和气。但孙兰英不依，修路要碰到孙兰英的鸡窝，怎么说她都不移。事情拖了三个月，最终丁善和和李存义不得不各多出了两千。

派谁去扒？孙兰英搔着头皮想。春天的风暖暖的，吹得一望无际的麦田都成了绿色的海洋，头顶上成百上千的燕子飞来飞去。孙兰英只顾埋着头沉思，不想被几个放风筝的孩子撞了下，跌下渠道。孩子们吓慌了，赶紧收起风筝逃得远远的。雷三跟在后面拍手，见没人放风筝扫了他的兴，远远地嚷，二癞头死了！孙兰英想骂，有人养没人管的混球，早死早好。但她今天却没骂，反而满脸堆笑，喊过雷三，递了支烟给他。

雷三有烟就有命，他点着烟，一口便吸掉了半支。孙兰英索性把剩下的烟全给了他，五块钱的红梅。雷三把烟揣进污黑发亮的口袋，转身想走。孙兰英喊住他，说你帮忙干点活，干好了再给你两包烟。

雷三一听有两包烟，顿即手舞足蹈起来，脚上一只坏布鞋甩了几丈远。村里人不管有什么难事脏事都爱喊雷三帮忙，报酬就一两包烟，反正他有的是力气。雷三哑巴着嘴，使劲拍着手，鸡啄米似的点着头。

孙兰英扔给他一把铁镐。这铁镐还是当初工程队修路时没来得及收，被孙兰英顺手牵羊拿回家的。雷三拾起铁镐，捡起那只没了后跟的破布鞋，用劲往脚上套。孙兰英的眼光停在那布鞋上，那鞋脏得都看不清什么颜色了，前头被大拇指戳了个洞。她没好气地拿手指了指脚下的砂石路，说，扒了它。

雷三瞪大眼，两个眼球几乎弹出眼眶。也许他想，这路才修好的，怎么就扒了呢？修路时雷三最卖力，天天来得最早走得最晚，包工头只要管饭管烟，不出一分工钱就白用了一个大劳力，雷三说天天修路才好。

孙兰英见他没动，伸手就来抢雷三的烟。雷三火燎了一般跳开去，歪歪斜斜地扭着八字步走开了。别看他木讷，但干活却是一身的蛮力。雷三脱了棉袄，朝手里吐了两口唾沫，"吭哧、吭哧"抡起铁镐扒起了路。

天色渐晚，十字坡下开始有人家屋顶冒出缕缕炊烟，牵羊回家的，吆喝鸡群进窝的，勤快的媳妇围着布裙，蒸咸菜，炒鸡蛋，煮花生米，空气中弥漫着各种香味。李存义从镇上回来，骑着电动车，驮着化肥。骑到孙兰英屋后却傻了眼，路已被挖了个大口子，两三尺深，三四尺宽，骑不过去。

雷三还在那儿撅着屁股扒土，脱得只剩下一件棉毛衫，像一直褪了毛的鸡，浑身冒着灰蒙蒙的热气。李存义火冒三丈，大声骂道，你这畜生怎能干这事！

雷三只顾使劲挖路，被这吼声吓了一大跳，魂不附体地赶紧爬上来。

李存义铁青着脸，一脸络腮胡子根根竖起来。两眼冒火。他从车篮里抓起茶杯要砸雷三，雷三见势不好赶紧爬起来溜开去，扔在地上的棉袄也不敢拿。他有点怕李存义。他常偷人家的东西卖了买烟抽，有一次把李存义的几张钉耙偷走了，被李存义当场抓住，喊来派出所的警察把他关了一夜，从此他望见李存义都躲得远远的。

雷三逃出几丈远，不住地拿手抹着额头，脸上顿即被弄得灰一片黑一片，刚从矿井下上来似的。他不说话，只是拿手指了指孙兰英的店。

李存义气得大骂雷三，孙二娘叫你吃屎你吃？

雷三逃到渠道上，连连跺着脚。跺得泥灰四溅，嘴里嘟哝着想说什么却又说不出来。李存义抓起铁镐，指着那坑命令道，给我填上，不然扒了你的皮。

雷三犹豫着，不敢正视李存义，只是拿一双泥手在麦苗上搓。搓干净了再伸手摸口袋，那里有孙兰英给的烟。烟抽完了，只剩下空壳，也舍不得丢。孙兰英答应挖好了再给两包烟的，他脑子里想的就是挖好了去找孙兰英拿烟，没想到半路上碰上李存义要坏他的事。

李存义气得脑子里嗡嗡着响，眼皮跳个不停。他想不到孙兰英竟会蛮横到如此地步。平日在村里霸道惯了，现在又来讹人。你说你男人摔倒了与人家有什么关系？喊不喊有什么错？讹不成就扒你的路，不让你走，是可忍孰不可忍？李存义两眼冒火，见雷三呆在原处没动，挥舞着拳头下了最后通牒，你填不填？

雷三不敢再逃了，别看李存义年纪大了，但身子硬朗得很，况且雷三领教过他的厉害。他不敢看李存义，犹豫了片刻，终于耷拉着脑袋，极不情愿地移过去，抓起铁镐。但铁镐挖路行，铲土不行，只得拿手扒。扒了两下又抬起头说，孙二娘答应给两包烟。

李存义"砰"的一声把茶杯砸到地上，吼道，再啰嗦老子砍了你的头！

孙兰英抓着农药瓶去镇上找站长。找了一天没找着，骂骂咧咧回到十字坡时，见雷三正蹶着屁股填土，气不打一处来，朝着那屁股就是一脚，喝问扒掉的路怎么又填上了？雷三直起身，捂着屁股，委屈地说李存义要砍他的头。孙兰英抓起药瓶朝他头上砸过去，雷三痛得跳开去，呲着牙喊疼。

孙兰英伸出手，说把烟还我。雷三早把那包烟抽完了，哪有烟还她？瓮声瓮气地说，你还差我两包。孙兰英一口唾沫吐到雷三脸上，你扒了么？你不扒还想要烟？

雷三睁不开眼，嘴里叽里咕噜着。但尽管这样，他犹豫了片刻，还又不得不去重新扒路。

丁善和从城里工地回来天已微黑，老婆坐在电动车后面。哪料到速度太快，来不及刹车，一下子便栽了下去，连人带车没了踪影。

雷三接受刚才的教训，躲到麦田里，怕被人发现他挖的挨骂。见人没了，突然从麦田里蹦起来，大声喊，又死了一个！又死了一个！他拔腿就朝孙兰英店里奔，一边奔一边大声喊，引得路上的行人纷纷停下来看热闹，打探出了什么事。

雷三围着十字坡奔了几个来回，兴高采烈，索性光了脚，边跑边舞着手里两只鞋，吓得路边几只闲逛的狗四处逃窜。

路两边的人家听到喊声都出了门，赶到现场。村主任骑着自行车回镇，被雷三一把拉住要去看死人，吓得村主任大惊失色，眼镜差点掉下来。

望着摔坏了的电动车，村主任拿手不停地拍着胸口。拍着拍着，突然看见丁善和从家里奔过来，手里抓着鱼叉，气喘吁吁地边跑边骂，狗日的雷三作死！老子跟你拼了！

村主任见势不好，赶紧喝住丁善和。丁善和瘦得像菜莛，风刮得倒。但此时却像一头发怒的豹子，红着眼弓着腰，咬牙死死追着雷三。

长长的砂石路上，一前一后两个人在奔跑，一胖一瘦，一高一矮，一快一慢。围观的人都有数，路虽然是雷三扒的，但没有孙兰英指使，雷三怎么会去发这种神经？你孙兰英也欺人太甚了，古语说兔子急了也会咬人。丁善和再老实，但手里的鱼叉真的戳了人可要出人命，岭家村的人都知道，丁善和是养鱼人，叉鱼准得出了名。只要入了他的眼，手起叉落，什么鱼也逃不了。

围观的人都瞪大了眼，屏着气看着两人在追逐。孙兰英不知什么时候溜出门的，望着丁善和手里寒光闪闪的鱼叉，赶紧喊村主任拉架。丁善和尽管气喘如牛，但他的两眼已通红似火，村主任怎么也拉不住。砂石路尽头是条水沟，雷三纵身跳过水沟。丁善和人瘦腿短，跳了几回没跳过去。村主任见状赶紧从后面抱住他。丁善和又蹬又抓，喘着粗气骂人。

雷三见丁善和跳不过去，不着急了，反而停下来，涎着脸咧着一嘴黄牙逗起丁善和，先是拿一只鞋逗丁善和，再拿另一只鞋做出要砸丁善和的样子。丁善和使出吃奶的力气，终于挣脱了村主任的手，拿鱼叉往沟里一撑，像撑杆跳高，瘦小的身子便跃过水沟，冲着雷三扑过去。

孙兰英扯着嗓子喊雷三快跑。雷三反应还算快，一让，丁善和扑了个空，"扑通"一声跌倒在地，剩下的一颗门牙又断了，鲜血从嘴里流出来。但他仍不服气，吐掉嘴里的血，又扑向雷三。

雷三被彻底激怒了，他毕竟三十多岁，身强力壮，年过半百的丁善和大腿还没他胳膊粗，哪里是他的对手。雷三两只手铁爪一般抓住丁善和，腰一猫，丁善和便像个布袋似的被他扛到肩上，原地转了几圈，任凭丁善和在肩上又喊又叫，又掐又抓。丁善和被转晕了，分不清东西南北麦田水沟，眼前昏暗一片地动山摇。雷三猛一使劲，一把将他摔出去，"噗"的一声，丁善和像个沙袋一样重重地摔到几丈外，一动不动。

看热闹的人慌了，纷纷惊呼出人命了。李存义赶紧打电话喊来外甥，立即开车将丁善和送去了县医院。

派出所的警车来了，从车上跳下来两个年轻的警察，问明事由后拿灯照着雷三。

雷三眯起眼垂下头，躲着灯光。警察问村主任，怎么又是他？主任一脸茫然。

两个警察一人抓住雷三的一只肩膀，使劲按。雷三挣扎，杀猪般嚎叫。警察把他的手别到身后，冷笑着问还凶不凶？雷三老实了许多。警察说上次你做了件好事，这次却犯下个大错。

警察告诉众人，雷三上次做的好事是救人，这次犯的大错却是伤人。十字坡是事故易发地，交警常来巡逻，上次巡逻到十字坡，看见有人到路中央拦车，说死人了，要送火葬场。拦车的正是雷三。警察下车看到有人躺在地上，摸摸还有气，赶紧打电话喊来救护车。

所有的人都惊讶得张大了嘴。

雷三被塞进了警车。孙兰英呆呆地望着，木偶似的，下巴直往下掉，涎水流了一地。雷三拍着铁栅栏对孙兰英喊，二癫头死了，回头呢，我到你家过，啊？

（刊于《文学港》2018年第1期）

呼吸机

1

正月初五，我去医院找王卫东。王卫东是我当年插队时房东的儿子。我去时他正坐在重症病房门口，等待探视他的妻子。看见我了，赶紧站起身，打着招呼。初五是财神日，外面鞭炮响个不停，好不容易等到鞭炮声停下来，才听清他嘟哝道，过了年，秀芳又长一岁了。

王卫东说这话时嘴角上勉强挤出一丝笑。他个子不高，又瘦又黑，头发乱蓬蓬的，一件蓝色羽绒服穿在身上，空空荡荡像套在衣架上，皱巴巴的裤子上被香烟烫了几个小洞。

我没有去问江秀芳的病情。她的病情不用问。江秀芳从上海的大医院转回来时就住进了这间重症病房，靠呼吸机维持呼吸。我问过医生，他们说，离开了呼吸机，江秀芳一分钟都不能活下去。

下午三点是探视时间。王卫东在接下来的一个小时里要帮她翻身、揉捏、擦洗。三点还差十分，王卫东就站起身，门一开便第一个挤进去了。我坐在他坐过的椅子上，那上面还带着他的体温，长长地叹了口气。

王卫东的父亲王元庆是个木匠，只生了王卫东一个儿子。当年我插队时他才十多岁，眼睛大，脑袋大。异常灵巧，上树掏鸟蛋，下河捉螃蟹，最擅长的是拿黄鳝。黄鳝滑，一般人要用专门削成齿状的木夹子夹，但他只需三个指头就能锁住，一个晚上多的时候能捉十多斤黄鳝。我在王元庆家住了十二年，一直到回县城。

王卫东子承父业，初中毕业后学徒，十九岁出徒。二十五岁结婚，我去贺喜。媳妇江秀芳是江湾人，小王卫东两岁，一张娃娃脸整天挂着笑。小两口婚后小日子过得红红火火，楼房也砌起来了，儿子也出去读了大专，回县城找到了工作。后来，江秀芳老是犯癫痫病，犯着犯着有时跌倒在地不省人事。一次晕倒在织布车间里，口吐白沫，吓得老板赶紧要她结账走人。王卫东带她去上海大医院检查，当即决定住院手术。但手术后江秀芳便没再醒来，也没有了自主呼吸，一直住在重症病房。王卫东在医院闹了一年，找过政府，打过官司，还爬到屋顶要跳楼，最终医院免了所有费用，赔了九十一万。王卫东这才把江秀芳带回来，住进了县医院。

2

晚上留王卫东吃饭，他也没客气。相识几十年，我们间的走动比亲戚还频繁，就在腊月里，他还给我们送来了糯米、花生、鸡蛋，还有一只四斤多重的老母鸡。

半个小时不到，王卫东拎着两盒麻糕、两包红枣来了。我责怪他不该乱花钱。他头也不抬地说，过年哪能空手来呢？

我去忙活菜，他在客厅里看电视。妻子问秀芳怎么样？王卫东只顾看电视。电视里正放着《欢乐家庭》节目，主持人、嘉宾和观众都玩得开开心心，热热闹闹。妻子让他吃元宝，在我们这里，过年时花生和瓜子就变成了元宝。他抓起一把元宝，似乎想起妻子刚才的问话，低声说，过了年又长一岁了。

几杯酒下肚，他那干枣似的脸上开始微红起来，一道道皱纹相互挤着，像厚厚的桔子皮。我问他底下的路怎么走？他放下酒杯，望着我。显然，他明白我问的意思。

王卫东不再喝酒，只是不停地扳着手指头。他的手指又瘦又长，指骨却很粗，竹节似的。

掐灭手里的烟，他终于闷着头说，九十一万，已经花了二十六万，花完了再说。

妻子又给他斟了一杯酒，着急地说，一天几千块，也撑不了几个月。

我把了解的情况一一告诉他，并帮他分析，专家们的意见是，江秀芳已没有醒过来的可能，她能活着，完全靠呼吸机。一拿，人就走了。某种意义上说，江秀芳现在住在医院里已没有任何意义。

王卫东不再说话，只是拿筷子撷着花生米。他撷得很慢，撷一颗，看一眼，然后再送进嘴里，慢慢嚼。其实，这话王卫东也不是第一次听说，在上海，专家们多次委婉地表明过。

妻子退休前在药房工作，说话历来直来直去。她告诉王卫东，江秀芳连植物人都不是，有的植物人十年八年还能醒过来，但江秀芳已经不可能了，她已经没有了自主呼吸。年前妻子去看过江秀芳，一百二十多斤的人已瘦成六十多斤，只剩下一个骨架子。

王卫东放下筷子，用手抓着头。乱蓬蓬的头发被抓得东倒西歪，像秋天河边的茅草。抓着抓着，他突然用力往下揪，枯树皮似的手上青筋凸起，嘴角直咧，露出一侧牙床，还有两颗发黑的门牙。我真担心他把那两颗门牙咬碎。

手松了，几绺白发飘下来，落在面前的菜碗里。终于，他抬起头，一仰脖子，喝完酒，粗着声说，那钱是她的。

我们都听懂了，他说的那钱是指医院的赔偿款。我们面面相觑，不再吭声。

沉默了一支烟工夫，匆匆扒完一碗饭。要走了，王卫东终于叹了口气说，再说，她还没走，终究是活人。

送走王卫东，望着他骑着电动车消失在黑夜里，我和妻子心情平静不下来。王卫东粗沉的鼻息仍在屋里回荡，揪下的白发仍在眼前飘飞。妻子问我，难道卫东真的不清楚这样下去只能是竹篮子打水，人财两空？对这事他父亲王元庆怎么看？卫东好多事都听他的。

谈到王元庆，我的眼前又浮现出那个驼背的、可亲可敬的老木匠。离开王家垛三十多年了，但我的心仍留在那儿，不但年年都要回去几趟，就连夜里做梦都常常梦到当时的情景。我忘不了，当年我个子不高，身子单薄，干农活总是掉在人家后面。农忙季节最怕割麦割稻，每每这时，王元庆总是天不亮便帮我磨好几把镰刀，上工前先帮我割上一节田，这样才能保证我不落在别人后面。一次我患肠炎，只能吃稀的，王元庆三顿给我煮挂面，炖鸡蛋。要知道那时挂面和鸡蛋在农村都是稀罕物，只有过生日才能吃上挂面。特别是鸡蛋，农民都指望拿它到小店里换日用品。别的知青一个月也难吃上一顿肉，我却一个月能吃上七八顿。王元庆是手艺人，哪家砌屋上梁，哪家嫁女打嫁妆，总要带上我，说是学徒，实则带着我跟在后面吃肉改善生活。

夜已深了，我们睡意全无，心乱如麻，越想越不安，越想越替王卫东着急。祸反正已经惹下了，花再多的钱也无济于事。当断不断反受其乱，要知道他现在可算是穷困至极，父亲王元庆有病要看，儿子王小亮成天吵着要买房，他自己又天天要来医院，干不了活，挣不了钱。全家只出不进，阴天驮稻草，越驮越重，最终肯定会被压垮。

我对妻子说，长痛不如短痛，这个事我们一定要帮他一下。妻子理解我的意思，点了点头，至于帮什么，我和妻子都心知肚明，但谁也没有说破。妻子随即又担忧地说，这事太复杂，牵涉到的人多，医院、王卫东、王元庆、王小亮，还有王卫东的两个内弟，他们的意见甚至比王卫东还重要，不好拢在一起。我说先不拢，分头做工作，只能各个击破。我自信地对妻子说，这些人我都能说上话。

3

次日一早，吃了一碗鱼汤面，我便乘上通往王家垛的公交车。妻子年前被人撞断了腿，不然也要一起去。从城里到王家垛二十公里，经过三个乡十二个站点，我闭着眼也能摸到。

王元庆的家是那么熟悉，楼房是六年前砌的，三层，没有装修，只刷了白。屋里只有一个条柜，一张方桌，空空荡荡，客厅里一台电视机还显得有点现代气息。

王元庆七十多岁了，背驼腰弯，两颗门牙也掉了。唯一没变的是他那两道剑眉，又黑又长，又叫寿眉。我去时他正在院子里做小木椅，只见那双粗大的手上爬满了青筋，一层又一层的皱褶，漏出大小不一的褐斑。他对我说，老了做不动其他活，做些小木椅赶集卖，贴补贴补家用。

王元庆右手撑地，使了几次劲才起身，一瘸一拐进了厨房，煮蛋茶。农村来亲戚了要煮蛋茶，煮几个要看尊贵程度。王元庆的妻子去世多年，两年前他右侧股骨头坏死，医院让动手术，他一听说要两万多，死活不肯换，说七十大几的人了，还挨一刀干什么？我知道他是舍不得花钱，主动提出钱我出，但他怎么也不松口。

王元庆端着蛋茶来了，九个鸡蛋，满满一大碗。王元庆坐在桌边看着我吃，很享受地在一边抽着烟。王元庆是个厚道人，年轻时手艺好人品好，从不跟谁斗气争理，工钱多少主家说了算，谁家有事喊一声，不管多忙都去帮一手。我印象最深的一件事，有一年他家卖了一头猪，一百二十块钱藏在碗橱顶上，留着王卫东相亲用的。但第二天发现钱没了。民兵营长带人查了一整天，原来被邻居的一个亲戚偷走了。农村人最恨小偷，这种人最缺德。小偷被抓来了，绑到树上，男女老少抢着拿皮带抽，小偷被抽得哭爹喊娘。王元庆看不下去了，主动上前为小偷松了绑。众人不解，他劝众人，他家穷，年纪小，不到万不得已也不会做这事。

我和王元庆谈到了王卫东，谈到了江秀芳。王元庆默默地抽烟，一句话也不说。他拿眼朝院子外望。我这才注意到，王元庆两只眼袋耷拉着，比眼睛大，像脸上的一道坝，长长的剑眉则像坝上的树。他的眼光混浊得很，深秋的雾一般。几支烟吸完了，他才回过头，像是对我说又像是自言自语地说，打摆子咋惹这种祸？造孽呀，造孽呀！

我把江秀芳的情况分析给王元庆听，劝道，祸已经惹了，再去埋怨也没什么用，人倒霉喝水都能呛死。但像这样拖下去终归不是办法，江秀芳肯定救不活，钱花了，王卫东也垮了，最后只能落个人财两空。

王元庆问，那你的意思是？

我没有回答他的话，而是说道，不是我的意思，是医院的看法，医生的看法。

王元庆的身子突然哆嗦了一下，倏地往前倾，眼看就要跌下地，我赶紧伸手扶住。待他回过神，我又劝道，要相信科学，人不能单凭感情用事。

王元庆拿眼定定地望着我，像望着一个陌生人。嘴张成一个黑洞，深不见底。半天才含糊不清地吐出几个字，人命关天呀，毕竟人还没走。

我有点着急了，跟他解释什么是呼吸机，再三强调这呼吸机一拿掉人就立即没了。我边说边做着拿掉呼吸机的动作。王元庆呆呆地望着我的手，不再说话，只是拿手挠着头。他的头发几乎掉光了，剩下几根也枯草一般耷拉着。很快，蓝棉袄上便落满了一层头屑，白花花的虱子卵一般。

门前传来一阵摩托车响。不一会儿，王卫东儿子小亮回来了。刺眼的是，过年理了个公鸡头，尖尖的扎眼。他看见我了，叫了声大大便进里屋玩手机。我纳闷，平时蛮听话的小亮怎么理了这个头？王元庆告诉我，他这是在怄气，怄他爸的气。小亮谈了女朋友，闹着要在城里买房。王卫东凑了十万块首付，余下的三十万拿不出。小亮便开始没有好脸色。

他们家过去的底子还不错，但接二连三有事，结婚、建房、生病。王卫东又是个厚道人，不少人欠他的钱，又拉不下脸来要。江秀芳两个弟弟一个差他五万，一个差他四个月的装潢钱，要了几回，现在都生分了。

听到我回到村里，不少熟悉的人都来玩。我想正好走动一下，看有没有人能帮忙做做王卫东和王元庆的工作。我找到了老村主任，找到了辈分最高的四爹，找到了王卫东从小玩大的伙伴。但他们除了同情叹息之外，没有谁肯搭话。看得出，他们谁也不愿意涉及这个敏感的话题。

失望之际，远远看见有个穿白羽绒服的女人过来了，尖着嗓子喊，大干部走亲戚来了。女人的嘴唇抹得腥红，远远望过去像嘴里叼着火。当地人喊大干部是一种戏谑，来自于一个妇女跟村治保主任通奸，吹嘘睡了个大干部。我认得来人叫"狐狸眼"，三年前跟男人离了婚，专门帮放高利贷的人吸储。王元庆告诉我，自从王卫东从上海打了官司回来后，"狐狸眼"经常深更半夜往王卫东家跑,动员他把赔偿款存到她那儿,利息八厘。

我不接"狐狸眼"的茬,跟王元庆辞行回城。王元庆拄着拐杖执意送我,我心疼他那一瘸一拐的腿,把他按到长凳上。他拉着我的手,四处张望了一下才低声说,我都是黄土埋到脖子的人了,管不了那么多,这事总得人家娘家人说了才行。

王元庆说的话我懂,在农村,女人的娘家人不能得罪。受夫家欺了,娘家兄弟要出面出气,大的事情须娘家人点头,就连死了最后入棺,还需娘家人执钉。否则新账旧账一起算,打得头破血流鬼哭狼嚎都时有发生。

4

江秀芳的父母早去世了,娘家就两个弟弟。一个叫江铜林,养鱼。一个叫江铁林,开出租车。他们都找我帮过忙。江铜林儿子爱打架,三天两头被派出所抓去,每次都是我帮忙找人放出来。江铁林开车常宰人,每次也是我出面大事化小小事化了。我自信能做得通两兄弟的工作,决定立即去找他们。

我打电话要王卫东一起去,他在电话里支支吾吾的,看得出很矛盾。我说你老这么拖下去哪行?凡事总要有个底。这种事娘家人不点头有什么用?况且这两个小舅子都不是省油的灯,难缠得很。

王卫东架不住我的劝,同意带我去。我坐公交车到王家垛,再坐王卫东的电动车去江湾。路不远,四五千米,过去都是泥泞小道,且还要摆两次渡。现在则全是水泥路,平坦好走。刚下了一场雨,空气清新多了,路两边的麦苗一股劲儿往上拔节,碧绿碧绿的,一眼望不到边,像海洋。

去江湾的这条路我走过多趟,当年王卫东第一次去相亲,就是我陪的。那时候的王卫东还是个腼腆的木匠,话语不多,遇人爱红脸,憨憨地笑。江秀芳呢,更是纯朴得像那首歌里唱的小芳,梳着长长的辫子,红扑扑的脸上一笑起来两个酒窝。

王卫东一路上不怎么说话,看得出他心里有点紧张。他特意买了四斤猪肉、两条鳊鱼，还有两箱牛奶。我故意跟他扯话，但他常常回得驴头不对马嘴，甚至把两兄弟谁大谁小都忘了。

江湾很快到了，江铜林喂过鱼，正坐在鱼塘边抽烟晒太阳。他承包了三十多亩鱼塘，养鱼养螃蟹。见到我来了，老远地就扯着嗓子嚷，怪不得一早就听见喜鹊叫，晓得就有贵人来。

扯了一会儿闲，我问铁林呢，能不能打个电话请他回来一趟，弟兄们几年不见了，中午一起喝一杯。

江铜林带我们回家。还没进门，江铁林开着出租车回来了，远远的按着喇叭。兄弟俩一个胖一个瘦，一个脾气暴，一个外号"阴八怪"。江铁林拉开车门抓住我的手直晃，听说你来，一趟去兴化的生意也不做了，谈好了三百六呢。我在心里盘算了一下，去兴化一个来回九十千米，你小子真狠，别人不超过三百，你三百六，本性难移。

中午喝酒，我年龄最大，开场白自然我说。我说咱们兄弟们，能处成这样非常不容易，有些事大家还都要担当些。

王卫东先敬酒，打招呼，自己惹了天大的祸，对不起秀芳，对不起两个舅舅。农村人爱以小孩口吻称呼大人，以示尊重。王卫东说的意思大家都懂。当初他带江秀芳去上海看病，要动手术，虽也跟江铜林兄弟说过，但哪想到会出问题呢？

我赶紧接话，怕场面失控收不住。我说天有不测风云，人有旦夕祸福，人倒霉时吃饭都能噎死。我举了王家垛王三的例子，虎背熊腰的一个人，一顿能吃两碗肉，一人能扳倒一头牛，却偏偏淹死在牛脚塘里。牛脚塘才多大呀，牛蹄子踩出来的，盛不过一碗水。他喝醉酒，面朝下趴在那儿呢，呛死了。

王卫东一仰头喝完杯中酒，脸立即涨红起来，他的脸瘦得只剩下巴掌大，一红，像刚出炉的烧饼。江铜林重重地把酒杯顿到桌上，喘着粗气说，害癫痫的人多了去了，烧什么心血开什么刀！

江铜林这一咋呼，气氛顿即紧张起来。谁也不再吭声，只剩下粗重的呼吸在屋内乱窜。一只苍蝇嗡嗡地在众人头上飞个不停，怎么赶也赶不走。江铜林脾气比较暴，动不动就跟人发火，这我知道。来的路上王卫东就告诉我，江铜林几年前借了他五万块，小亮买房差钱，年前来问江铜林要过几回，江铜林直拍桌子吼，我还没死，怕赖账？！

江铁林不吭声，只顾喝酒吃肉，好像这事与他无关似的。江铁林为人阴，他儿子前年结婚时，王卫东带人帮他装修房子，前后四个月，工钱到现在都没结。王小亮也来要过，江铁林不像江铜林那般横，答应马上给，但至今没下文。

我赶紧站起身，分别敬了江铜林和江铁林一杯酒，想缓和一下气氛。我甚至开起了他们儿媳的玩笑。儿孙满堂的人爱听这样的玩笑。气氛终于好转了，我趁机给他俩分析了江秀芳的病情。弟兄俩闷着头抽烟，显然，对江秀芳的病情他们都心知肚明。气氛又一下子沉默下来。江铁林干脆脱下鞋子抠脚丫，抠得直咧嘴，看得出他脚气重得很。

江铜林老婆端上红烧鳊鱼。她长马脸、三角眼、薄嘴唇，插话道，秀芳不还在病房么？有的人昏过去三年五年都能活过来，电视上前天还播过一个十多年的植物人都活过来了。

我向她解释，那叫植物人，植物人有自主呼吸，但秀芳没有，只能靠呼吸机维持，一拿掉，心跳就没了。

江铜林站起身，晃着圆乎乎的大脑袋，瓮声瓮气地说，那就不拿掉，不拿掉人不就活着？

江铜林老婆帮腔，不就是舍不得钱么？钱是个好东西，但它是身外之物，生不带来死不带走。江铜林老婆话中有话。显然，她还在对王卫东要那五万块耿耿于怀。

王卫东只顾闷着头喝酒，喝完一杯又自己斟满。我怕他喝多，不肯他再喝。江铜林老婆对王卫东说，听说"狐狸眼"常常深更半夜上你家找你？她怕我不认识"狐狸眼"，专门给我解释，想必李主任也听说过那个骚货吧，四乡八邻的人都晓得她没裤腰带。

王卫东火烫了一般蹿起来，连连摆着手，这怎么可能？她吸储，想让我把钱存她那儿。

江铜林老婆不怀好意地咧开嘴，冷笑道，吸储？她怕是想吸人吧！苍蝇还会叮无缝的蛋？

江铜林老婆"啪"的一声拍死了那只苍蝇，还用苍蝇拍挑下地。我见话越说越远，赶紧刹车，说喝酒喝酒。但还怎么喝得下去呢？话不投机半句多，来之前我还对做通江家两兄弟工作信心满满。但现实告诉我，今天这种场合已无法再进行沟通。

失望之余我只得一个人抽烟，埋下头看桌下的狗起劲地嚼骨头。那是个小花狗，第一次来时还冲着我吼，但第二次就认识了，听见我的声音远远地就摇尾巴。

王卫东觉出了我的失望，端起杯酒跟我打招呼。我不想再喝了。他便又扭过脸对两兄弟解释，两个舅舅，李主任说的是医生的意见。虽然他不是医生，但说的是实话。

不料这一来却惹怒了弟兄俩，江铜林猛的一拍桌子，骂道，混账，医生这么说的？医生这么说为什么不拔掉呼吸机？

江铁林也终于穿上鞋子，撑着身子乜着王卫东，哪个医生说的？你叫他当面来和我说，下午我没事，在家等着。

王卫东耷拉下头，霜打了的茄子似的。有气无力地趴在桌上。酒已喝不下去了，草草收场。记不清怎么回来的，路上谁也没有吭声，垂头丧气像打了败仗。车到村口时王卫东突然摔了一跤，害得两个人一齐滚下渠道，成了两个泥猴子。

我上了公交车，王卫东还站在那儿抽烟。等我回头望时，王小亮正在跟王卫东争吵着什么。两个人互不相让，吵着吵着便拿手戳着对方，特别是王小亮，更像一只亢奋的斗鸡不停地上蹿下跳。

5

垂头丧气回来，整整一夜未眠，脑子里不停地切换着这两天遇到的情景。王卫东乱蓬蓬的白发，江秀芳瘦得只剩下骨架的身子，江元庆成天疼得咧着的嘴，还有王小亮那公鸡似的头。我挡住江铜林他们别进来，但他们的吼声仍回响在耳边，挥之不去。

妻子急得叹了半夜气。难怪呀，整个医院，像江秀芳这样离不开呼吸机的只有三个人，一个是离休干部，有国家养着，不管多少费用都不用自己掏，连护理人员的工资都公家包了，多活一天，家人还可多拿他一天的工资。另一个是大老板的母亲，大老板年轻时不学好，愧对母亲，母亲多活一天他少一份内疚。大老板刷卡连账单都不看。但王卫东耗得起么？剩下的六十几万能用多长时间，用光了又怎么办？

我埋怨，这呼吸机是个现代化的东西，但因了那句老话，任何事物都有正反两面。妻子气得直跺脚，连说了几声窝囊，她恨铁不成钢，责怪王卫东优柔寡断，烂泥扶不上墙。我劝她，还不至于无路可走，江家兄弟不都说了，医生怎么说的？何不把他们带到医院来，让他们直接问医生。

我相信这是最后一招，说不定也是最有效的一招。帮人帮到底，我决定再去一趟江湾，把他们弟兄俩直接带到医院去。

医生那边已不需要再沟通。年前就找过他们多次，包括主任、院长。我借了部车子，把江铜林接到了医院，江铁林和王卫东在院门口汇合。

医院里人满为患，处处排着长队，连厕所前都挤满了人。江铜林感慨，现在生意最好的恐怕就要数医院了，这医院一天要收多少钱呀！他好奇地望着大厅里挂着的一条横幅，深入开展药品回扣自查自纠工作，停下来问我，是不是又要抓人了？没等我回答，便愤愤地吐着唾沫发牢骚，医生穿的白大褂，可心一个比一个黑，几角钱的药卖几十块上百块，几千的支架收几万，涨了十多倍，不抓还行？

江铜林愤怒得满脸通红，两眼冒火。江铁林望着他，觉得好笑，阴声怪气地反问，你能把全国的医生都抓起来？谁给你看病？

人来人往，吵吵嚷嚷，但看得出医院从上到下都笼罩着一种紧张气氛。几个熟识的医生看见我们了只点点头，便匆匆而去。

上到十三楼，重症病房。医生办公室门口涌了一堆人。想拨开人群进去找医生，但拨不开。医生办公室里乱嘈嘈的，一会儿后又突然传来激烈的争吵声，一阵紧似一阵。一问，才知道一个病人家属怀疑多收了费，双方争执不下。病人家属人高马大，脖子上纹着青龙，二话不说一掌扇飞了医生的眼镜。医生见势不好赶紧拾起眼镜夺门而逃，但走廊上全是人，哪里跑得了。最终还是被大汉抓住，按在地上一顿拳打脚踢，医生痛苦得满地翻滚痛叫。

打人者被警察带走了，但紧张的气氛久久没有散去。我们好不容易才找到值班医生和主任，显然，他们还没从刚才紧张和愤怒的情绪中调整过来，个个警惕地望着我们。尽管我们都是熟人，但他们连我伸过去的手都不肯握一下。

值班医生和主任小心地回答着我们的问题。他们的答复严谨，滴水不漏。值班医生说，该病人将来能自主呼吸的可能十分渺茫。江铜林对这个回答不满意，直接问，你就说救得活还是救不活？

值班医生喝了一口茶，不耐烦地翻着桌上的病历。我知道那病历他不知翻了多少次，现在纯属做做样子。值班医生把病历翻了五六遍，又把刚才的话重复了一遍，并特意加上一句，我们的态度已十分明确，据我们所知，上海大医院也是这样回你们的。说完拿眼睛的余光扫着王卫东，谦和地说，这是我们医生的意见，当然，医生会充分尊重家属意见的。

王卫东不知听懂了没有，只是机械地连连点头。

江铜林抓起桌上的笔，递给值班医生，这样吧，医院出个证明，说这人没用了，我们就不看了。

值班医生抬起头，透过铜钱厚的镜片望着江铜林，像望着一个外星人。他的嘴张得大大的，能塞下一个鸡蛋。值班医生撑起身，摊开双手摇着头，笑话，我做了一辈子医生，哪开过这个证明？

值班医生逃也似的走了，手机也忘了带，嘟嘟地在桌上响个不停。江铜林追出门，冲着消失在拐弯口的两个白大褂吐了口唾沫。江铁林冲桌上的手机呸道，穿的白大褂，放的白屁！

6

回到家蒙头就睡，头胀得笆斗大，不住地往外裂，脑浆在里面荡来荡去。床成了一块烙铁，我爬起来，几次跑到外面透气。妻子还在客厅看着电视，里面放的一档民生新闻，开发商欠薪，农民工爬到楼顶跳楼。又是跳楼！我没好气地对妻子说，深更半夜的看这东西闹心不闹心？

妻子知道我还在为王卫东窝火，"啪"的一声关了电视，埋怨道，庸人自扰，绕来绕去有什么用？要是我去，早解决了。

我问怎么解决？

妻子拍上门，丢下一句冷冰冰的话，不都是为了钱么？

我懵了，木桩似的戳在那儿。突然，我的头像被木棒猛击了一下，妻子的意思是……我惊出了一身冷汗，浑身战栗。

夜里做了一个噩梦，梦见江秀芳的九十一万用完了，医院不许她再待下去。王卫东只得东借西借，但一分钱也没借上。只得卖房子，房子也卖不出。苦苦哀求医院，医院也死活不松口。王卫东急得爬到医院楼顶，二话没说便往下跳，我急得伸手去拉，没拉住，拼命大喊，卫东，卫东！

次日一早，天刚亮，手机便响了，一看王卫东打来的，瓮声瓮气地说已到了你家门口。

拉开门一看，王卫东真来了。他依然蓬着一头乱发，敞着羽绒服，不停地喘着粗气。我把他让进屋，他一屁股坐在沙发上，气愤地说，都是你，你做的好事。

我丈二和尚摸不着头脑，不停地拿手揉眼睛。他脱掉羽绒服，露出瘦削的双肩，红着脸，竹筒倒豆子似的向我开起连珠炮，全村都传开了，说我请你出面，不让医院救秀芳，省下赔偿款独吞，还说我和那个"狐狸眼"早好上了……

我只觉得眼前一黑，满屋都在冒金光。耳朵里已经听不清王卫东在说什么。脑子里乱成一片，更要命的是，胸口在往外鼓气，滋滋的。鼓得肺部成了一个大气球，整个人都要爆炸了。

这时候，我突然想起江秀芳使用的呼吸机，我想，此时的我是否也需要呼吸机呢？

（刊于《中国作家》2018年第2期，《小说选刊》2018年第3期选载）

鱼 王

1

太阳升到屋顶，老宋喝光碗里的山芋粥，抹抹嘴划着小船出了门。他七十多岁了，已在白马湖上打了六十年渔。

秋天的太阳再也不那么炽热，照在人身上暖和和的。老宋夏天住了一个月医院，单薄的身子又瘦了一圈，老头衫套在身上空空荡荡的。他不紧不慢，悠悠地荡在湖上。湖面上波光粼粼，像泛着一层金子，湖水像柔软的蓝缎子，静静地流淌着。老宋停下船，拿眼扫着湖面。今天的第一网撒在哪儿？他是老把式，自然不会像那些性急的打渔人，抓起网就撒。他已不屑那些杂七杂八的鱼虾，他要打的鱼跟旁人不一样。

风平，水缓，鸟鸣，鸭叫。他把船停在一块芦苇丛，这儿水深四五米，湖底有大量的螺狮，水草丰茂，这是青鱼最爱出没的地方。

老宋要打的就是青鱼，湖里的大鱼。

准确地说，他惦记的是一条上百斤的青鱼，湖里的"鱼王"。

五年前，他帮人家在湖里起鱼，一条上百斤的青鱼炮弹似的从网中飞走，起鱼的人个个都惊讶得目瞪口呆，白马湖有鱼王！消息不胫而走，越传越神。后来老宋又在这附近见过鱼王两三次，有一次它甚至被老宋罩进了网里，但最终还是逃之夭夭。

老宋开始顺网，别人打渔需一人划船一人撒网，他只一个人。他把网收到左肩，左手握住渔网蹼子和网口，右手将网蹼子挂在大拇指上，再握住剩下的网口部分，屏住气旋转身子抛出去。四五十平米的网便像降落伞一样罩在水上，慢慢地沉下去。

关于老宋的故事有很多。

他五岁时就能下湖游水，八岁就能徒手抓鱼。一年春上舅舅来家里借米，母亲留他吃饭，但找遍灶上灶下都没找到下锅的菜，咬咬牙准备杀掉唯一的一只老母鸡，被舅舅拦住了。就在这时他拎着两条大鳊鱼回来，舅舅惊呼，这小子八岁就能徒手捉鱼，将来定会成为一个鱼王。

上小学了，随着识的字越多，老宋，那时是小宋，捕鱼的技能也在飞速增长。整个暑假都光着身子泡在湖里，他能在水中潜行三四十米，能露出肚脐眼踩过一条河，班上的女同学王秀兰给他起了个浪里白条的美名。浪里白条上学途中都能挖到一盆螃蟹，看电影回来能捉到一桶黄鳝。王秀兰过生日那天，前脚刚到家，他便抱着一条十多斤的草鱼跟来了，说是送给她的生日礼物。

王秀兰同学后来成了他的老婆，为他生了三个儿子。三年自然灾害期间，别人家的孩子不是夭折就是瘦得皮包骨，但老宋的三个儿子却一个个长得虎背熊腰，文化课都是红灯笼，但体育课样样第一，初中没上完便满学校追女孩。白马湖方圆不过二十里，无人不晓是湖里的鱼虾养大了老宋三个儿子。从此，老宋鱼王的名声大噪。

2

老宋开始收网。

收网第一手最重要，先收网脚。老宋双手攥紧网绳，三下两下便将网脚拢牢了。老宋每年都要在这湖里撒上百次网，鱼入了网很少失手。

没有想象中的那般沉甸甸，只有几条小鲹鲏在里面乱蹦乱跳。

老宋抖抖网，将那几条小鲹鲏抖下河。

只打了一网老宋便累了，疲惫的身子晃了晃。他的脸黑红黑红的，吹了一世的湖风，巴掌大的脸吹成了一颗干枣。他喘着粗气在船头坐下来，这几年老宋感到身子一年不如一年，高血压、心脏病、糖尿病，原本硬如铁板的身子日渐虚弱起来，特别是老伴五年前去世后，他整个人就开始像这秋天的芦苇，打不起精神。

老宋感到小腹涨人，尿意涌上来。他把烟头在船舱里按灭，起身抓起浆，把船划向岸边。打渔几十年，老宋从没向湖里撒过一泡尿，因为在他看来，那是一种大不敬。

靠湖营生的人不能容忍大不敬，八十年代处处办乡镇企业，湖西庄也办了个化工厂，从此泛着白沫的污水便开始哗啦啦流进湖里，湖面上天天飘起一片死鱼，白拉拉一片。村民们愤怒了，集体去找化工厂。化工厂胖得像熊的老板不买账，说白马湖四通八达，谁有证据证明我们排的污？老宋只得带着人抬着一筐死鱼去找环保局，局长答复人家都是达标排放，我们每个月都检测。老宋不信邪，围着化工厂转了三天三夜，终于在一个瓢泼大雨之夜找到了真正的排污口。化工厂把管道铺到河中央，涨水了才偷排。化工厂的熊老板恼羞成怒，砸了老宋的三轮车，威胁要砍断他的脚筋。

老宋对这种威胁嗤之以鼻，他是个不轻易低头的人。继续带头去县里上访，不少人支持他，其中马兰小最坚决。

马兰小的男人五十岁得肺癌死了，她的家就在化工厂边上。上海大医院的医生说，这癌症与长期吸入的毒气有关。马兰小把男人的尸体抬到化工厂闹了两天，从此便死心塌地跟着老宋上访，直至化工厂停产。

马兰小来湖边找老宋。马兰小六十出头，不胖不瘦，脸圆眉善，说话干练走路一阵风。马兰小跟在老宋后面上访两年，化工厂停产了，经堂兄支书撮合两个人开始一起过。

马兰小来时老宋刚扎好裤子，马兰小送来一瓶鲜牛奶。马兰小劝老宋不要再打了，打鱼是力气活，你身子弱得风都能吹倒。老宋没吭声，但他心里有数，三四十斤重的网，过去能撒五六丈远，现在只有两三丈，而且撒下去后还要喘半天气。老宋拿手指了指不远处的芦苇丛说，我敢断定，这里有鱼。

马兰小不怀疑老宋的判断，她知道老宋说的有鱼肯定是大鱼，说不定就是那条鱼王。她听村里不少人议论过那鱼王，神乎其神，鱼王常带着成百上千的子孙在湖中闹腾，动静大得三里外都听见；鱼王曾掀翻过一条捕鱼的木船，淹死过过门不久的女主人；鱼王曾撞昏过连它的子孙都不放过的鱼鹰，吓得放鹰人落荒而逃。

老宋晃荡荡又上了船，一个趔趄，差点儿摔下河，身子像钟摆一样晃个不停。马兰小叹了口气，说道，何苦呢，你怕连老命搭上也打不到它。

老宋回过身，吐了口唾沫，骂道，乌鸦嘴。

老宋扬起头，刚刚还混浊不清的眼又明亮起来。湖面上浮荡着轻纱般的水气，湖水闪动着粼粼的水光，好似闪动着明亮的眼波，凝视着秋天岸边的秀色。

撒第二网。

但显然没有第一网利索，手抖了一下，网没有完全撒开。

坐到船头抽烟，边抽边眯起眼盯着远方的湖水。芦苇丛里有几只翠鸟在唱歌，一会儿掠过水面，一会儿又飞回来。白马湖有几十种鸟，以灰喜鹊居多。秋后冬至，大批的候鸟便来过冬。那些鸟老宋都认识，包括苍鹰、红隼、灰面鵟等猛禽。几十年来，老宋除了吃饭睡觉，大部分时间都在这湖上，他是鱼王，大网拉鱼，板罾扳鱼，丝网张鱼，鱼钩钓鱼，他样样精通。特别是用叉叉鱼，用枪打鱼，那最要技术。只要鱼入了他的眼，一叉下去，嗖的一声想叉哪儿就叉哪儿，他曾一叉叉过三条鱼，条条都两斤以上。用枪打甲鱼，看见几丈远的气泡，眼到手到，"叭"的一枪打过去，钩带着线，线拽着鱼，十拿九稳，再大的甲鱼也逃不了。他曾打过一个八斤的野生甲鱼，大儿子特意拿去孝敬老板。老板光甲鱼头就啃了半天，连连称赞你父亲这老甲鱼好。大儿子听着话不对味，却又不敢发火。

湖边常有城里人来钓鱼，慕名请鱼王老宋指点钓经。老宋背着手在湖边悠着，闲庭信步，指指这儿，指指那儿，钓者屁颠屁颠又是打塘又是穿饵，但半天忙下来，常常无功而返。钓者讽刺，还鱼王呢，狗屁。老宋听了不但不恼不气，反而咧着掉了门牙的嘴笑，龟儿子，鱼都让你钓去了哪成？

该收网了。老宋撑起身，揉了揉隐隐着痛的胸口，弯腰去收绳。突然，网绳颤抖了一下，老宋的心也跟着咯噔了一下，两道长眉立即锁紧起来，剑一般闪着白光。

渔网迅速下沉，他赶紧拽住。渔网呼的一下窜出去，他立即蹲下来，身子几乎与水面平行，膝盖紧紧顶着船帮。凭他几十年打鱼的经验，料定来者肯定是个大家伙，会不会是那个他日思夜想的鱼王？

小船快速打转。一会儿向东，一会儿向西，一会儿又停止不前。老宋腰弯得像把弓，两眼死死盯着湖面。正在他喘不上气想换一换手的时候，小船却不动了。水中的渔网开始变轻。老宋傻眼了，这一次他又失败了。

3

老宋咳嗽了半夜，马兰小又是拿药又是端水。马兰小说你不能再逞英雄下湖了，要不然你三个儿子回来又要摆脸色，你又不是缺钱花。

老宋的三个儿子几个月才回来一趟，儿子们从一开始就不喜欢马兰小，认为她盯着老宋的钱。儿子们每次回来都要从老宋这儿顺些钱走。

老宋再也睡不着，索性爬起来，喘了半天粗气，才抹着眼对马兰小说，今天跑掉的肯定是条大鱼。马兰小帮他捶背。老宋又说，说不准就是我要打的那条，你不晓得它的窜劲多大，差点把我拽下河。

马兰小还在想着老宋的三个儿子。他们一个比一个自私，他们都知道老宋这些年打鱼摸虾攒下不少钱，嘴上说要老宋去城里，实则是不放心老宋口袋里的钱。特别是三个儿媳，个个刀子嘴，老宋见到她们就堵气。

老宋没有听马兰小的劝说，第二天上午又去了湖里。湖水清澈，镜子一般平静，芦苇吐着白蕊，飘飘洒洒自由自在。湖里的菱蓬都翘了起来，像在招呼着蓝巾绿衫的采菱女。白马湖盛产四角菱，生吃清脆甜润，熟吃又粉又香，它和湖中的螃蟹齐名，每到秋天便会引来无数游客。

老宋轻轻划着船，路过昨天那块芦苇丛，特意停下来，脑子里过电影似的重复着昨天的情景。几个采菱女划着木盆采菱，边采边哼着小调。她们看见老宋了，远远地跟他打招呼，同时扔过来几把嫩菱，大声喊，老牛吃嫩草，老宋吃嫩菱。老宋捞起那菱，弯腰拿桨一飘，一抹湖水立即袭去，湿了采菱女一身。老宋嘿嘿乐，采菱女咯咯笑。

老宋离开芦苇丛，鱼王受了惊，一定不会留在此地。他把船划到王二养猪场后面。那儿有一个七八米的深塘，底下树桩乱石特别多，两处水流在此汇合。汇合处水中生物多，大青鱼喜欢在此出没。

马兰小劝过他不要去那儿，王二是有名的邪头，尖嘴猴腮，看人总斜着头，眼光像刀一样剜人。王二有两排猪舍，养了两百多头猪，猪粪直接排下湖，湖水发绿发黑，臭气熏天。老宋拉着堂兄支书一起去找王二，堂兄支书为人爽直，大脸方正，关公一般。但两句话还没说完，王二便把堂兄支书推搡下了河。老宋上前评理，你这般糟蹋白马湖不怕后人戳脊梁骨骂？王二反戈一击，你这般狠心打光湖里的鱼不怕后人翻你的尸？老宋气不过，打12345热线电话举报。老宋上访有经验，直接找县长。县长派人罚了王二的款，并责令他不得再向湖里排猪粪。县里人一走，王二便操着鱼叉冲到湖边，一拳打断老宋的鼻梁骨，鲜血直流。老宋顾不得去揩那血，发了疯似的揪住王二裤裆里的卵子，死死拽。王二顿即杀猪般大嚎，直到110赶到掰了半天才把老宋的手掰开。

老宋的嘴角露出鄙视的笑容，从容地把船从猪场后面划过去，停在汉口。拿眼四处张望，老宋如鹰的眼犀利而敏锐，水面上哪怕蛛丝马迹也难逃得过去。突然，三四丈远的湖面上浮出一片小气泡，同时断断续续冒出几个掺杂着短草茎的大气泡。他猛一惊，眼里突然放出异彩，只有大鱼，不，特大的鱼才会冒出这种气泡。

事不宜迟，赶紧撒网。新买的网高高地抛向远处，稳稳地落在水面上，天女散花似的，旋即沉入湖中。

他抽起烟，耐着性子等。

秋风吹起水的涟漪，溅起白色的浪花，这让白马湖看起来更加秀丽。老宋的眼窝漾起浅浅的笑意，他打心眼里喜欢这儿，儿子们曾劝他买房住到城里，洗澡看病方便。他却一再声明老了哪儿也不去，就呆在这湖边，看看白马湖，和湖水说说话，听水鸟唱唱歌，跟鱼儿聊聊天。城里的楼太高，看着都憋屈。

一支烟抽完了，收网，还像上次一样，只打上两条寸把长的小鲫鱼。

不急，歇口劲再来。

打渔人不能性急，老宋深谙其道，人有时要和鱼比性子，你性子急，进网的鱼都会溜了。不但和鱼比性子，有时还要和人比。当年村里明令不准偷鱼，大会讲小会讲，民兵营长甚至拍着桌子骂谁敢再偷鱼就毙了谁。老宋一只耳朵进一只耳朵出，白天打着号子上工，半夜了再悄悄下湖扳鱼。民兵来巡逻，老宋便跟他们打游击，有一次露了马脚，两个民兵守在湖边一夜，老宋硬是躲在水花生丛里整整一夜。民兵营长抓不住老宋捕鱼的证据，一次趁老宋撒尿时脱了他的短裤，冲着众人直扬，你说这狗日的裤头上都鱼腥味，你不偷鱼谁偷鱼？老宋委屈得捂住光屁股，求饶说，你们不都喊我鱼王么，鱼王身上怎么没鱼味？

王二不知从什么地方冒出来，远远地扯着公鸭嗓子喊，宋老头，湖里的鱼没了，看来你不把它们打光了死也不闭眼！老宋朝他吐了一口唾沫，拍拍胸脯说，有本事你也来。说完骄傲地昂着头，挺直身子，像竖在船头的竹篙，笔直。

撒下网，点起支烟，太阳开始西斜，湖风轻拂着老宋的脸，痒痒的，像马兰小的手。马兰小的手虽粗糙，但软软的。老宋眯起眼，想起马兰小的种种好来，马兰小会做一手的好菜，会种一手的好地，还能把个家收拾得齐齐整整，在他生病最苦闷的日子对他嘘寒问暖，陪他聊天解闷。正想着，渔网突然猛地一沉。好家伙，老宋精神立即为之一振，撑着身子爬起来。

4

老宋赶紧收住网。小船打了一个旋，猛地向左边倾去，老宋立即转向右侧。小船调了个头，卷起一个漩涡，接着像个喝醉了酒的人似的被拖着向湖心飘去，呼呼的。湖中心有一大片水花生，这水花生过去是个宝贝，喂猪的好饲料，但现在则成了祸害。老宋暗暗大叫，千万不能搅到水花生里面，要不然不管什么鱼都会逃掉。

小船被拖得跌跌撞撞，搅起的水花一尺多高。湖面上动荡起来，浪花闪闪烁烁，像跳跃着千万条白鲢鱼。

老宋的心跳到嗓子口，气也喘不上来，但他死死抓住绳扣，十只瘦得只剩下皮包骨的指头像铁钩一般抠进网里。从水下的动静看，这无疑是条大鱼，一条他从未见过的大鱼。老宋打过五十多斤的大鱼，但那鱼只能把船拽出几丈远，也曾一网打过几十条白花花的花鲢，只不过把船晃得七歪八扭。从这渔船被拖走的速度和力度看，说不准就是那条他跟踪了无数日的鱼王。

老宋曾夜里多次梦见过鱼王，也曾多次向人们吹嘘过梦见的鱼王有鼻子有眼。老宋有过人的自信，他相信在自己的有生之年一定能抓到那条鱼王。但历次的铩羽而归使得旁人都笑他，你不是鱼王么？你不是能看出水中的鱼是雄是雌么？不是能使出法力叫鱼乖乖进你的网么？老宋自我解嘲，我不是抓不到它，我是不忍心，我要让它多生些子孙，到时候再抓它。

老宋有时心软得很，一次在湖北口发现一群黑鱼苗，毫无疑问，水下一准有一对大黑鱼在护崽。老宋抓在手里的鱼叉放了又举，举了又放，最终，还是没有忍心叉下去。大鱼没了鱼苗肯定都会被其他鱼吃了，于心不忍。一个月后，小鱼苗长大了，离开了大鱼，老宋终于在一里外的水花生下把两条大黑鱼叉上来了。

渔网终于平静下来，老宋只觉得两眼发花，眼前一下子迷糊起来，浑身的血都在往头上涌。他赶紧喘口气，休整一下，再强打起精神蓄起全身的力气，双膝紧紧顶着船舱，整个身子趴在船帮上。船帮硌得肋骨生疼，一根根脆弱的肋骨似乎都在啪啪地往外裂。几只青虾蹦到船舱里，背青腹白，老宋看也不看一眼。放在平时他肯定一一把它们捡起来。白马湖的青虾很有名，当年小儿子找不到工作，有个远房亲戚当副镇长，副镇长房事上跟不上年轻老婆的趱儿，听说青虾吃了壮阳，便要老宋天天半夜起来捉虾。副镇长吃了半年青虾，最后连走路都像虾一样一蹦一跳，这才帮小儿子找了个跑销售的工作。

网里的鱼也累了。现在，老宋担心的却是如何收网，如何把这鱼拖上船。他的手抖个不停，双腿筛糠一般。放在过去，这些都不是事，他那满是疙瘩肌肉的双臂一拎，一网的鱼便哗啦一声涌进船舱，那一刻的老宋最开心最得意，三里外都能听到他爽朗的笑声。可他现在两个手臂像两截枯树枝，网没拉上来枯树枝会先断了么？

不能再等了！老宋咬紧牙齿，屏住气，使出全身的劲拼命把网往船上拉。网沉得像被湖底的树枝挂住了。终于，渔网拉动了，一条大鱼"哗"的一声几乎掀翻小船。

5

老宋睁开眼时发现不对劲，怎么躺在一个四面白墙的地方，头顶上的日光灯贼亮贼亮，满屋子刺鼻的异味，浑身骨头像散了架，抬了抬手臂，但很快便被人按住了。扭头一看，身上插了不少管子。有只温暖的手搭在额头上，马兰小苍白着脸俯着身凝视着他，眼角满是泪水。马兰小告诉他，这是医院。

老宋挣扎着想爬起来，马兰小赶紧按住他。堂兄支书也来了，摇着他的手说你终于醒了。

马兰小替老宋掖了掖被子，轻声轻气地问，你想想看，你怎么到这儿了？

老宋想不出，闭起眼。他只记得天上红红的太阳，只记得鱼王在拼命挣扎，只记得鱼王一尾巴扫昏了他的眼。马兰小轻声责怪道，你想不起来，我在岸上大声喊，你记得我喊的什么？马兰小咳了咳，说话的声音像钢锯锯着木头，我喊你小心，松开网，鱼王打不得。你听不见，我嗓子都喊哑了。

堂兄支书告诉老宋，你跌下河，已经昏睡了三天三夜。

老宋突然瞪大双眼，摇着头连连说，不可能，不可能，我怎么可能跌下河？

真的，马兰小说，你被那条鱼拖下河了。

老宋剧烈咳嗽起来，整个床都晃动不停，胸脯一鼓一收像打气的球，马兰小真担心那球会突然破了。

医生赶紧赶过去，一阵紧急忙碌。

三个儿子陆续来了，看见老宋醒过来，个个埋怨道，你多大岁数了，要鱼不要命啦！他们撸起袖子愤怒地责问，谁要你这么拼命的？眼睛火似的逼着马兰小。

堂兄支书把三个儿子拉到门外，三个儿子叽里咕噜地说着什么，说着说着声音便大起来。三个儿子性格都像老宋，任性、不服输。但他们只顾自己，自私得很。

护士进来通知家属缴费。三个儿子你看着我我看着你，谁也没有搭理。堂兄支书着急了，催过大儿子催二儿子，三儿子则索性上厕所去了。马兰小拉着护士走，说我有钱。

老宋喘着气说，我怎么能用你的钱？我有钱。

马兰小回过头说，看你说的，我先替你垫了，好了再还我。

三个儿子都到门外抽烟去了，老宋迷迷糊糊地听见他们在争吵，好像一会儿钱一会儿存折什么的，声音越来越大，越来越粗。

老宋开始发烧，头重得像个笆斗，嘴里不停地说着胡话。一天下午，昏睡醒来后，他拉着马兰小的手，边急促地呼吸边断断续续地说，我，我抓到那个鱼王了。

马兰小抚着他的手，摇着头，她的头发一夜间全白了，霜似的。马兰小轻声告诉他，没抓着，它逃走了，逃到湖心去了。

老宋有点着急，额上沁出一层黄豆大的汗珠，喉结一上一下滚动着，划着粗糙的皮肤。他挣脱马兰小的手说，抓着了，抓着了。他拿手比划着，头这么大，鱼鳞比铜钱还大，尾巴像蒲扇。

马兰小不再说话。

老宋断断续续地说，有一百多斤吧？我说过，肯定有一百多斤，这是真正的鱼王。

马兰小拿纸巾擦去老宋头上的汗水，小心地应道，是的，是鱼王。

老宋抓住马兰小的手问，你晓得我怎么把它拖上来的吗？

马兰小摇摇头，眼里满是泪花。

老宋说，鱼王向我认输，承认它被打败了，说我才是真正的鱼王。老宋的脸上泛起一些笑容，僵僵的，像用笔画上去似的。老宋的脸早上还瘦得剩下三指宽，但下午却肿得像发酵的面团，两只眼睛只剩下细细的两条缝。

老宋又昏了过去。

再一次醒来，却见老宋眼角上满是泪水。他的右手在空中漫无目的地舞着，像溺水者在求救，嘴里含糊不清地鸣着。马兰小赶紧抓住那手，把它放到被子里，又拿手揩去他眼角的泪，俯下身子听他说着什么。老宋喘着气说，我看见鱼王了。马兰小嗯嗯地应着。老宋又说，它苦苦哀求我，要我放了它。

马兰小瞪大双眼。

老宋闭起眼，突然哭了起来，哭声凄戚尖异，传到门外，传到走廊尽头。缺了牙的嘴张着，上下牙床不住地颤抖，浑浊的泪水汩汩而出，像两汪泉水，很快湿透了枕巾。他边哭边说，鱼王可怜极了，再也无法生儿育女，它说它快要死了。

6

医院下达了病危通知。三个儿子也带着媳妇赶到老宋床前。又熬了一天，老宋突然睁开眼，茫然地望着四周，嘴里低声喊着堂兄支书。

堂兄支书来到老宋床前。老宋突然来了精神，肿得发亮的脸上竟然浮出一丝微笑。他拉着堂兄支书，断断续续说，存折，在老屋箱子里。堂兄支书俯下身，拿耳朵贴着他的嘴，问他怎么安排，要不要说给三个儿子听。

老宋艰难地摇了摇头，随即又闭上眼。

堂兄支书轻轻地问，大兄弟，你说，这钱怎么安排？

病房里突然死一般的沉默，只有急急的喘气声撞来撞去。好一会儿，老宋才睁开眼，嗫嚅着嘴唇说，你作主，每年拿五万，春天帮我买鱼苗，放湖里。

堂兄支书连忙不住地点头。

老宋睁开眼，逐个地看着一屋子的人，最后眼光停在马兰小身上。他用尽全身最后的力气轻轻地对马兰小说，留下这钱就是罪人。

老宋的头向后仰去，软耷耷地落在马兰小的臂弯里。那臂弯多安稳、多温暖呀！老宋的眼前仿佛闪过一道金光，波光粼粼的湖面上，撒满了一抹晚霞，一条巨大的鱼王向自己游来，他骑上鱼背，游向了那金色的湖光中。

（刊于《黄河文学》2018 年第 4 期）

软 肋

1

宋如春参加完一个同学的生日晚宴，回家后第一件事便是打开电视机。电视台的朋友告诉他，今天的《海阳新闻》有他的报道。

八点整，新闻开始了，总共二十分钟，县委书记一个人就占去了八分钟。三个会，三次重要讲话，提了数不清的要求。接着副书记、副县长一一亮相，等到宋如春出来时只剩下不到一分钟，仓促还俗气，"秀才遇到兵 有理也能说得清"，跟《新闻联播》不能比。尽管这般，宋如春还是屏住呼吸瞪大眼睛听完每一个字。

妻子赶过来时只看到宋如春一个背影，开玩笑说，才下去挂职了半年，吹什么吹？

宋如春感到有点委屈，嘟哝道，不是我找的，"大矛调中心"报上去的。妻子停了一下，随即"扑嗤"一声笑出声。她做医生，听人调侃过这个组织，它的全称应为"社会大矛盾调解中心"。

宋如春也跟着笑出声。

新闻刚一结束，文化局张局长第一个打来电话，高兴地说，如春，不错，下去半年，你经受住了考验。宋如春本来是坐着接电话的，但一听到"经受住考验"便立即站起身。这个词很严肃，宋如春赶紧收起脸上的笑容。

年初县里要选派一批年轻干部下基层挂职，文化局一个名额，选来选去选中宋如春，他是文化馆副馆长。但一听说去海河镇宋如春便有点胆怯，老城区，情况复杂，人多矛盾多。张局长劝道，你不是作家么？作家就得深入生活，深入群众，莫言能得诺贝尔文学奖，离得开高密的水土、高密的风情？作家喜欢矛盾，沉下去，肯定能出大作力作，说不定中国下一个得诺贝尔奖的就是你宋如春。

宋如春是在一个春光明媚的上午去街道办的，接待他的女主任五十多岁，姓徐，一头短发，精明能干。热情地握过手后，来不及寒暄，办公室便一前一后挤进两个人，都四五十岁的样子。男的矮个子，尖下巴，头发竖在头上像刺猬，一对眼珠儿像抹了猪油，骨碌转个不停。徐主任介绍说，胡三，卖肉的。又指着满脸蜡黄，瘦得菜茧似的女的说，杨腊英，常客，丈夫做鞋的。

胡三仰着头，乜视着面前这位三十出头，白白净净的年轻人问，你是新来的主任？宋如春解释，挂职的，副主任。胡三摸摸裤裆，戏谑一笑，挂的？当然是挂的。接着冲徐主任拂拂手，你早就该让位了，什么鸟事找你都没用。

宋如春觉得奇怪，这个人咋这般说话？于是不再理胡三，而是把眼光落在杨腊英身上。杨腊英倚着墙搓着两只手，沙沙的，像搓着砂纸。她的眼神呆滞混浊，泛着寒气。

徐主任拖着宋如春到另一个办公室去。胡三跟着，杨腊英也跟着。徐主任瞪了一眼，都成跟屁虫了！

徐主任关上办公室的门，刚才要说的话被这一段插曲冲没了，索性谈起门外的两个人。

胡三年前买了部汽车，喊来几个朋友喝酒放鞭炮，约了十来个，只来了三个。酒喝好后胡三嫌外面发情的猫叫得难听，拿竹竿撵，不料脚下一滑，摔断了腿，还被树桩戳中了裤裆。胡三找三个人理论，要他们赔偿损失，三个人说哪有这样的道理，你请客又不是我们请客，况且谁也没有劝你喝酒。胡三不依，告到法院，法院受理后十分为难，判肯定没法判，但三个人也不是一点过错没有，要他们分担损失。三人却只答应出几百块表示一下慰问。胡三哪肯罢休，天天闹，闹到"大矛调中心"，闹到县政府，闹到市里。上面要开大会，领导个个如临大敌，责令街道办配合法院把矛盾化解在基层。

杨腊英人称"洋辣子"（树上一种爬行动物，全身绿毛，粘上皮肤立刻又红又肿，奇痒无比）。杨腊英结婚后丈夫得了肾病，没法生养，抱了个弃婴，哪料是个脑瘫，二十岁了还不能自理，加之丈夫身体不好，做鞋又上了人家当，几百双鞋子堆在家里，常常来要救济，因此得了这个外号。上次县里有个领导下访，打电话给风景区帮忙代卖鞋。风景区同意了，但杨腊英不肯给柜台费，天天来找徐主任。徐主任感慨，好事做不得，柜台费都不给，难道全世界的人都欠你的？

头次见面就遇上这等事，徐主任感到很尴尬，她拿手拍着花白的头，无奈地说，我的眩晕症都被他们气出来了。末了，徐主任关切地对宋如春说，基层不像机关，人杂矛盾多，你要有思想准备。宋如春对徐主任所说的早有所料，但心想既来之则安之，矛盾多也能锻炼人。他又想起张局长的勉励，不禁挺了挺身子说，我来接触接触，看能不能帮上点忙。

徐主任紧紧握住宋如春的手，使劲地晃了又晃。

宋如春上班第二天便主动上门找胡三和杨腊英。半年后，经过大量艰苦的工作，事情终于有了转机，这才有了开头的新闻。

2

秋天到了，小城处处飘漾着桂花香。宋如春骑着电动车上班，路过胡三肉铺时，胡三喊住他，说我十点钟去找你。宋如春说下午吧，我约了杨腊英有事。胡三黑着脸回道，不行，你等一下。

宋如春本来要去杨腊英家拿样品鞋的。接触过杨腊英的第二天，宋如春便起大早去风景区找主任，主任恰巧是中学时的同学，很给面子，免了一双十元的柜台费。宋如春再帮她到网上卖鞋，情况好转了，杨腊英的脸上也开始有了笑容。但景区和网上销量都不大，杨腊英过去上过一家贸易公司的当，家里库存了五六百双布鞋，宋如春想找熟人消化一些。

宋如春坐在办公桌前，眼前不停地晃动着胡三那张黑脸。刚见到胡三时，宋如春还在心里嘀咕，卖肉的人都该肥头大耳，哪有瘦成这样的？徐主任当时提醒宋如春，别看胡三两拳头高，但心狠着呐，方圆十里没人不怕他，举个例子你听，小时候和人家打架，他个子矮，人家三拳两脚就把他打得鼻青脸肿头破血流。胡三吃亏了也不吭声，铆足劲使出吃奶的力气，冲着对方腰间软肋处就是一记黑拳，那是人体最薄弱的地方，肝脾受伤，一拳要命，却什么痕迹也看不出。

当初法官和徐主任为胡三的事不知磨了多少嘴皮，三个人也答应贴点损失，但胡三提出每人赔三万，理由是他摔成残废了，下体也戳坏了，没十万块治不好。三个人自然不答应，事情就这般搁着，越闹越僵，越僵越闹。宋如春用一周时间摸清了情况，开始试着做三个人的工作。宋如春在大学里参加过校辩论队，口才好，懂得以情感人的道理，他分析给三个人听，胡三虽蛮横，但他当初请你们喝酒，说明你们是朋友，朋友间总是有情谊的，是应该互相帮助的。汽车撞了人为什么都判汽车的责任？因为人跟汽车比起来是弱者，弱者应该得到同情。同时，宋如春又梳理出他们的社会关系，好在县城不大，三弯两弯总能找得到。三个人当中一个姓张的开出租车，儿子几年前曾在文化馆学习过写作，宋如春给他讲过课。一个是木匠，人老实，话不多，宋如春舅母庄上人。另一个则是高中女同学的表弟，卖水果，女同学现在开厂当老板，当年和宋如春擦出过火花，虽然没成但对宋如春有愧疚。宋如春请他们帮忙做工作，并把胡三住院的病历拿给众人看，俗话说三十如狼四十如虎，男人下面不行下辈子不就完了？谈什么幸福？什么生活质量？宋如春苦口婆心奔波了几十趟，鞋底都磨破了。最终不知是他的诚心感动了双方，还是大家都懂得花钱消灾这一古老的道理，三人终于答应一人赔六千。胡三尽管仍不满意，但还是默认了，双方在协议上签了字，宋如春这才松了口气。

十点，胡三准时来了，一进门就扯着嗓子嚷，狗日的，做这种没屁眼的事。宋如春拉过椅子让他坐，他不坐，拿手敲着桌子骂，白纸黑字，说话哪如放屁？望着他那两颗龅牙上泛满白沫，宋如春终于听懂了，三个人协议签了一个多月，但谁也不理这事，上门要过多次，不是躲就是推，最后干脆回复没有钱。

宋如春劝他不着急，答应好了的事怎么会反悔呢？胡三咬着牙说，反悔就抄他狗日的家！宋如春陪着笑脸，他平时就是慢性子，知道这个时候不能急，安慰说等我从杨腊英家回来就去找他们。宋如春不提杨腊英还好，一提胡三倒冲着他发火，你别成天想着洋辣子，别人的事不管，洋辣子叮了你甩都甩不掉。

好不容易支走胡三，宋如春赶紧去杨腊英家。之前来过两次，但这次竟然走错了门，脑子里还在想着胡三的话。杨腊英家里除了一台旧电视机外没有什么值钱的东西，但院子里打扫得很干净，连鸡窝的砖头也垒得齐齐整整。她的丈夫正埋着头做鞋，望见宋如春来了冲他笑了笑算打了招呼。她的儿子坐在圈椅里，嘴边流着涎水。他看上去只有同龄人一半大，去年又患上了红斑狼疮。杨腊英正埋着头拿手替他擦涎水。

宋如春没有惊动杨腊英。杨腊英卖了些鞋后家境明显有了好转，也不再去缠街道办要救济。事实也证明了当初宋如春的判断，杨腊英之所以穷，不是好吃懒做，不是好逸恶劳，一个病号、一个脑瘫，整个家就被拖垮了。杨腊英成了杨救济，成了洋辣子，这也不是她的初衷。

杨腊英回头看见宋如春，苍白的脸上立即泛起感激的笑容，赶紧搬过椅子让他坐。宋如春告诉他，他找了几家单位，看能不能帮忙消化些库存，虽说八项规定了，但工会上搞些活动做奖品还行。

杨腊英连忙揩净手去东房间拿鞋。望着她单薄的背影，再望望圈椅里的脑瘫儿，宋如春想起徐主任曾说过，杨腊英曾有机会把脑瘫儿送回去，她婆婆费了九牛二虎之力终于找到了其生父，一定要她送回去。她去送了，回头走到一节田远，停下来朝后望，突然听到儿子哭着喊"妈妈"，她犹豫了片刻，终于心一软，又流着泪抱了回来。一次闲谈，宋如春曾问过她当初为什么那么做，杨腊英长长地叹了口气说，那狗东西老婆跟人家跑了，成天喝酒赌钱，跟着他三天还不饿死？宋如春又问，如果儿子不喊你呢？杨腊英再也没有回宋如春的话，两汪泪水在眼眶里打转，转眼间便汩汩而出。

宋如春拎着杨腊英递过来的三双样品鞋直接回了城。

3

宋如春先把样品鞋送到供电局，工会主席是个热心肠，说马上去请示局长，工会搞活动可以做奖品，也算是给困难群众送温暖。宋如春千谢万谢，又顺路去烟草公司、开发区。宋如春在小城算个小名人，常帮这些单位排练文艺节目，自信开了口人家多少会给些面子。

杨腊英的样品鞋一送完，宋如春便马不停蹄地忙起胡三的事来，他知道这事一天也等不得。一到办公室，宋如春第一个电话便打给开出租车的张师傅。张师傅接了电话后直倒苦水，宋老师，你知道现在的生意多难做，黑车多如牛毛，又有滴滴打车，六千块要我开两个月的车，起早贪黑不算，小刮小擦的都不能有。宋如春表示理解，赔着笑脸说，那是那是，但答应了人家的事总要兑现。张师傅在那头不高兴了，喘气明显粗起来，抱怨道，现在想想都怄气，宋老师你说，我们错在哪儿？他喝了酒发什么神经去撵猫，猫发情关他什么事？他真的戳坏了命根子吗？宋如春涨红脸，小声说，男人哪有拿这个开玩笑的，人家不是有医院的病历么？张师傅在那头哼了一声，上次都上了你的当，被你忽悠了，糊里糊涂听了你的话。宋如春头上的汗珠开始往外冒，连忙用手擦。张师傅不依不饶，倒苦水，老实人吃亏，胡三明显是讹人，他这是赶的猫，要是赶的老虎把他吃了难道还要赔你命？

宋如春告诫自己不着急，他知道，这时候一定要耐下性子，张局长多次教导过，做群众工作要春风化雨，润物无声，切忌以粗对粗，以蛮对蛮。宋如春本就好脾气，来文化馆五年从没跟谁红过脸，就连在家里也从不和妻子高声言语，哪怕妻子有时错怪了他。所以不管张师傅怎么说他的脸上都保持着微笑。但很快，这种笑容随着张师傅的一句问话立刻烟消云散。张师傅问，宋老师，如果我也像胡三那样，开车接你的电话，有情况了你负不负责？

宋如春一惊，张师傅的话触起了他的一件往事，妻子刚学会开车，第一次去乡下，接电话时车子一头扎进路边鸡场，鸡飞蛋打，车子也撞瘪了。女主人揪住不放，要赔一千块。妻子慌得说不出话，认赔，但男主人不依，说我这是蛋鸡，你这一惊吓还下什么蛋？一千块打发谁？妻子吓懵了，打电话给宋如春。宋如春胆小，说惹不起躲得起，他要三千就三千，走人要紧，权当我少写一篇小说。妻子大骂放屁，你写小说挣的钱呢？我怎么没见到一分？难道在外面养了小三？

宋如春感到事情开始严重起来。

4

宋如春给另外两个人打电话，但始终打不通。

上班，宋如春没有从胡三肉铺前路过，而是拐弯走了侧门。一到办公室，徐主任告诉他县里领导今天又要来下访，要人陪。宋如春说您陪吧，胡三上午肯定要来。

再打两个人的电话，还是没人接。果不然，十点刚过，胡三卖完肉推门进来，耳朵上各夹支烟。没等他开口，宋如春便说电话没打通，可能忙，说不定马上回过来。胡三叉着腰说，你心里不要老是洋辣子长洋辣子短的。宋如春回，洋辣子归洋辣子，你归你。为了缓和气氛，他还开玩笑说，我看你现在倒像个洋辣子了，缠住人不放。胡三不接茬，瞪着眼说，他们不给钱到时别怪我不客气。

胡三两只眼睛似锥子，透着寒光。宋如春摘下眼镜，嘴对着哈气，劝道，不要老把人往坏里想，社会上守信的人还是不少。胡三咧开嘴，露出又黄又大的龅牙说，到时要不到我找你要。

胡三说的是蛮话，宋如春心里这样说。但尽管这样，他还是感到一种威胁。胡三拍拍屁股走了，办公室其他人纷纷议论起来。到街道办半年多，关于胡三的事听得太多了，胡三心狠手辣，什么事都做得出。众人抱怨说，法院也和稀泥，判不了的事你叫人家赔什么损失？还有"大矛调中心"，调解个屁，只会踢皮球，最后还是踢到基层。基层怎么办？闹一次迁就一次，越迁就越闹，反反复复，恶性循环。

有人替宋如春担心，胡三像只甲鱼，咬了谁死都不肯松口，他蛮惯了，哪个干部见了他都像老鼠见了猫。宋如春笑笑，怕什么，难道会把我吃了？

一支烟工夫不到，手机响了，赶紧抓起来接，女同学表弟的。表弟说，宋主任我知道你打电话什么事。宋如春连连应着，生怕他突然不理或者消失掉。宋如春说了半天表弟才插上话，反问，宋主任凭什么说他的命根子出了问题？宋如春一下子被问住了，好在他反应快，立即笑道，兄弟你说，哪个男人会拿这个开玩笑？人家不是有病历？人家不是一星期去一趟医院？人家老婆不都亲口承认的？表弟哈哈大笑，大梦，老婆亲口承认有什么屁用，她那老咸菜谁碰？你去街上问问，哪个浴室的按摩女他没嫖过？

宋如春愣住了，眼光直直的，一句话也说不上。但很快，他又回道，这话不能乱说，嫖娼属犯罪，要有真凭实据。对方没有回应，原来表弟不知什么时候挂断了电话。

还没等宋如春回过神来，王木匠的电话也打过来了。王木匠说，宋主任，你打我电话的呀，我昨天手机没电了。王木匠慢言慢语。宋如春吸取刚才的教训，先听人说，不忙插话，只机械地嗯嗯应着。王木匠说，我知道你是为胡三的事，但想想太窝囊了，你说我们错在哪里？为什么要赔他钱？当初你天天找我们，想想也就算了，驳不了你的面子，哑巴亏吃了就吃了，但回家天天挨老婆骂，律师也说赔那么多没道理。狗日的胡三讹我们，我们上了他的当！

宋如春心平气和听他说完了，表示想见个面。但王木匠显然不想见面，说你们坐机关的拿大钱，手不动脚不动旱涝保收，我们哪个汗珠儿掉在地上不摔成八瓣？我在给人家打棺材（农村装骨灰盒用的那种），打一个棺材才六百块，你说六千块我要打多少棺材？宋如春浑身一激灵，哪能这么打比方呢？宋如春还想说什么，王木匠抢着话说，胡三实在要赔的话，你告诉他，我可以赔他个棺材。王木匠说完便关了机。

5

宋如春头昏脑胀骑车去供电局，供电局答应买二百双，一双六十块。又去烟草公司，答应得同样爽快。这样就一下子去了杨腊英家里一大半库存。宋如春的眉头总算舒展开来，暂时忘了胡三的不快。从烟草公司回来，宋如春骑得飞快。路两边的枫叶开始红起来，香樟依然蓬勃茂盛，风中飘来一阵阵熟菱角的清香，正是里下河地区菱角上市的季节。路过文化局大门口时，宋如春想到几个月没去局里了，正好顺便向张局长汇报汇报工作。

张局长见到宋如春，丢下手里的文件立即起身，紧紧握住宋如春的手。张局长感谢他为文化局争得了荣誉。当初送行时张局长说过文化局硬件不硬，软件更软，如今宋如春同志扬长避短，变软为硬，可嘉可喜。张局长同时鼓励他勇于担当，服务人民，既赢得口碑，又积累素材，将来定能写出无愧于人民的精品力作，冲击全国大奖。

谈到了帮杨腊英卖鞋，张局长特意提醒道，卖鞋可以，但不能硬摊给人家，而且价格不能比市场上贵。宋如春赶紧解释，没有硬摊，价格也公道，虽说贵了点，但这鞋子纯手工，质量好，比网上买的强多了，网上假货多。张局长拍拍他的肩叮嘱，害人之心不可有，防人之心不可无，好心办事但不能办歪，现在看拳的比打拳的狠。不料宋如春不领情，说这我倒不怕，杨腊英多穷，怎么帮她都不为过，有人说她自作自受，但我不这么看，相反她很不简单。宋如春喝了口水接着说，杨腊英不养脑瘫儿谁养？政府养？慈善机构养？张局长知道宋如春的脾气，文化人执拗，爱掰死理。于是忙扯开话题说，注意方式，注意方式。

宋如春本想回文化馆一趟的，年初下去时他们说是镀金，宋如春开玩笑说我又不是和尚，和尚死了身子不腐才镀金。文化馆离文化局不远，五分钟便到了。宋如春电动车还没停稳，手机便响起来。抓起来一接，徐主任的，火燎火急地问，你在哪儿？赶紧来派出所一趟。

宋如春一头雾水，去派出所干什么？但从徐主任的口气看，肯定出了什么大事。派出所靠着街道办，宋如春去时徐主任早等在门口，着急地告诉他，胡三与王木匠打起来了。

宋如春不相信王木匠会和胡三动手，王木匠最老实，年纪也最大，平时说话都慢言慢语。但胡三正看中这一点，上门强要，拿王木匠做突破口，锁了王木匠的门。王木匠逼急了，直接说要钱没有，要命有一条。胡三威胁去县中学绑他上学的儿子，这一下戳中了王木匠的命门。俗话说兔子急了也咬人，王木匠抄起家伙与胡三打起来。胡三人瘦个矮哪是王木匠的对手，扎扎实实被摔了个狗吃屎，满嘴流血。胡三哪是吃素的，铆足劲使出看家本领，一记黑拳直掏王木匠肋间。王木匠一声惨叫顿即双手捂腰蹲下去，胡三老婆趁机又抓又揪。王木匠红了眼，抓起斧头拼命。胡三夫妻俩逃，王木匠追，一直追到派出所。

所长严厉地批评了双方。但双方谁也不服气，王木匠更是铁了心，重复着要钱没有，要命一条。胡三恼羞成怒，指着宋如春说，白纸黑字哪是放的白屁？这事你要负责。

宋如春从未见过这架势。他望着王木匠那把寒光闪闪的斧头，脑子里还在想着，要是那斧头劈下来会是什么后果？胡三的头会不会像胡瓜一样被砍飞了？脖子上会不会留下文人写的碗大的一口疤？宋如春惊出一身冷汗，不停地摘下眼镜擦，擦好了再戴上去，戴上去又拿下来。他那白净的脸上涨成一块红布，两道眉毛成了两道结，嘴里只是反反复复一句话，别急别急，再来商量商量。

胡三冲着宋如春吼，商量什么球？你协调的，要不到找你要！

在场的所有人都愣住了，想不到胡三发这个邪火。所长实在看不下去，指责胡三，哪能这般胡搅蛮缠，人家宋主任出于好心协调，协调不了咋好怪人家？

胡三更是嚣张，昂着头，脖子伸得很长，两眼死死瞪着所长，眼珠儿几乎弹出眼眶，那你说我咋办？你能说他们不是在演双簧，合穿的一条裤子？

所长见胡三越说越不像话，索性拉着宋如春走了。所长处理这种事情有经验，冷落他。宋如春不甘心。所长劝道，这时候再激他什么事都做得出。胡三追在后面跺脚，冲宋如春吼，反正要不到找你要，你不是吹牛皮都吹到电视上了么！

宋如春这才想起电视上的那条报道，他甚至有点隐隐约约感到记者帮了他的倒忙。

6

"大矛调中心"要开经验交流会，打电话给张局长，要宋如春在会上介绍经验。宋如春正被胡三缠得焦头烂额，说我现在都泥菩萨过河自身难保，还交什么流？

宋如春感到事情棘手，他想起妻子当初的提醒，有些事情出了力不一定讨好，当时还怪她乌鸦嘴，不想恰恰被她说中了。但宋如春却不是一个轻言放弃的人，他抱着最后一线希望，又找了不少人出来，找了张师傅儿子的班主任、舅母庄上的支书、女同学等，请他们再帮忙做做工作。同时提醒，协议双方都签了字，毁约要负责任的。但努力下来收效甚微，到最后，宋如春再也打不通任何一个人的手机。

供电局催着送鞋过去，为了省钱，宋如春专门去文化馆借了辆三轮车。杨腊英骑自行车跟在后面，她今天特意穿了件小花点的衬衫，头发拢在后面，不再乱蓬蓬的，还扎了块花手帕，人显得精神，脸上也舒展了许多，甚至有了红润。

宋如春踏着三轮车，身子笔直，头发飘飞，矫健朝气，脚下生风，竟有几分少年意气风发的味道。杨腊英一步不落紧跟在后面，她今天的话特别多，絮絮不停。她特意告诉宋如春，我家那位给你做了双四十二码的鞋。

宋如春很吃惊，回过头问，他怎么知道我穿四十二码的？

杨腊英笑道，做了几十年鞋还看不出？

宋如春心头一热，连忙道谢，你们的心意我领了，但钱一定要给。

杨腊英有点着急了，连蹬几下骑到宋如春前面，涨红脸说，你帮了我家这么大的忙，这样也太小瞧我们了。

宋如春脚下蹬得更快了，刚修的路面也格外平坦，蓝天白云，秋风送爽。三公里远的路不到一刻钟就到了。一口气卸完鞋，宋如春连水也不肯喝一口，便到文化馆还车。刚进传达室，门卫便告诉他，老馆长打你电话打不通，有人来闹事踢坏了办公室的门。宋如春这才掏出手机看，昨晚上电话打多了忘了充电，关机了。

宋如春一步三个台阶上了楼，老远就听见吵闹声，原来胡三闹到文化馆来了。一见宋如春过来，胡三打了鸡血似的吼道，终于找到你了，打了你电话一百遍也打不通。

宋如春没有料到胡三会到文化馆来闹，他沉着脸，走到胡三面前问，你到文化馆来干什么？

干什么？胡三唾沫四溅，要钱呀，该我的钱总要有人给，狗日的不给只好问你要，你不给就问你单位要，反正跑得了和尚跑不了庙。

老馆长实在看不下去，指着胡三说，岂有此理，太过分了，人家又不差你钱，我们又不差你钱，你这蛮理讲到哪儿去了？

胡三晃着头，朝地上狠狠啐了一口，冲着老馆长说，讲到哪儿了碍你什么事？再指着宋如春的脸说，他协调的，要不到不找他找谁？

宋如春愤怒了，只觉得浑身的血都往头顶冲，冲得眼冒金花，头皮炸裂。他想不到胡三蛮横到如此地步，是可忍孰不可忍？他卷起袖子对胡三说，我不差你一分钱，也不可能给你一分，包括单位。

胡三耍浑的，一屁股坐到老馆长桌上，不给今天就不走。

老馆长要人报警。

胡三干脆躺下来，拿脚敲着桌子，报警好啊，拿警察吓人，我是吓大的？警察来了更好，忽悠老百姓，说好的反悔，往后缩，不是合穿的一条裤子是什么？

杨腊英本来是等宋如春一起回街道办的，见楼上越吵越凶，便也上楼来。胡三越闹越放肆，杨腊英拿手拽了拽宋如春的衣角，示意他出来。胡三看见杨腊英来了，气不打一处来，一跃蹦起来，指着宋如春说，你帮洋辣子是真，帮我是假。

宋如春问，帮杨腊英帮错了？她不该帮？

杨腊英终于忍不住了，一步上前回道，不跟你这种没良心的啰嗦！说完便把宋如春拉出门，到门外了，低了声忧心忡忡地说，宋主任，你闹不过他的。

宋如春挺起腰，双眼圆瞪，怕什么？

杨腊英摇着头，不是怕，胡三不打赢仗不丢手，你是单位人，他光脚不怕穿鞋的，什么事都做得出。杨腊英看看四下无人，悄悄地说，这样吧，要不先把供电局那一万二先垫给他，以后再说。

什么？宋如春吃惊得张大嘴，几乎不敢相信自己的耳朵。他望着面前这个瘦小的女人，像望着一个陌生人。他摘下眼镜，使劲地拿手擦着眼睛，他的双眼发湿了，渐渐模糊起来。

胡三躲到门后听到杨腊英的话，拍着手说，那也行，先把那钱垫给我。

宋如春想不到胡三偷听，狠狠瞪着他，为什么？

胡三努起嘴，鼻子里哼道，那钱是你以权谋私弄来的，洋辣子凭什么卖得掉？她认得什么人？卖那么贵？不行就去纪委告你，你从中得了多少好处，抓你！坐牢去！

宋如春眼前一花，脚下发飘。赶紧拿手撑住桌子，肋间仿佛被重重击中了一拳，剧痛无比，几近昏厥。

终于，他使出浑身的力气，一拳砸到桌上，吼道，你这鸟人，欺人太甚！

"咣当"一声，一桌的茶杯全摔得粉碎。

（刊于《太湖》2018 年第 10 期）

秸秆秸秆

1

调查组成立的当天，我们便赶到了里口镇桃花村。

夏收开始后，镇村干部脑子里便有根弦越绷越紧，那就是秸秆禁烧禁抛。尽管此时全员动员，日巡夜查，严防死守，但常常是防不胜防、顾此失彼。现在天上有卫星监拍，火一起便能发现。用不了几分钟，问责令便一道道下来。这不，火因还没查明，分管镇长和村支书便被免了职。

四夏大忙，空气中有了几分燥热。从车窗向外看，沿途挂了不少禁烧禁抛的标语，既有"秸秆还田，土地增肥""净化生态环境，建设美好家园"这一类的，也有"谁烧罚谁，谁烧抓谁""焚烧秸秆时，就是坐牢日"等口气严厉的。我们调查组一行三人，我任组长，其余两人分别来自县政府办和安监局。我们的任务是查明情况，严肃问责。

进了村，我们直奔田头，只见一片三四十平方米的地块已被烧成黑乎乎的。村主任刘宝福早等在那儿。他没有被停职，昨晚他一直在巡逻，火是他发现的，也是他第一时间组织人扑灭的。刘宝福告诉我们，这块地是宋元喜的，老夫妻俩带一个上小学的孙子，儿子儿媳在外面打工。

我突然觉得宋元喜这个名字有点耳熟，就问刘宝福，是不是那个老上访的？刘宝福点头。我的眼前立即跳出一个瘦小的老人，七十多岁，满头白发、有点驼背。他来县作风办上访，反映镇村干部不作为的问题。我接待过他，问明情况后当场打电话给里口镇党委书记，要求镇上重视此事，尽快解决。

我们先去宋元喜家。

路上，刘宝福主任向我介绍，宋元喜原来承包了村里的一个鱼塘，五年到期后还想继续承包。但同组的王广才眼红，跟他争。宋元喜怕王广才，不得不让出鱼塘，但提出要补他的损失，因为修堤补洞放鱼苗有投入。村里协调王广才贴补一万块，王广才嘴上同意，但鱼塘到手后不兑现，今天推明天，明天推后天，村干部和宋元喜催了无数遍都没用。后来宋元喜告到法院，法院判了宋元喜胜诉，但一年多也执行不了。无奈之下宋元喜只得三天两头去上访，有一次甚至跑到县政府，拦下了县长的车。

2

火是谁放的？用刘宝福主任的话说，这还不是秃子头上的虱子明摆着？但我心里嘀咕，宋元喜不可能不知道放火的严重后果，他这般做会不会与他屡次上访问题又得不到解决有关？

我们去时宋元喜正在喂鸡，跟我印象中一样，他头发花白，身子瘦小，一件洗得发白的蓝衬衫穿在身上像挂在衣架上，空空荡荡。宋元喜看了我一眼，一惊，但什么话也没说，我想他也肯定认出了我。

宋元喜妻子从里屋出来了，她有点胖，圆脸圆身子，额上的皱纹比核桃的纹理还深。她那双手在围裙上不停地擦，好奇地瞪着眼。刘宝福主任板着脸指着我们说，县里的调查组，调查烧秸秆的。

宋元喜妻子哦了一声，又到水龙头底下去洗孙子的学生服。同行的政府办王副主任为了缓和气氛，找话问是不是现在河里的水不但不能喝，衣服也不能洗？宋元喜妻子终于开腔了，拍着搓衣板埋怨道，何止衣服不能洗，菜都不能浇。

宋元喜喂完鸡，砰砰地敲着铁勺子，也到水龙头下冲手。冲完手才冲着刘宝福说，平时找你们干部打灯笼都找不着，今天怎么一来来了一大把？

刘宝福皱起眉头，责怪道，你咋这般说话？不等宋元喜回话，开门见山地问道，你说，你为什么又要烧秸秆？喇叭里天天喊难道听不见？

宋元喜拿手拍拍耳朵，说，耳聋了，听个鬼。宋元喜妻子上前一步，把宋元喜拖到身后，大着嗓门嚷，捉贼捉赃，捉奸捉双，你说我们放的火有什么证据？

刘宝福抖了抖衣袖，严肃地说，什么证据？你的地你的草，不是你放的谁放的？他手臂上的红袖套也不停地抖，上面"巡查"二字十分显眼，显然他昨天的衣服没换。刘宝福来不及喘气，又掰着手指头强调，昨晚我七点钟开始巡查，一口水没喝，一泡尿没撒，眼睁得比田螺大，九点一到便见你家田里窜出一团火，眨眼便有三层楼高。

宋元喜问，你抓着人了？刘宝福皱起眉头。宋元喜妻子把宋元喜往屋里推，边推边说，又没抓上你，你着什么急？心脏病气出来谁服侍你？

几个邻居来看热闹，叽叽喳喳不停，有人批评当官的官僚主义，一亩田贴二十块，运费都不够，谁这么傻？有人嘲讽现在当干部的除了开会就喊喇叭，其他屁都不懂，秸秆烧了不仅能肥田还能烧死虫卵。更有的骂骂咧咧，干部求你不是挥大棒就是扣帽子，吓死你；你求他他则成了老子，叫天天不应叫地地不灵，凭什么听他的？我听了心里暗暗吃惊，一项小小的禁烧禁抛秸秆规定，喊了这么多年，花了这么多精力，但始终禁不了，这不仅仅是补偿低，认识不到位的问题，某种程度上也反映了现在干群之间积怨不浅。

刘宝福赶走看热闹的人，一本正经地盘问起宋元喜昨晚的行踪。宋元喜妻子回，傍晚宋元喜去河里捞螺蛳，捞了一脸盆，送了一半给邻居郝三宝，回头时还看见你和一个女人拉拉扯扯的。刘宝福虎下脸打断她的话，瞎嚼什么舌头？宋元喜妻子收起笑，认真地说，老头子从七点开始喝酒，下酒菜一共三样，炒卜页，红烧鱼，还有咸鸭蛋。她指着桌上吃剩下的半只鸭蛋说，我喜欢吃鸭蛋，但胆固醇高，老头子便替我吃蛋黄。宋元喜妻子说着又笑了起来，很开心的样子。

刘宝福问，吃到什么时候？你和孙子呢？

宋元喜妻子不满起来，你这是问犯人呀！我和孙子怎么啦，他八点不到就睡了，我是白内障你不晓得，天一黑门都摸不着。吃到什么时候你问郝三宝。

邻居郝三宝证实，八点钟他来还筛子，宋元喜拉着他喝两盅，两人一直喝到九点。宋元喜本来还要喝，他说明天要起早送蔬菜给儿子。一旁的政府办王副主任突然想起什么似的问道，你儿子儿媳呢？

一提到儿子儿媳，宋元喜妻子气不打一处来，回头冲着刘宝福抱怨，儿子儿媳？家里待不下去，逼着出去做苦力，他们在广东，能飞回来？

事情一下子陷入了僵局，一个原本毫无争议的问题，却突然一下子变得悬疑起来。刘宝福虽也曾怀疑过宋元喜的儿子儿媳，但问了几个人，确定他们都没有回来。刘宝福心中暗暗叫苦，拍着脑门想，熊熊的大火烧起来后，他就离现场不到一里远，在赶往现场的途中，他第一反应就是抓住放火的人。他才四十多，眼力好，但一个人影也没发现。在确定是宋元喜的地后，他飞快去了宋元喜家。宋家大门紧闭，趴在墙边听，没任何动静。日鬼了，七十多岁的人难道还会身手敏捷如猿猴，何况一个还有心脏病，一个白内障走路都看不见。

会不会是别人放的呢？我问。

3

中午在镇政府食堂草草扒了一碗饭，几个人匆忙赶回桃花村。

六月的里下河已是烈日炎炎，秧苗碧绿，扁豆开花，池塘里的荷花亭亭玉立迎风摇曳。我们没有心思去欣赏。路过村口的鱼塘，只见一个十来岁的少年在放风筝。少年沿着河堤奔，后面有人在追，边追边拿土块砸，少年则边奔边回头大声喊，王广才，王广才，死了没人抬。

少年逃回家，追的人也拍马赶到，跺着脚骂，小×养的，有人养没人教的畜生！

刘宝福告诉我们，放风筝的是宋元喜孙子小亮，追的人叫王广才。我一下子想起来，赖宋元喜账的人就是他。眼前的王广才，六十多岁，光头如斗，身子如鼓，一双三角眼，嘴角泛满白沫，像刚出水的螃蟹。宋元喜护着孙子小亮说，你多大的人了，还跟一个小孩子一般见识？孙子小亮则不买账，叉着腰说，我在我家的鱼塘放风筝，碍你什么事？

王广才圆瞪双眼，你家鱼塘？现在是老子的鱼塘！宋元喜妻子一路小跑过来，冲到前面说，你是他老子？那我是你什么人？

放屁！王广才骂道。

王广才扑上来要揪小亮。我见状立即上前制止，劝道，一个大人怎么跟一个小孩子斗呢？

王广才这才注意我们来，斜起三角眼好奇地打量着我们。他摸出一支烟，叼上嘴，然后朝我们脸上喷出一口，你们是县上来的？噢，对了，烧秸秆了，要罚款，要抓人。正好，放火的放风筝的一起抓，一个污染空气，一个破坏黄豆，古语说的上梁不正下梁歪。

刘宝福贴在我耳边说，这两家是冤家，要是王二在，早就打起来了。王广才两个儿子，一个在开发区办厂，一个在外放高利贷，全是狠角色，人见人怕，六亲不认。

我想起当初宋元喜的上访，一下子对王广才厌恶起来。农村人常说人怕邪的鬼怕恶的，王广才既邪又赖。但这种人之所以能在村里横行，不能不说与我们的基层干部怕硬畏邪有关。我尽量抑制住心中的怒火，问王广才，听说你差人家的钱？

王广才惊讶地皱起眉，我差谁的钱？

我大了声，村里协调的，法院也判了，为什么出尔反尔？哪有这个道理？

王广才支吾了一下，脸上随即挤起两坨肉，露出一副无赖相说，要钱就怕真没有，我养鱼还没挣上钱，拿什么给？不行你把我抓去，也跟宋元喜关一起，他放火我赖账。说完仰起头大笑起来，露出一口黄牙，一嘴臭气迎面扑来，笑声惊动了屋顶上的两只乌鸦，扑腾着飞走了。

我火了，警告他，别乱扯，一码归一码，钱你必须给人家。法院正在搞集中执行，谁也赖不了！

见我动真的了，王广才这才偏过头，晃着双肩一个人咕哝。见没人理睬他，哼了几声走了。走了二三十米远，还故意解开裤子，冲着众人撒了一泡长长的尿，尿完了还抖着那玩意儿发狠道，回头去学校找这个小×养的。

政府办王副主任叹了口气，摇着头。他年轻，从学校门出来直接进的机关，没有与基层形形色色的人打过交道。刘宝福说，王广才什么事都做得出。他讲了个小故事，一次小亮去鱼塘边摘桃子，桃树是宋元喜当年栽的。王广才装作没看见，等小亮回家后，他突然跑到渠道上大喊，出事了出事了，桃树刚打了农药，吃了要送人命！宋元喜夫妇一听不得了，问小亮吃了没有？小亮当场吓得哭起来。赶紧派人去找龙爹，龙爹当过赤脚医生。小亮被灌了一脸盆肥皂水，灌得肚子大如鼓，然后再吐，黄胆都吐出来了。这时王广才一个人大摇大摆地踱到渠道上，故作惊讶地逢人便说，开玩笑的，你还当真？

4

回到村部讨论放火的事，意见分成两派，一派以刘宝福主任为主，确认宋元喜无疑，虽没在现场抓到实据，但谁会跑到别人家地上去放火？这不是做好事，要罚款受处分的。没证据怕什么，带他到派出所，加点压力不愁不招。另一派以我为主，不同意动不动就让公安带人，公安干什么的？保护人民的，否则只会激化矛盾。从时间上看，宋元喜一家三人都不具备放火时间，儿子儿媳又没有回来。难道火会从天上掉下来？我们何不把思路拓宽一点，看看其他人有没有放的可能？

其他谁会放？

如果要怀疑，只有王广才。宋元喜一家老实，与左邻右舍关系好，只与王广才结下梁子，而且越结越深。孙子不服气，跟他斗，法院要执行，不断追，就在十天前，宋元喜还拦了县长的车，县长发了天大的火，吓得镇长书记连夜上门警告。这种情况下，谁能保证王广才不恼羞成怒栽赃宋元喜？

想到这里，刘宝福突然一拍大腿，惊呼，想起来了。众人为之一振。刘宝福爬起身，压低嗓门说，刚才听郝三宝说过，昨晚九点他从宋元喜家喝酒出来，看见一个人骑着电动车，鬼头鬼脑去了鱼棚方向，估摸是王广才。王广才把电动车趄进鱼棚，关门时还特意探出头东张西望了一下。

九点左右，时间吻合，从宋元喜的地到王广才的鱼棚五百多米，电动车只需一两分钟。关门时为什么要东张西望？心虚无疑。刘宝福补充说，别看王广才表面凶神恶煞似的，但其实胆很小，夜里出门上茅坑都要人陪着。

王广才的疑点在不断加大。

大家的情绪一下子被调动起来，七嘴八舌纷纷议论。正在这时，村部的门突然被人"砰"的一声踢开了，来人双手叉腰挡住大门，吼道，我来投案的，说我放的火，把老子铐去！

王广才的突然到来让大伙们措手不及，个个面面相觑，接不上话。王广才怎么知道我们碰头内容的？谁走漏了风声？王广才仍在不停地叫嚣，两只拳头在空中不停地挥舞。

刘宝福爬起来，说我们正在碰头排查线索，你着什么急？

王广才瞪着刘宝福，你为什么不排你老子排我？

刘宝福吃惊地问，你怎么知道排你？

王广才说，我在门口听到的！

众人恍然大悟，原来王广才一直在门外偷听。

王广才挑衅地向刘宝福伸出手，火是我放的，你把我铐走。

刘宝福往后退，差点撞倒桌上的茶瓶。王广才又绕到他前面，拦住他。这次他没退，反问起王广才，我问你，你几点回鱼棚的？

王广才愣了一下，眼皮不停地眨着，警惕地问，你这话什么意思？我几点回鱼棚关你什么事？我又不是犯人，你没资格这么问我！

出于职业习惯，我捕捉到了王广才刚才眼角下滑过的一丝不安，这个稍纵即逝的表情提醒我，王广才心里有鬼！于是，我走到王广才面前，尽量心平气和地对王广才说，我们在了解情况，你上纲上线干什么？有理不在声高，不做亏心事，还怕鬼敲门？

见我说话了，王广才总算稍微收敛了一些。他缩了缩脖子，低着头说，我喝酒了，犯什么法？我又没手表，鬼才知道几点钟。

屋里终于沉寂下来。但很快，王广才又突然发现什么似的尖叫起来，你们有人在暗中盯着我，你们把我当什么人？坏人？放火犯？杀人犯？

没人搭理他。

王广才以为唬住了大家，变本加厉起来，一只脚踏在椅子上，唾沫四溅地发狠，我上哪儿去关你们什么屁事？你们这是在给老子下套！告诉你们，火就是老子放的，怕你个球！有本事你们把我铐走，坐牢，杀头！

王广才嚣张至极。一屋子的人都在冷眼看着他在表演。谁都知道，心越虚的人往往闹得越凶。王广才从桌前跳到桌后，从门里蹿到门外，像打了鸡血似的。我们始终都在冷静地抽着烟。两支烟抽完了，王广才见还是没人理他，拍着我面前的桌子吼，威胁说一定要给他一个说法，否则谁也出不了这个村。几个人硬拽死拖把他推出去，他"砰"的一声摔开大门。大门晃晃直响，桌上的几只茶杯被震得摔下地。

屋内烟雾弥漫，我对刘宝福说，这些人都是你们平时容下来的，你越怕他，他越蛮横，现在农村的政治生态都被这些人破坏了，还搞什么新农村建设，搞什么和谐创建？

刘宝福再也坐不住了，脸上红一阵白一阵，是呀，正义得不到伸张，作为基层干部虽有苦难言，但责任肯定是逃避不了的。他掸掉身上的烟灰，咬着牙骂道，狗东西太猖狂！

5

次日一早我一个人去宋元喜家，想单独跟他接触一下。凭我的经验，人多不等于有用。这是个带院落的两层楼房，虽没有周边几家人家宽敞高大，但整洁有序，门前的空地上种满了蔬菜，六月豆、黄瓜、苋菜，院墙上爬满了丝瓜藤。宋元喜妻子一个人在家，大家见过两次面，都不再陌生，我主动介绍说宋元喜以前找过我。宋元喜妻子说，老头子说过你跟其他干部不一样。我有点歉意地说，上次那事至今没落实，这次快了。

宋元喜妻子脸上一下子舒展起来，连忙说，难为你了。

我问宋元喜去哪儿了，她说去土地庙敬香了，马上回来。她告诉我，老头子一年三百六十五天天天要去敬香，且每次都是敬的头香。

堂屋的东墙上贴满了大小不一的奖状，全是孙子小亮的。我问了小亮的学习情况，宋元喜妻子一下子来了兴致，说孙子年年都是三好生。我说中学将来去城里读，条件好。宋元喜妻子赶紧问我认不认得励才中学的校长？励才是全县最好的初中，每年都有七八百人考取重点高中。我说到时我来帮你联系，成绩好问题不大。宋元喜妻子脸上立即有了笑容，跑到厨房煮水蛋。至今桃花村还保持着这种热情待客的习惯。正推辞间，宋元喜回来了，后背落了不少香灰。宋元喜妻子连忙拿毛巾帮他掸，又替他擦了擦脸。

宋元喜一句话也没说，径直去理丝瓜棚。宋元喜妻子跑过去，俯着身对他说，这位姓黄的主任不像咱们地方上的土干部，他帮我们说话。

宋元喜理完丝瓜棚，摘了三根黄瓜送进厨房，这才过来，递给我一支"利群"香烟，并拿打火机给我点上。他的手干瘦，每个骨节都鼓着，像竹节，掌心的老茧又硬又厚，手背上几道小口子刚结了痂。

宋元喜见我没有跟他谈烧秸秆的事，脸上立即柔和了许多。他找出一大堆材料，村里协调的意见，王广才的承诺，法院的判决书，厚厚一叠，有的都发毛卷了边。

我告诉他，法院执行局已把这个案子作为重中之重，另外我还找了税务局稽查局的人，王广才大儿子办厂偷税，稽查局已经查实了，马上上门处罚。

宋元喜不住地给我拱拳示谢，宋元喜妻子又要煮水蛋，被我劝住了。这期间，刘宝福突然打来电话，说王广才又闹到村部，指名找你。我说马上去。刘宝福说你能不能避一下，他这一次来势汹汹，他大儿子被税务局查了，要罚几十万，怀疑与你、与王广才的官司有关，气得他大儿子回来骂了王广才一顿，并动手要揍他。我说怕什么，他不找我我还要找他呢。

6

急匆匆往村部赶，我心里坚信，王广才越这般胡闹越说明他心里有鬼。到了村部，却没见着王广才的影子，刘宝福说他又去河堤上追小亮了。我自信地对刘宝福说，不管王广才主动承认放火出于什么目的，可以肯定的是，他的嫌疑最大。

刘宝福转而同意我的意见，撸起袖子说，该找王广才正面交锋了，不要老被动！王副主任也附和，如果真是王广才放的，一定要通过这件事来打击一下他的嚣张气焰，让正气抬头，让邪恶无立身之地。

一起去找王广才。王广才又在围堤上追小亮，小亮在前面放风筝，边跑边大声喊，等王广才死了要把他的骨灰盒扒出来，吊在风筝上示众。王广才恼羞成怒，抓起一块砖头跟在后面追。小亮逗他，王广才快他也快，王广才慢他也慢。前面一道沟，小亮纵身跳过去，王广才也跳，不料脚下一滑，摔下沟底。挣扎了半天，才终于一瘸一拐地爬上来。

好多人跑过来看热闹，但王广才平时与大家积怨深，没人帮他说话。王广才终于从人群中发现了刘宝福，气不打一处来，冲向刘宝福吼，你们合伙坑我，说我放火，罚我儿子的款，狗日的瞎了眼，火就是我放的！你们能把老子怎么样？老子不但要烧他的草，还要烧他的屋，烧他的人。

刘宝福跑到一边去，不搭理他。王广才也看到我了，一蹦一跳地蹿到我面前，戳着我的脸说，找法院、找税务的是你，你哪像干部，我前世与你有什么仇？难道扒了你家的祖坟不成？

我点上支烟，继续看着王广才又蹦又跳。刘宝福几次欲上前都被我制止了，我要让他表演够。就在这时，渠道上突然冲出一个人，手里抓着扁担，奔过来要和王广才拼命。一看，是宋元喜，他的妻子紧随其后。跳上渠道，他的妻子突然从后面抱住他，宋元喜拼命往外挣，挣不脱，红着脸动粗口骂起妻子。现场的人都吓惧了，都说宋元喜好脾气，长这么大从未见过他们夫妻红过脸。王广才扑过来揪宋元喜，宋元喜妻子冲过去，护住宋元喜，与王广才对打起来，边打边骂，今天豁出命跟你拼了！

两个人打成一团，十几个人拉才好不容易拉开。宋元喜妻子的衣裳撕破了，王广才的脸上也抓出了几道口子。两个人还隔着沟对骂。众人想不到，老实人逼急了也这么拼命！好劝歹劝总算把宋元喜夫妻劝回了家。王广才则一边跺脚一边找手机，发狠要让二儿子回来收拾他们。但手机不知掉哪儿了，看热闹的人一阵轰笑。

刘宝福跑到一边去接电话，回来后拉着我不由分说往外走，我被拉得跌跌撞撞的，心里很奇怪。跑出五十米开外，他这才气喘吁吁告诉我，据三组的王木匠反映，前天晚上王广才是在汤河南边一个姘头家吃晚饭的，七点去的，一直吃到九点才回来。

我惊讶得说不出话。刘宝福喘了口气，又补充道，王广才带了姘头最喜欢吃的盐水鹅、董记牛肉，还有溱湖虾球。王木匠和他一起喝到八点半，知趣先走了。半小时后王广才一个人悄悄出门，还专门戴了个头盔，要知道他平时骑车从不戴头盔。

我问王木匠的话是否可靠？刘宝福回应该没问题。他给我算账，姘头家在王广才鱼棚的南边，而宋元喜的地在鱼棚北边，相距五六里。王广才从姘头家骑到鱼棚起码十分钟，也就是说回到鱼棚大约九点十分，如果再向北骑电动车去放火的话，又要几分钟，这与九点的起火时间不吻合。

我怀疑王木匠的话，让刘宝福带人去找王广才的姘头核实情况，刘宝福说姘头去城里走亲戚了，晚上回来。

7

回到村部，几个人一头雾水，闷着头抽烟，谁也不吭声。一支烟刚抽完，门"砰"的一声被踢开来，王广才横着身子闯进来，狠狠地把一个纸包砸到刘宝福桌上，大声骂道，拿去烧给亡人吧！一沓钱被砸得四处乱飞，原来他是来还宋元喜的一万块的。

刘宝福没搭理王广才，王广才又现场撒起了泼，破口大骂政府、当干部的。骂完了又一把掀掉刘宝福的桌子，然后双手一伸，挑衅地说，你抓我走呀，我是放火犯，今天衣裳都带来了准备坐牢。

我冷眼看着王广才表演。法院执行局明天上午就来桃花村强制执行，王广才不得不害怕了。我撑起身，拍着桌子吼道，王广才，你太猖狂了，你眼里还有没有政府？有没有法律？

王广才终于停下来，死死地拿眼瞪着我，眼球几乎弹出眼眶。我警告他，你这般胡作非为是要受到法律制裁的！

王广才不服气地跺着脚，指桑骂槐地又骂了一通，唾沫几乎喷满所有人的脸，但众人个个抱着膀子看他的笑话。他终感无趣，捶胸顿足走了。

我把地上的钱捡起来，和刘宝福一起送给宋元喜。

宋元喜怎么也不相信我们帮他追回了钱。他颤抖着手，一层一层地把外面的报纸拆掉，一张一张地仔细数着，数了两遍，这才长长地叹了口气。

宋元喜把钱递给妻子，妻子又一张一张地数了一遍。数好后再用报纸包好，感激地望着我和刘宝福，嘴动了动，想说什么，但又没说出来。她的眼里发亮，明显湿润了。

刘宝福去找王广才的姘头核实情况了，宋元喜送他，我没挪身。空荡荡的院子里只剩下我们两人。宋元喜妻子突然颤巍巍地走到我身边，拉起我的手，压低声音对我说，你是个好人，我告诉你实话，火是老头子放的，他在草底下放一盘香，顶头绑几根火柴，两小时后香点着火柴，草便一下子烧起来了。

（刊于《朔方》2018年第11期）

捏面人

孙大圣是在一个雾蒙蒙的早上加入上访队伍的，他来不及喝完剩下的两口粥，嘴一抹便出了门。

孙大圣裹在上百人的队伍里，浩浩荡荡开往县城，他们要去县政府，告化工厂。化工厂离刘家村不远，成天冒着浓浓的黑烟，那烟似一支粗大连天的毛笔，肆虐地在刘家村上空泼墨。排出的污水把村前的卤汀河染成了黑绿色，远远望过去似一条黑麻绳，紧紧地勒在刘家村人的脖子上。

孙大圣原名孙大发，小时候得过小儿麻痹症，两条腿一长一短，走路时一瘸一拐。他的父亲是方圆百里有名的捏面人，一团面粉经过他的手便拨拉出数不清栩栩如生的人物。父亲说，荒年也饿不死手艺人，孙大圣学不好文化，父亲便让他跟在后面学手艺。他最喜欢捏孙悟空，早也捏晚也捏，两个月不到，便捏得比父亲还传神，乡邻们开玩笑，说你干脆改名叫孙大圣吧。

孙大圣当初之所以没有犹豫加入上访队伍，就是因为他坚信他的老婆之死与化工厂有直接关联。老婆死于肺癌，死前咳出的痰都泛着臭鸡蛋味。老婆死时拿手指着化工厂方向，久久不肯闭眼。

上访队伍砸过化工厂，闹过环保局，也到县政府拦过县长的车。领头的是刘二爹，人称老师傅，他是全村种田的一把好手，但他种出的稻卖不出去，收购商一听便摇头。

县里和镇上派人做了好多工作，也承诺了不少，但承诺来承诺去，化工厂那黑烟始终没有消停过。一个月下来，上访队伍开始变松，有些人渐渐失去耐心。孙大圣有些担心，对老师傅说，黄鼠狼看鸡，越看越稀，咱们这队伍七零八落越来越像个游击队了。老师傅给他打气，游击队怎么啦，共产党当初不就靠游击打下的天下？

孙大圣继续一瘸一拐去上访，他四十多岁了，实诚了大半生，认定的事历来不反悔。当年他花三万块钱娶回老婆，生了儿子，三年后，老婆提出要回广西探亲，所有的人都劝他不能答应，但孙大圣却不理睬，他说儿子在呢，老婆怎么会跑？孙大圣不仅给足了盘缠，还备足了土特产。一个月后没音信，两个月后没动静，就在众人都认为老婆女妖一般上了天遁了地时，老婆却红扑着脸回来了。孙大圣骄傲地逢人便说，我没说错吧？

上访的人上班的上班，做生意的做生意，带孩子的带孩子，最终只剩下老师傅和孙大圣两个人。空旷的乡间小道上飘着两个秸秆似的影子，瘦巴巴的，一前一后，一高一矮。孙大圣忧虑地对老师傅说，唐僧去西天取经还要四个人，咱光条条两根枪有什么用？老师傅拍拍他瘦嶙嶙的肩头鼓励道，唐僧取经不还是靠的孙悟空？一个孙猴子就能闹翻了天宫，咱们就不信闹不翻一个小小的化工厂。

老师傅在田里育秧苗，不少人去帮工，他辈分高，村主任又是他侄子。孙大圣替他把秧苗地抹得平平的，镜子一般，撒上稻种。为赶麻雀，老师傅还扎了个稻草人，头上顶了个草帽，肩上架着一支木棍做的长枪，挑着红塑料布，在风中飘扬。

歇下来抽烟，老师傅对孙大圣说，大伙都商议好了，以后这上访主要靠你，马上农忙，我脱不开身。孙大圣瞪大眼，望着老师傅。老师傅随即拍着胸脯说，别担心误了你的工，年底全村人贴你损失，一户两百块，比你捏面人强多了。

孙大圣拿手挠着额头，额头上的皱纹又粗又深，刀刻了一般。他吐出一口烟，眼光仍停在那个稻草人上，停在那个飘着红布的枪上。半天，他才扔掉烟头，笑道，你们姓刘的都不去，拿咱姓孙的当枪使。

刘家村九成人都姓刘。老师傅咧开嘴，友好地在孙大圣胸上捶了一拳，伙计，有你这枪就行了，老人家说过，枪杆子里面出政权。

孙大圣并不怀疑老师傅的话，这老师傅上通天文下晓地理，村里人看个生辰八字，择个良辰吉日都找他。

孙大圣的结婚仪式也是老师傅主持的，老师傅出了个难题给孙大圣，假如有一天你老婆和你娘一起掉河里，你先救谁？孙大圣望着老婆说，先救你。岂料娘正站在身后，黑下脸。众人起哄，孙大圣娶了媳妇忘了娘，这鸟人猪八戒变的，重色轻情。孙大圣赶紧丢下老婆给娘陪笑脸，先救你，老婆可以重找，娘只一个。媳妇不干了，砰的一声关了房门，丢下孙大圣如热锅上的蚂蚁团团转。孙大圣追着老师傅骂，你怎么出这个题目坑人呢？

老师傅的承诺给了孙大圣动力，经过几个月的上访，他也摸到了一些规律，化工厂的主管单位很多，县里、镇上、工业园，但问题就出在这里，管的人愈多，问事的人愈少，都在踢皮球。但起关键作用的还是环保局，于是，他到环保局找局长，一连找了十多天，才终于等到局长。局长面露难色，拍着一沓子文件对孙大圣说，人家有环评报告，不是你说违法就违法。孙大圣说水是黑的，天是黑的，地里打出来的粮食都鬼味，这环评报告有什么鸟用？局长拿手指笃笃地敲着桌子，口说无凭，你说人家违法得举证，懂什么叫举证吗？就是拿证据。孙大圣急得直跺脚，说，证据都在那儿，秃子头上的虱子明摆着。孙大圣说这话时局长伸手摸了摸头，他这才发现局长头上光秃秃的一根毛也没有，自觉说漏了嘴。但他顾不上这么多，拖着局长要去现场。局长被拖得一个踉跄，差点撞到门上，但他还是压住心中的怒气说，我马上派人去查，但在结果出来之前不要妄议人家，妄议就是瞎说，违法，你懂吗？

孙大圣给这个问题难住了，骑着电动车回来。他一脚去了化工厂。化工厂门前几个工人正在往卡车上装水果、猪肉，原来化工厂苟老板要去敬老院慰问老人，特意喊来电视台的记者拍新闻。见工人又拉来几个箱子，孙大圣问那是什么，记者说是净水器。孙大圣不懂，记者说就是让老人们喝上健康的水。卡车卷着灰尘开走了，孙大圣揉了揉眼，突然想起什么似的大喊，狗东西，你应该全世界一人送一个。

孙大圣围着化工厂转了一圈又一圈，黑烟还像奔腾的野马一般撒着欢，直冲天空，一会儿张着嘴像条蟒蛇，一会儿黑着脸像个魔怪，呼呼地在头顶上旋着圈，像在嘲弄孙大圣，你去告呀，你让环保局来关掉我呀。

孙大圣拍着尖尖的脑袋，直拍得上面那几根白白的头发颤颤地抖。他那尖尖的山芋似的脑子里只装着父亲当年留给他的一些人物，孙悟空、唐僧、猪八戒、沙和尚，还有穆桂英、孟姜女、杨贵妃、貂蝉，但就是没有化工厂那肥头大耳，走路一叉一摆的苟老板。苟老板就是狗老板！孙大圣拿不住苟老板的罪证，无奈，只得去找老师傅，他相信老师傅那同样不长毛的脑袋里能抖出答案。

老师傅也围着化工厂转了一圈又一圈，但他比孙大圣脑子活，他说，河水不会无缘无故变臭变黑，关键是你没抓到证据。孙大圣说怎么抓，他的污水不都在池子里么？老师傅说你傻呀，不偷排他一百个污水池也不够。孙大圣拍着头，老师傅猛地一攥拳头，捉贼捉赃，捉奸捉双，我就不相信抓不住他狗日的！

老师傅告诉孙大圣，这姓苟的也不是个怂人，比鬼都精，偷排肯定偷得神不知鬼不觉，比如深更半夜，比如暴雨连天，你只要去抓，一定会抓住的。

孙大圣便按照老师傅的指点，盼着下大雨，盼着深更半夜后。但夏天过后，大雨很少，他到外村妹夫家撑来条小船，常常夜里躲在对过的芦苇丛里，看会不会有人出来放水。老师傅提醒他，只要闻到特别刺鼻的气味，就说明污水下河了，你一抓一个准。

孙大圣就那般等呀等，但化工厂那苟老板仿佛知晓了孙大圣的心事，与他捉迷藏，空等了一个多月，来来往往三十多趟始终没等来想要的结果。孙大圣几次找老师傅，说干脆去厂里找排污口，老师傅说你三岁呀，人家会让你找？再等，狐狸总归会露出尾巴来的。

孙大圣好酒，但每天晚上只喝一小盅，儿子在江西打工，成了家，平时就一个人，喝多了就要睡觉，说不定在他睡觉的当儿，污水就会哗哗地排出来。一天夜里，他刚入睡，就梦见了化工厂的苟老板悄悄打开阀门，刹那间，铺天盖地的污水哗的一声呼啸而来，瞬间便淹没了整个村庄，所有的人都在呼天抢地大声呼救，连天的臭水咆哮着，卷过来一堆又一堆的尸体，他睁大眼找到了爹，找到了娘，找到了老婆……孙大圣惊醒了，浑身湿漉漉的，像从水里爬上来似的，心怦怦乱跳，像受了惊的兔子。

外面终于下起了大雨，这是早也盼晚也盼的大雨，雨点急急砸向大地的声音是那般的悦耳，孙大圣甚至觉得这是全世界最动听的音乐，最美妙的节奏。他按捺不住浑身的激动，一会儿跑到门外探探雨，生怕它小下来，一会儿又折回屋，巴望着时钟能走快一点，好几次他都想冲出门，但老师傅叮嘱他要找准时机。好不容易熬到十二点，孙大圣一头冲进雨里，爬上船，手里的篙子几乎不离水，"唰，唰"，小船飞一般钻进对岸的芦苇丛。他趴在船帮上一动不动，死死盯着对岸，眼睛瞪得像田螺一样大，抓着塑料桶的手都在发抖，他都听见心在往嗓子口直奔，怦怦地震着耳膜，那份激动紧张不亚于当年第一次跟老婆进洞房。终于，一阵恶臭袭过来，河对岸那个埋在水底下的排污口现出身，泛起一大片一尺多高的白沫。孙大圣几乎不敢相信自己的眼睛，赶紧撑船过去，趴下身，急急地拿桶兜水。哪料用力过猛，一头扎下河，双手乱划四下扑腾，连呛了几口臭水后终于浮出水面，抱着水桶爬上船，骂道，狗日的，总算逮到你了。

孙大圣难掩兴奋之情连夜去敲老师傅的门，老师傅慌得只穿了条单裤出来，冻得上下牙直抖连蹦出七八个好。第二天天一亮，孙大圣便提着那污水去环保局，他怕桶里的水颠出来，还用塑料布把桶口扎了个严严实实。孙大圣一路上心情舒畅，不住地跟熟悉的不熟悉的人打着招呼。他想这一次秃头局长想赖也赖不了，你不是说要证据么，这证据让俺老孙抓到了，你说没污染，那你闻闻看，你喝喝看，共产党养你这样的混蛋干什么的？你在为老百姓说话吗？俺老孙可以断定，你这个混蛋一准跟那个狗老板合穿一条裤子，他不请你喝酒不送你钱你怎么帮他说话？敬老院他还送那么多东西呢，没准还送过女人给你，电视上都说了，现在的贪官十有八九都有情妇。

到了环保局，终于有人将那污水收下来。孙大圣特意留了一个心眼，带来的只是半桶水，还有一半留着，这是老师傅教的，怕环保局做手脚。孙大圣撑着一条腿，另一条腿倚着电动车等结果，环保局人说你先回去，化验结果一个月后才能出来。孙大圣骑着电动车回来，平坦的水泥路上，绿色电动车风驰电掣，惬意地在城乡之间穿行，秋天到了，四处开始金黄起来，各种果香开始在空气中弥漫开来，丝丝的，甜甜的，水瓜该脆了，梨子该熟了，柿子该红了，还有那刚出水的菱角，鲜嫩清甜……情不自禁间，敞开嗓子吼起了那首最喜欢的歌："你挑着担，我牵着马，迎来日出，送走晚霞……"

刚到集镇，便看到一座高大的彩虹门横跨街头，震耳欲聋的鞭炮声响彻天空。孙大圣停下车看热闹，原来一群人正在为一座新建的石桥剪彩，县长也来了，腆着肚子公鸡一般的苟老板手舞足蹈。苟老板出钱为镇上修桥，取名"长德桥"，用的是他的名字。孙大圣远远地朝着那桥啐了一口唾沫，冷笑道，长德短德，等着后人往上面抹屎吧。

孙大圣回到村里，大伙都为他高兴，就连村主任也朝他直竖大拇指。他们虽然不能参与其中，但他们是他幕后坚定的支持者，他们夸孙大圣是打污英雄，过去有打假英雄，现在有打虎英雄，你与他们齐名，将来村史上要写上你的名字。告倒了那个肥头大耳的狗老板，应该给孙大圣记第一大功。

一个月过去了，孙大圣去环保局问结果，说还要再等一段时间，要送南京复检。孙大圣三天两头去那儿等，就这样一晃小半年过去了，年关将至，孙大圣去找老师傅，说马上过年了，一年什么事也没做成，成天去告状，两条腿跑成麻杆瘦了。他边说边捞起裤脚给老师傅看。

老师傅知道孙大圣的意思，替大伙上访了一年，工钱该结一结了。他赶忙点头称是，扳着手指头数了数，拍着胸脯承诺，马上上门去收，答应好了的事绝不会滑边。

孙大圣在家里等，一等不来，二等也不来，他又去找老师傅，老师傅正忙着杀猪，特意割下一大块靠心肉递给孙大圣，说大伙们都晓得你出了劲，起早摸黑不说，贴工还贴本，光电费和修车费就不是一个小数目。老师傅见孙大圣仍不走，便从裤袋里掏出几张票子给他，叹了口气，面露难色地说，怎么说呢，三心两不齐，有人说要等有结果了这钱才出得顺心，这四百块你先用着，我给的双份，不够说一声。

孙大圣搓着手，先是拿左手搓右手，接着再拿右手搓左手，那手被搓得沙沙着响，像磨着砂纸。好一会儿，他才踮着脚自言自语，不都说好了的么，不都说好了的么？

老师傅把钱塞进孙大圣裤袋，拍拍那儿说，人家说的也不是没道理，凡事总要有结果。但你放心，这事包在我身上，你不信别人，不至于也不信我吧？

孙大圣回过身，顿了顿，极不情愿地迈出那条直直的右腿，向前探去，右脚啪的一声落到地上，然后身子向前一倾，收回短的左腿，那左腿就像一个木棍，直直地平移过去，戳在地上，瘦小的身子便移动了一步。叹口气，再迈出右腿，收回左腿，稀落的雪地上，像一条巨大的竹节虫，一节一节在蠕动。

开过春，孙大圣又在自己院子里捏起面人来，他翻出小刀、竹针、篦子，用糯米粉和面。捏面人是个手艺活，捏搓揉掀、点切刻划，顷刻间便能脱手而成。但孙大圣不以传统的写意为主，看重表现人物性格，他捏的人是"活"的。他先捏了唐僧，接着捏沙和尚，他没捏猪八戒。唐僧沙和尚他喜欢，但猪八戒他不喜欢，特别是见过化工厂那肥头大耳的苟老板后，他便不再捏它了。捏个色鬼有什么意思呢？只会闹心。当然了，他最喜欢捏的还是孙悟空，金猴挥起千钧棒，日行千里捉魔妖是他的最爱，只有这时，他才会两眼放光，连额头上的皱纹也舒展开来。

老师傅去找孙大圣，看着身边三个面目清晰神态各异的人物，忍不住拍手叫好。但片刻又说，好手艺是好手艺，可惜现在买的人少，过往的东西不值钱了。孙大圣头也不抬，继续手里忙活着。老师傅望着远处化工厂的大烟囱。过了年，这狗东西不但没收敛，反而冒得更猖狂了。老师傅焦急地对孙大圣说，节后你要去环保局追一追结果，出来了才好关他狗日的门。见孙大圣没应他的话，估摸他肯定还在念着去年的承诺，于是赶紧补充道，那样也好跟你结账，你放心，你是老实人，大伙不会让你吃亏的。

孙大圣嘴里"噢"了一声。

老师傅催促说，任何事都不能虎头蛇尾，趁热打铁才能成功。孙大圣张嘴想说什么，但想了想又没说出来。他什么时候都信老师傅的话，当年他父亲挑着行头流浪到刘家村，人生地不熟，常常被人欺负，每每都是老师傅出面帮他说话，这才站稳了脚。到了孙大圣这一辈，不管遇到什么困难，开口了都能得到他的帮助，特别是娶老婆时凑来凑去还差五千块，老师傅听说后二话没说便送了过来。

三月菜花黄，刘家村大多是垛田，水网纵横交错。孙大圣又骑着电动车，穿梭在田埂上，蛛网叠布的河汊将一块块垛田分割开来，远远望过去，金黄色的菜地就像一座座漂浮在水面的小岛。电动车在飞，小岛也跟着飞，太阳升起来了，小岛飞出了孙大圣的视线，他也气喘吁吁地赶到了环保局。

门卫远远地过来阻拦，他支好车蹲在门口抽烟。门卫赶他走，他索性坐到大门口地上。第二天一上班也是如此，到了第三天下午，一个穿制服的干部走过来，说你拿的那个水样不算数，我们采的才行。谁知道你搞的哪儿的，河里的？江里的？中国的？外国的？

孙大圣从地上撑起身，倚着电动车，对穿制服的说，你这是说的人话还是鬼话，我做假干什么？不信你跟我去，他们半夜才偷排，平时抓不到。穿制服的说我们去是执法，什么时候去都有规定，哪能你叫去就去。

孙大圣又坐到地上，你们不去我就不回去，天天来找你们，不行就去找县长。

孙大圣果然天天到环保局去，一去便坐在大门口，任由汽车从身边鸣着喇叭呼啸而过。门卫警告他，你这是缠访，干扰机关工作，不会有好结果。孙大圣晃着头，我又没犯法，天皇老子都不怕。门卫一股劲儿冷笑，那你走着瞧。果不然，一天傍晚，一辆警车悄然而至，两个保安飞速把孙大圣架进警车，像拎着一只小鸡。警车一溜烟向城郊驶去，拐过四个红绿灯，将他送进了县水利局"普法培训班"。孙大圣进去了才听人说，马上要开两会，这时候许多地方的"普法培训班"就会开班。

培训班共有十五个人，十个上访专业户、两个拆迁钉子户、一个脑子进了水说要炸县政府的开发商，还有一个上网举报县长养情人的胖女人。孙大圣不知道培训班是干什么的，更不会去听那些个驴脸哑吧哑吧讲什么纪律。他一瘸一拐跑出教室闲逛，看两只狗在打闹，瘦保安喊，你乱跑乱窜搞什么名堂，怕人家不晓得你瘸子一个显摆呀？一根筋。孙大圣笑着骂，你才一根筋，山猴红屁眼，放的不是人屁。

两会闭幕，"普法培训班"也结束了，老师傅来接孙大圣，竟发现他白了些。问他在里面有没有挨打，孙大圣摇头，老师傅不相信，说里面虽然装了监控，但听说挨打都等你上厕所时，黑灯瞎火的没人看见。

回到家，不少人来安慰他，老师傅特意拎来两瓶酒，到镇上买来油炸干、猪头肉、盐水鹅，一屋子人喝得兴高采烈。有人对孙大圣说，这次真委屈你了，你这是代全村人上的培训班。孙大圣咧着嘴笑，狗日的还说咱是上访专业户。有人纠正，不是专业户，是专家。众人大笑。老师傅接过话，怕啥呢，上培训班不等于是坏人，过去有英雄人物还坐大牢呢。孙大圣两杯酒下肚，红着脸揸着屁股下的方凳说，老子怕他什么，明天一早还去。

孙大圣回到家倒头便睡，一觉睡到大天亮。不料第二天早上拉开门，门槛上突然掉下只死猫，不偏不倚砸中脑门。再一看门前小路上也倒满了屎，屎即死字，孙大圣心知肚明，这是有人在威胁自己，你孙大圣再这般干下去只有"死"路一条。

但孙大圣偏偏就是个不信鬼不信邪的人，犟劲儿上来，九头牛也拉不回。想当年农村才有自行车，孙大圣闹着也要学，要知道他一条腿不好用，另一条腿还短半截，别说骑，就是坐也坐不上去。隔壁刘三打赌，你能学会我送你一辆自行车。孙大圣伸手拉钩，说话不算数咋办？刘三说，拿头钻裤裆。孙大圣说学就学，白天怕人笑话，便夜里来到晒场上，车后座上绑支扁担，先是跨上去骑，骑稳了再学上车下车。要知道学车过程中最难的就是上车下车，上去了摔倒，摔倒了再上，摔得腿伤了，头破了，嘴唇翻过来，一身衣裤千疮百孔。刘三笑，别学了，再学把两条膀子都摔断了，全身便没有一个好零件了。孙大圣不听他的，两个月后，等他把车铃摇得当当响冲着刘三呼啸而来时，刘三吓得面无人色跳下田埂，而他一个急刹车，半空中提着龙头冲着刘三咧开嘴大笑，像电影上横刀立马的将军一样。刘三买不起自行车，只得无奈地钻了裤裆。

　　孙大圣没有被吓住，他还要到环保局去，还要去找那个穿制服的。这天，他去时太阳还在天上，哪料到中途却大雨如注，当他湿漉漉地挤到传达室的屋檐下时，地上立即汪成一大滩水。他拧着湿透了的衣裳等穿制服的，恰巧他开着车到传达室拿快递，孙大圣拦住说你们答应好了的为什么不去？你们跟化工厂姓苟的合穿一条裤子，一起糊弄老百姓。穿制服的左脸上铜钱大的疤涨得通红，一跳一跳的。他想挣开身，但孙大圣一把拽住他，挣不脱。门卫上来掰他的手，无奈孙大圣是个捏面人，成天做手工活，手上力气大得很，两个人也掰不开。穿制服的急了，死命掐。孙大圣火了，一口朝那手咬过去。穿制服的痛苦得大叫一声，抬起腿朝着他的腹部就是一下。孙大圣大叫，干部打人啦，干部打人啦！边叫边抓起一块砖头朝穿制服的车子砸去，"哗"的一声，玻璃碎了一地。

　　动静之大引来了局长，望着缠成一团的两个人，局长又气又急，恼怒地责怪穿制服的为什么莽撞行事。穿制服的哭丧着脸说他咬人在先，我是万般无奈之下正当防卫。局长臭骂了他一通，再回身严厉斥责孙大圣，你这是胡搅蛮缠，扰乱了公共秩序，妨碍了机关正常工作。不一会儿，派出所民警赶到，二话不说把他塞进警车后面的铁栅栏里。孙大圣并没有挣扎，整了整扯乱了的衣裳。有个民警扒住铁栅栏看了看，挤着眼问，这不是孙大圣么？孙大圣啐了他一口，民警拍着栅栏笑，兄弟你悠着点儿，别变没了让我们交不了差。

　　环保局终于到化工厂去取样。化工厂的烟顿即小了许多，刺鼻的臭鸡蛋味也淡了些。孙大圣被行政拘留十天，罪名是损坏公共财物。孙大圣蹲在看守所的十天间，村主任、老师傅、刘三等人都去看望过他，老师傅说别怕，回去时我们来接你，给你放一万响的鞭炮。孙大圣并不沮丧，说放鞭炮的钱省了，买酒喝更好。

孙大圣从拘留所回来，老师傅带人在圩上噼噼啪啪放了半天鞭炮。孙大圣昂着头，满脸春风与众人打着招呼。他的两条腿也利索了许多，从圩上下来，竟一步跨过两尺宽的墒口，哪料到步伐过大，一下子摔个脸朝天。众人笑得捧着肚子，说孙大圣你不管摔成什么样子都算工伤，死了算烈士。笑声拂过河面，欢欢快快传到三里外。

老师傅告诉他，环保局的人真的来了，取了水样。孙大圣咧开嘴，那狗日的我不咬他一口他能来？

化工厂的黑烟还在冒，断断续续，躲躲藏藏，再也不像往日那般猖狂，那般骄横跋扈，那般肆无忌惮。孙大圣在心里说，等检测结果出来后看你还凶什么，电视上说了，查出你真有问题，肥头大耳的苟老板一定会被抓去坐牢。你这赚的昧心钱，丧尽天良。孙大圣甚至还做了一个梦，梦见苟老板被五花大绑，押在村口的戏台上，全村人朝他吐口水，都戳着他鼻子骂，都往他身上砸屎巴。不可一世的苟老板哭丧着脸跪在地上，捣蒜一般求饶，我该死，我该千刀万剐！

在耐心等待结果的日子里，孙大圣又捏起了面人，他这时候捏得气定神闲，捏得优哉游哉。他把捏好的孙行者举过头顶，让它在太阳下自由地飞舞，一会儿蹿到屋顶，一会儿钻入桌底；一会儿呼啸而来，一会儿飘然而去。他抚摸着它的头说，大师兄，这世道什么时候也离不开你呀！

全村人都在等检测结果出来，都在猜测结果出来后化工厂会受到什么样的处罚。苟老板会不会被抓去坐牢？坐牢了他老婆会不会闹离婚？听说苟老板老婆比他小二十多岁，老牛吃嫩草。老牛坐牢了，这嫩草谁去吃？全村人都坚信，说不准那吊死鬼一般的骚货巴不得苟老板坐一世牢出不来呢。

老师傅又到外村去流转了八百亩土地，晚上回来约孙大圣去喝酒，酒过三巡，老师傅不住地晃着头，扳着手指头算账。孙大圣多喝了两杯，问老师傅今年能拿到工钱么？马上又一年了，前天他头昏去医院查了下，高血压，高血糖，医生叫住院，可他拿不出这钱。老师傅又拍了拍胸脯，说没问题。

八月桂花香，家家院子里都开满了黄灿灿的小花。刘家村人喜欢在院子里栽桂花，老师傅还喜欢把谢了的桂花收起来，做成香袋。孙大圣替他收了一筛子桂花，起早送过去，但老师傅出门了。一连几天，都没送着。孙大圣犯嘀咕，明明刚才还听见他说话，怎么赶过来总见不到人影，难道他在躲着自己？

终于有一天，孙大圣在村口截住老师傅，又问起工钱的事。老师傅特意把他拉到一个没人的地方，附着耳说，反正该我出的钱我出，还是两份。继而又搓了搓手，喷着嘴面露难色地说，你最好去找一下村主任，这事只有他能解决，但不能说我说的。

孙大圣搞不清老师傅葫芦里卖的什么药，一头雾水地找到村部，村主任还挺客气，又是递烟，又是倒水。但当孙大圣提起老师傅的话时一下子挠起了头，他说全村几百号人都知道你孙大圣作出了很大的贡献，克服了无数次的困难，作出了常人想象不到的牺牲。但是，孙大圣心里突然咯噔一下，他像所有人一样，怕就怕这个"但是"。村主任无奈地摊开手，满脸不自然地说，你这个孙大圣呀，这一回真的可闹出了麻烦，把全村人，包括我们都搭上了。

孙大圣丈二和尚摸不着头脑，皱着眉头问，村主任你可不能这般糊弄人。村主任拉过他，为难地说，领导找我们了，说全村人出钱雇你上访，这叫暗中煽动，惑事。上访本身就不对，背后煽动罪加一等，问题是严重地影响了社会稳定。上面正在一个个查，你说孙大圣啊，眼下谁还敢再拿钱，除非不想过呀！

孙大圣一下子傻了眼，他根本不敢相信自己的耳朵。怪不得老师傅躲躲闪闪的，照村主任这么说，咱这去告化工厂不但做的不是好事，反而让全村人背上了黑锅，这理怎么讲？这理何处说？早知今日何必当初，你们是真的不知，还是故意隐瞒真相？是找借口，还是把咱当猴要？咱为你们风里来雨里去跑了近两年，吃了多少苦？挨了多少骂？受了多少气？最后连监狱都坐了，不但功劳苦劳没有，反倒成了罪人！

村主任耐心地拉着他的手又是解释又是劝说，嘴边泛起一堆一堆的白沫，像刚出水的螃蟹。孙大圣一句也听不进，懵懵懂懂间不知怎么走出村部的，他感到自己受了捉弄。没有办法，只得去找老师傅，要他去村里说理。老师傅被孙大圣拖到村部，一股劲儿地赔着不是，村主任还是那句话，大伙们不是不想给，给了大伙们都不好办，都要落下罪名。钱一给就是证据，就像你去化工厂灌的水。

孙大圣不依，犟劲儿又上来了。村主任说以后我们用其他方式补偿你，等过了这一阵，希望你能理解。孙大圣再也不相信谁的话了，只觉得胸中有火在烧，烧着头，烧着胸，烧着整个身子，烧得五脏俱焚，烧得全身成了一堆灰，飞到了天上。他想吼，吼不出；想骂，骂不出声。他就用那条瘸腿死命地跺着水泥地，仿佛要把那儿跺出个洞，钻进去。终于，他抓起桌上的水瓶，一把掼到地上，"嘭"，水瓶炸开了，人们尖叫着四处逃窜。

没人再去理孙大圣，人人躲着他。几天后，也许感到愧疚，老师傅拎着两条鱼去他家。见他正要外出，问他这几天去哪儿了？孙大圣头也不抬，砰的一声撞上门，冷冷地说，还能去哪儿，上访呗。老师傅赶紧问，环保局的结果出来了？没想到孙大圣却冲他吼道，什么结果不结果，我去找县政府，告你们，你们差我钱！

老师傅瞪大眼，呆呆地目送着孙大圣一瘸一拐出了门，歪歪斜斜地骑着车上了路。

县里开双文明表彰会，肥头大耳的苟老板上台领回特别贡献奖。镇长拍着那奖杯说，孙大圣又上访了。苟老板问，还是那个捏面人？镇长点头，低了声说，不过这次告的不是你。苟老板突然一仰头，喷出一嘴浓烈的酒气，告我？笑话，把咱当面人捏，可能么？

（刊于《清明》2018 年第 6 期）

跳面王

海阳县城不大，但面馆有上百家，不过最有名的要数"沈三跳面"。

沈三个不高，人瘦，但名字却了不得，沈乾坤。沈三十八岁跟着父亲学跳面，三年便超过了父亲。他跳出的面根根如样，韧性强，下成的鱼汤面筋道、爽口、鲜美，深受小城人喜爱。

像往常一样，九点刚过，沈三放下切刀，拿布擦着手中的跳杠，这是他一天中最轻松的时刻。沈三一天要跳二百斤干面，三分之一给自己的面馆，余下的卖给几个固定的客户。

儿子沈秋林爬上阁楼，见沈三还在埋头擦杠，问了声，跳好了？

沈三不搭他的话，把擦得锃亮的跳杠托在手上，从上到下又抹了一遍，然后轻轻挂到墙上。

沈秋林磨蹭着，支支吾吾的，一副欲言又止的样子。沈三不耐烦地问，什么事？

沈秋林终于开口，但声音细得像蚊子叫，孙六爹想吃面。

沈三粗声粗气地拂拂手，想吃就给他下呗。

沈秋林赶紧回道，面下完了。

沈三把眼光从跳杠上收回来，瓮声瓮气地说，下完了不会明天再来？

沈秋林后退一步，拿手搔着头。他知道父亲的脾气，每天只跳这么多，多一两也不跳。沈三仰着头喝茶，骨碌骨碌喝完了，沈秋林才告诉他，孙六爹有半个月不来，怕不行了，胰子上的问题。

沈三倒掉茶叶，径直拔脚下楼。

沈秋林跟在后面陪着笑。他生得像父亲一样，瘦，但个子比父亲高。不过那笑却僵硬得很，像画上去贴在腮边似的。

面馆开在楼下，平时沈秋林负责打理。此时食客们已经散去，沈三朝面馆里面瞥了一眼。孙六爹以往每天都坐在最里面的位子上，三两鱼汤面，撒上胡椒粉，就着一碟雪里蕻咸菜，一年四季雷打不动，儿子孙山林曾跟在沈三后面学过跳面，但一年后就走了。

家离面馆不远，一百来米的样子。沈三到家时老伴正在忙午饭，见他喘着粗气，开玩笑说，这脸黑得关公似的，谁问你借黄豆种了？沈三这几年爱生气，动不动还摔碗骂人，原因很简单，他一直要儿子学跳面，好接他的班。但儿子不是这个理由就是那个理由，始终不肯碰那个跳杠。

老伴晃着手里一条大白鱼讨好地说，秋林早上特意买的，他知道你最喜欢吃清蒸。

哪料到沈三不领情，回道，不吃。

老伴并不生气，她处处让着沈三。沈三累，每天两点起床，一跳八九个小时，一年到头歇不上一天，生了病都得扛着。

沈三拿剃须刀刮胡子，剃须刀"呜呜"地叫着。他的脸巴掌大，但胡子又硬又密。腮边露出铁青色，人立即显得精神多了，两眼放光。他坐到桌前，准备喝酒。他的午饭比人家早，喝点酒后要午睡两个小时。他清了清嗓子说，还有两个月我就六十五了。

老伴陪着笑脸，我六十四，比你小一岁，电视里说，现在六十多的人还属中年。

沈三瞪了老伴一眼，胡说。

刚喝了一盅，有人敲门。一开，孙山林来了。进门叫了声师傅。孙山林当年跟在沈三后面只学了一年徒，但每年初一都要来拜沈三的年。

孙山林蓬着一头乱发，乱麻草似的，两只眼睛红红的，陷在眼窝里。沈三想起刚才儿子沈秋林的话，问，你父亲怎么了？

孙山林叹着气说，怕不行了。

沈三面色凝重起来，头仰着，愣愣地望着天花板。他又想起了那个满头白发，瘦得风都能刮得倒的孙六爹。孙六爹七十多，腿有点瘸，天天八点钟来吃面，吃完后有时会到阁楼上坐坐，扯几句社会上的马路新闻，带几个刚摘的梨子红枣，特别是中秋节前后，必定捎几捧漤湖采来的菱角，出水鲜，又脆又甜，那是沈三的最爱。沈三自言自语道，怪不得这么久没来吃面条了，又问孙山林，人在哪儿？

孙山林回，在乡下。

沈三老伴急急地问，医院不收了？

孙山林嗯了一声，搔着乱发，白头屑飘了一层。他沙哑着说，父亲好多天滴水不沾了，上午突然来了精神，说要吃沈三跳面，怕是回光返照吧？

沈三张大嘴，"噢"了一声。

孙山林扳着指头数着，一共七天滴水不沾了。

沈三闭上眼睛，不再吭声。

孙山林急得头上直冒汗，他清楚师傅的脾气，师傅是个说一不二的人，自己定的规矩从不会破，他一天只跳七个面团，多一斤不跳，少一斤不行。有一次，一个大老板过生日要买三十斤面，买不到，大老板说我一斤加一块，沈三不为所动。大老板抖着手里的钞票说，双倍价。沈三反问一句，我没见过钱？还有一次，一个干部模样的人来买面，说领导从省城来，听说沈三跳面出名，想尝尝，你多跳个团吧。沈三回，明天趁早吧。来人还不死心，嗓门高了说这领导多大多大，比县长还高几级。沈三笑了笑，我这儿是面馆，又不是官场。

沈三不停地拿手指笃着桌子，他的指头又短又粗，胡萝卜似的，这些都是常年揣面揣成的。沈三老伴悄悄问孙山林，其他家也卖完了？沈三的跳面只卖六个店，每个店三十斤。

孙山林摇着头回，问过了，都卖完了。

沈三老伴为难了，自言自语，又不好拿其他人家的面代替。

孙山林赶紧摇手，不能，他只吃师傅做的面。

沉默。

屋子里只有三个人粗重的呼吸声。

终于，沈三叹了口气，长长的，门外都能听见。

他撑起身，拉开门向面馆走去。

阁楼上又传来均匀有力的"嘭嘭"声。

这是多年来的第一次。

孙山林恭敬地站在门口。沈三忘不了这个徒弟，当年他在县饮服公司跳面，孙山林跟在后面学徒，还是个白白净净的小伙子，成天只知道埋头揉面、跳面、切面。要不是后来发生那个意外，孙山林说不定会一直跳到现在。那次跳完面，孙山林转身时上衣里突然滚出一个拳头大的面团，沈三不敢相信自己的眼睛，这不是偷么？二话没说，举起檀木跳杠就打。孙山林吓得扑通一声跪下去，捡起面团扔回面盆，浑身筛糠似的直抖，一个劲地求饶说，下次再也不敢了。他哭着告诉沈三，奶奶眼看不行了，提出要吃精面做的馒头，但眼下青黄不接，借了好多人家都借不到，实在没法子。

沈三的跳杠终究没打下来，他望着脸色苍白、骨瘦嶙峋的孙山林，叹了口气。终于，他把那个面团从面盒里拿回来，掂了掂，塞给他，说了句，拿回家吧，账我来结。

孙山林是含着热泪离开的，这一走便是二十年。

沈三跳得很吃力，张大嘴，头上的汗珠不断往下滴。越吃力心里越生气，不冲别人，就是冲着儿子沈秋林。他就是个懒种，吃不了苦，你能跳不就省了我的事么？找这个理由那个理由，什么成天没人说话人会变迟钝，什么裤裆里老夹个跳杠终会压成大卵子。狗屁的话，要知道这是手艺，养家糊口的本领。方圆十里，哪个不认得咱沈三？哪个见面不竖拇指夸咱是跳面王？当年县长还给咱戴大红花呢。三两面四块钱，三年没涨价了，价是低但不是帮你们买了房，买了车么？沈三起初也和风细雨跟儿子讲过，他懂得这就跟和面一样，面与水是两个不同的东西，只有揉到一定时候才能揉倒了，揉倒了才熟。但结果总让他失望。他曾二十多天没理睬过儿子，没跟他说过一句话。他老了，马上就六十五了。父亲是六十五不跳的，他曾问过父亲，这与跳出的每根面条六十五厘米长有没有什么关联？父亲回答得很含糊，很玄乎，但有一点可以肯定的是，人终究不是铁打的，年纪大了力气跟不上，跳出来的面就不筋道了。

楼下飘来一阵阵香味，那是儿子在煸炒黄鳝骨。鱼汤面必须要用黄鳝骨熬，汤既白又鲜，儿子是这方面的好手。他停下来喘气，喝下满满一大缸子水，将空缸放到窗台上，顺眼正好看到"沈三跳面"的牌匾。字是隶书，牌匾一米二长，五十厘米宽，漆黑发亮，这是当年一个老"右派"给他写的。老"右派"只来过一次便记住了"沈三跳面"，一直吃到平反回京当教授。他呆呆地望着那匾，望着望着又望出一肚子气，你说没人说话会迟钝，老子跳了一辈子迟钝在哪里？怕大卵子跳下来，难道你是从树杈上蹦下来的？古语说得好，养儿不如父，攒钱干什么？你开面馆不是赚的老子的钱么？你不干我为什么替你去拼命？再过两个月就收手，管你这店还开不开，收手了连这门上的牌子也一块卸下来，沈三不跳了，哪还有沈三跳面？

面终于跳好了，一个小团，五斤重。套上"切面箩子"开始切面。不知为什么，十三斤重的刀今天抓在手里仿佛有千斤重，平时他能连切一百二十刀，但今天却一连几下都是飘刀。刀一飘切下来的面条便不一样厚，不见方。他恼怒地将几把面条扔回簸箕，重新切。

沈三将跳好的面送下来，儿子沈秋林早熬好了汤，一团面扔下锅，三分钟捞上来，麻利地盛进孙山林带来的瓷缸里，洒上胡椒粉，蒜末，并装上一小碟雪里蕻咸菜。孙山林刚想跨上自行车，沈三想了想，说，慢，我去。

孙山林愣住了。

沈秋林反应快，知道沈三要亲自上门送，赶紧说，我开车去。沈三看也不看他一眼，到门口去拦出租车。

孙六爹家虽在乡下，但不远，十来分钟就到了。一段时间不见，孙六爹瘦得变形了，脸上一点儿肉都没有，拿刀剔过似的，只剩下一层枯皮包着骨头。两只眼睛陷在眼窝里，半睁半闭，混浊无光。沈三喊了声孙六爹，孙六爹努力睁开眼。可能闻到鱼汤面的香味，他想撑起身，但撑不动。孙山林把瓷缸拿过来，放到他鼻子下。

孙山林先喂孙六爹喝汤，怕烫，用嘴吹了吹，接着用匙子送进孙六爹嘴里。孙六爹闭上眼，让汤在嘴里停留一片刻，这才骨碌一声咽下去。

在场的人都在看着粗大的喉结艰难地划着那层枯皮。

孙山林再撩起两根面条，孙六爹张开嘴，那嘴像个黑洞，深不见底。显然，他没有力气咀嚼了，汤汁从嘴角漏下来。孙山林赶紧拿过纸巾擦。孙六爹断断续续地说，我怕，再……再也不能……吃……

悄然间，两行清泪悄悄流下来，像两条粗大的蚯蚓往下爬，爬过眼角，爬过腮带，爬过嘴角。

沈三突然觉得眼眶一热。

孙六爹又说，你开了……开了多少年……我去了……多少年……上海看病……三天没去……

是的，沈三怎么可能会忘记这个老食客呢？他每天准时来，固定就那个位子，默默地喝汤，默默地吃面，一碗面，三两，最后连汤都喝得干干净净。记得四年前一天，他刚跟儿子吵过嘴，放碱时手抖了一下。孙六爹吃完面，瘸着腿上了阁楼，一见面便责问道，三师傅，你今天失手了。沈三愣了一下，骑在杠上问，失什么手？孙六爹黑着脸，不客气地大着嗓门，今天起码多放了一两碱！沈三不吭声了。平时十斤面一两五碱，碱一多便发黄，口感便差。这在常人感觉不出，但瞒不住孙六爹这种老食客。沈三从杠上翻身下来，拱着手说，那面已经收回了，重跳。

还有一次，沈三正在跳面，忽然听见楼下面馆有人吵架，拉开窗子一看，原来一个年轻光头正在与儿子沈秋林理论，年轻光头刚开一家面馆，也要来买沈三跳面。沈秋林解释他家的跳面只能供应六个老客户，只有老客户不做了，后面的人才能替补上去，现在排队的就有十来家。年轻光头不依，嚷着现在市场经济，你四块钱一斤，我四块半买还不行？沈秋林说，面条价是家父定的，面粉涨一分面条才能涨一分，不能随便涨，他家三年没涨价了。年轻光头要横的，桌子一拍吼道，你卖也得卖不卖也得卖，出去打听一下老子是谁！沈秋林从没见过这阵势，吓得说不出话。这时候坐在角落里吃面条的孙六爹走过来，对年轻光头说，世上有强卖的，哪有强买的？年轻光头找到接茬的人，一口口水吐过来，放屁，老子有的是钱，凭什么不卖？孙六爹撑起瘸腿说，懂得先来后到的规矩么？沈三跳面只有这么多，想买只能排队。年轻光头火了，抓过一只碗砸过来，面汤烫得孙六爹跳起来。他二话没说，操起灶台上的铁铲就跟年轻光头拼命。年轻光头想溜，孙六爹死死抱住他，两人扭成一团。众人费了九牛二虎之力才拉开来，孙六爹临走还吐了年轻光头一脸口水。从此，再也不见年轻光头来闹事。

想到这里，沈三再也忍不住眼泪了，他突然一把抱住孙六爹的头，紧紧搂住，生怕一松手就会飞了。两个人的双肩都在不住颤抖，混浊的老泪很快便湿透了两人的肩。

孙六爹去世后的第二天，沈三一天都跳得没精没神，头昏昏的像有千斤重。九点多，楼下传来争吵声，一听便是儿子沈秋林和孙山林的。跑到窗口一看，原来孙山林又来面馆买面，他要为孙六爹守四十九天孝，要供他四十九天。沈秋林怎么也不肯收孙山林的面钱，两个人为这事争起来。

孙山林上楼来叫师傅。沈三正拿毛巾擦汗，他的头上冒着热气，脱得只剩下套头衫。沈三说，面钱算我的，吵什么？

孙山林慌忙摇头，不行，父亲在世时从不肯沾人的光。

沈三不住点头，你父亲是个君子。

孙山林笑了笑。

沈三又叹了口气，你也孝顺。

孙山林有点不好意思，脸红起来。

沈三问，你这么多年一直在东台跳？

孙山林点头，他在东台一家星级宾馆做，十多年了没换过。

沈三又问，兑多少水？

孙山林知道师傅在考他，兑水是跳面的第一道关键程序。他不加思考，脱口而出，一斤面冬天四两，夏天三两，师傅二十年前教的。

沈三"嗯"了一声，这比例兑出来的面最难揉，费时，费劲，跳出来的面条也最少，但口感最好，软硬适中。

沈三满意地摸了摸下巴，竖了竖大拇指，你为人实诚。

孙山林拿手搔着头，羞涩地说，谁叫是您的徒弟呢？

沈三问，为什么不回来做？家门口的生意都很好，也方便。

孙山林回，有师傅在呢，哪敢跟师傅抢食？

沈三"扑嗤"一笑，你做你的我做我的，几十家呢，再说师傅也老了，跳不动了。

孙山林头摇得像拨浪鼓，你身子这么好，骨骼又硬朗，再跳十年八年也不碍事。

沈三拍拍头，你看这头发，白的跟面一样，还能再跳？

孙山林以前听师傅多次说过，六十五就不跳了，当年他还开玩笑，这与每根面条的长度有没有关系？师傅始终没说清过。

沈三停下来，不停地喘气。他说，力气小了，跳不动了，不然只能偷懒，多兑水，要知道，食客都是我们的衣食父母，万万糊弄不得。他没有告诉孙山林，两个月前有次感冒，跳着跳着浑身发软，心里突然冒出个念头，少跳几圈，他当时被这个念头吓了一跳，慌忙抽了自己一记耳光，直到中午心都怦怦地跳，像做了小偷似的。

沈三又继续跳面，边跳边说，人不能吃独食，那叫贪，会撑死的。

孙山林不住地点头。一头乱蓬蓬的头发也变得齐整了，人也精神了许多。

沈秋林在楼下喊孙山林，面下好了，赶紧送回去，不然就要糊了。

沈三望着孙山林的影子消失在楼梯间，不禁又想到自己的儿子，一想到儿子他就生气。人家孙山林多懂事，从不惹孙六爹生气，去世了还为他守四十九天孝。哪像你，贪生怕死，跳面能把命跳没了？说到底是自私。老子拼命干，你倒好，下完面甩手走东逛西，一年出去旅游几趟，买个手机都要大几千，几年换一台汽车。你这钱哪儿来的？凭什么老子要为你去拼命？

第二天孙山林又来买面，等待下面时又上楼来看沈三。沈三刚跳完一团面，喝着水。沈三问，你现在跳得怎么样？

孙山林说，肯定不如师傅。

沈三把跳杠递过来，说，跳跳看。

孙山林望着师傅的手，他的手比常人的要厚得多，宽得多，这是长期揉面使力的结果。师傅手里的跳杠一米七长，六公分粗，抓在手里仿佛有千斤重，但油然而生一种亲近感，他闻出跳杠上师傅特有的气息。他感到自己的手在微微颤抖，呼吸也急促了许多。

沈三已经把一团面压成六块扇状的"叶子"，把其中一个摊到孙山林面前。孙山林脱掉上衣，又骑上去，上下跳跃起来。他的身子很轻，很有弹性，两只手臂有节奏地摆动，划出一道道优美的弧线，飞燕一般，整个身子弹跳自如，节奏均匀，跳杠在身下就如指挥家手里的指挥棒，行云流水般流畅，"嘭嘭"的声音像流淌出的美妙音符。沈三仿佛又看到了自己年轻的影子，那时的自己青春年少，意气风发。他曾经幻想过，如果留个长发，一定会像个飘逸俊俏的少年，骑马在草原上驰骋，在大地上飞奔，在云端上欢舞……

沈三在一旁看得入神，情不自禁地点头称赞，比师傅强。

孙山林赶紧摇头，师傅是跳面王，哪能跟您比？

沈三叹气，比我家那东西强百倍。

孙山林知道他所指的是沈秋林，连忙说，秋林有他的长处，脑瓜活，手勤快，又会做生意，不然能把面馆经营得那么好？

沈三不屑，还不是我的面好？

孙山林说，当然，但光面好还不行，还要懂经营，这里面学问大着呢，他熬的鱼汤谁也比不上，他搞的大炉烧饼网上一天能卖上千只，他还要与风景区联手搞连锁店……

沈三打断孙山林的话，那些我看不上。

孙山林说，秋林不止一次说过，你们累了一辈子，苦了一辈子，该享享福了。他要带你们老两口坐高铁，坐飞机，去北京、上海玩。

沈三鼻子里哼了一声，八抬大轿也不去。

孙山林笑道，看您说的，秋林可是真心的。

阁楼上一片沉寂，只有孙山林的跳面声。

沈三就望着那一团团面变成叶子，变成扇子，变成一条条长宽一致的面条。他这一生共跳了多少面？从青年到中年，再到老年，满头乌发最后变成面条一样白了。这面条带给他财富，带给他荣光，带给他自信，无论走到哪里，谁不认识他沈乾坤？不，沈三，海阳城的跳面王。然而，这一切都要成为过去了，他再也不会像孙山林这般轻盈如飞了，再也不会成天跟心爱的跳杠打交道了，这是多大的遗憾！父亲传下来的手艺到了他手上就戛然而止，这令人伤感，令人无奈！他实在对不起父亲的在天之灵，他想起父亲六十五岁那年把跳杠交到他手上的那一刻，父亲拿满是老茧的手把跳杠擦了一遍又一遍，擦着擦着两行老泪流到跳杠上。从父亲手里接过跳杠，他就明白，这跳杠从此便要与他的一生相伴，这是他生活的支撑，也是他人生的支撑。这跳杠担着的是沈家的希望，全家人的希望。想到这，他的鼻子禁不住发酸起来。

孙山林为了调节一下气氛，故作轻松地问，师傅，老爷子念过私塾，他一定文化很高吧。

提起父亲，沈三一下子来了精神，父亲在他的心目中是神圣的，那时村里每天都有人饿死，父亲就是靠着一根跳杠给地主家跳面，地主家一月给一袋面算工钱，这才保住了全家人度过饥荒。他有点自豪地告诉孙山林，他父亲是跳面里识字最多的，上了五年私塾呢。

孙山林感慨，怪不得当初给您起了个这么有学问的名字。

提到名字，沈三忍不住笑了，当年去学校报到上学，老师盯着那名字愣了足足半天，最后还特意踱到他面前，问他父亲干什么的？沈三响亮地回答，跳面匠。老师扶着快掉下来的眼镜，惊叹道，小小跳面匠，心思大着呢！说到这，沈三突然仰起头笑起来。

沈三一笑，气氛便轻松了许多。

沈三又跟孙山林谈到了孙六爹，谈到了孙六爹跟年轻光头打架的事，谈起孙六爹经常带给他的溱湖老菱。谈着谈着，沈三突然想起什么似的，拉着孙山林的手说，山林，我有个想法，你看行么？

孙山林赶紧把身子凑上前。

这店里以后你来跳吧。

我来？孙山林不敢相信自己的耳朵，身子嘎然停在空中。

沈三果断地点点头。

这？孙山林犹豫。

沈三又笑了，这是孙山林这么多天来第三次看到他笑。别看沈三平时总爱板着脸，但笑起来却像个小老头，长眉上扬，两眼成缝。沈三说，你总不能让我跳到老，跳到见阎王爷那一天吧？还没等孙山林表态，随即又提高了嗓门指着楼下，牌子要改一下，叫"山林跳面"。

孙山林吓得急忙摆手，那怎行？

沈三问，为什么不行？

孙山林说，还是秋林做。

沈三大手一挥，他做不了！

孙山林急得涨红脸，他连忙从杠上跳下来，喘着气，那气很粗很粗，热得烫人。他拿手去拉师傅的手，沈三掌心的老茧比铜板还厚，他紧紧摇着那手说，不成不成。

沈三沉下脸，刚才还笑眯眯的两个眼睛瞪得铜铃似的，我还是你的师傅？

孙山林终于不敢吭声。

不知过了多久，孙山林终于点点头，小了声说，即使师傅信任我，但也不能改名。我跳面，还是秋林经营，你在旁边监督，谁不听话骂谁。

沈三突然一仰头，这一次却是哈哈大笑，那声音如洪钟，在头顶上回响，臭小子，这不是典型的挂羊头卖狗肉么？

孙山林赶紧说，不敢不敢，您借个胆儿给我也不敢，还按师傅的，还跳这么多，还这么卖，一个不变，师傅的牌子是金字招牌。

沈三脸上和缓了许多，得意地拿手抚着下巴，下巴上的胡子刮得铁青。他悠悠地问，砸了牌子呢？

孙山林指着跳杠说，你拿它打我。

沈三拿眼望着瘦瘦单单的孙山林，当年，他也是这般瘦削，也是这般诚实，也是这般单纯，二十年没变，多么的不容易啊！

沈三又抬头看着挂在墙上的跳杠，跳杠被擦得锃亮光滑，看着看着，不禁叹了口气，打不动了。

孙山林跑过去，俏皮地拿跳杠在头上比试了一下，打得动的。

沈三虎下脸，双手一摊，死了呢？

孙山林火烫了似的连连拂手，不会的。

沈三嘿嘿一笑，爬起身拿拳头捶着后腰，老不死？胡说。

孙山林慌忙抹汗，他的头上冒着热气，像蒸笼。

沈三推开窗子，一股春风涌进来，清新而温暖。

（刊于《安徽文学》2019 年第 3 期，《小说月报》2019 年第 6 期选载）

处　方

1

孙老是海阳县最有名的老中医，八十六岁了，每周仍坐五个半天专家门诊。下午下棋，晚上小酌，饭后散步。一年四季，天天如此。

儿子孙宏甫也在本院当医生，晚上没应酬时便陪孙老喝酒。孙老每次只喝三小杯，父子俩喜欢边喝边聊。今天孙宏甫又跟孙老聊起了小亮。小亮是孙老唯一的孙子，在南京读博士，下午论文刚刚通过答辩，导师评价很高。孙老满意地呷了一口酒，拿手梳了梳头发。他满头白发银丝一般，没有一丝凌乱。两道白眉舒展开来，像两道弯月。孙老话不多，但看得出今天心情很好。

斟上第二杯酒，切换话题，孙宏甫又跟孙老谈起了他最爱的围棋。街头巷尾都在热议围棋软件"阿尔法狗"，"阿尔法狗"打败了第一人柯洁。孙老天天下午都去黄龙士棋院和季老下棋。棋院就在家门口。黄龙士是清代的大棋圣，授三子与徐星友对局的十局棋，被世人称为惊世骇涛的"血泪篇"。孙老连连称赞，神奇！神奇！

突然，孙老放下酒杯，仰头笑道，笑话，笑话。孙宏甫莫名其妙，儿媳李兰好奇地停下手问，老爷子什么稀奇事？孙老喝完杯中酒，不紧不慢地说，前天我去接季老出院，春兰、秋兰在病房里吵得面红耳赤，差点要动手。我还以为抢着接季老回家，哪料到，哪料到……春兰和秋兰是季老的两个女儿。孙宏甫猜可能刚才提到了围棋，老爷子就想起了季老。李兰快人快语，抢过话说，这事我听说过，药贩子给季老送回扣，两个女儿抢着要，分配不均就吵了起来。李兰在医院药房工作，她说的药贩子就是所谓的医药代表。

孙老瞪大眼。季老小他十岁，人们常说医院有二宝，孙老和季老。季老也拿回扣？孙老摇摇头。李兰解释说，现在的回扣不一样，处方费，开了就有。孙老的脸顿即黑下来，冷冰冰的。孙宏甫赶紧拿眼瞪李兰。李兰吐了吐舌头，不再吭声。沉默了片刻，孙老问，怎么没人送给我？孙宏甫赶紧爬起身，讪讪地说，哪个敢？孙老提高了嗓门，岂有此理！岂有此理！李兰自觉说漏了嘴，脸一下子红起来。孙宏甫则连连责怪李兰多嘴多舌。

孙老喝完一碗苋子粥，到门前小花园散步去了。他们住的是一幢带院落的二层小楼，自建的。李兰没有像往常一样赶紧收碗抹桌，她嘴勤手勤腿快。两个人面面相觑，心里纳闷，老爷子今天怎么突然提起这事？孙宏甫五十出头了，从小跟在父亲后面学医，后来又去上大学，毕业后回到医院被当成传承人培养。墙上的时钟指向七点，孙宏甫只得去收碗筷，不料手一抖，一只碗滑下地，"砰"的碎了。孙宏甫吓了一跳。李兰责怪道，说不定这事就坏在你手上。

孙宏甫感到脊背上有股凉气往上蹿，蹿到脑勺上，头皮发麻。但他还是镇定地挺了挺腰，嘟哝道，哪会有什么事？

2

孙老下午去下棋，对手自然是季老。棋风如人，稳健瘦高的孙老内敛，开朗矮实的季老肆意，孙老不轻易攻击对方，季老则喜欢挑事点火。

季老多日不摸棋，生疏不少，一上来便处于劣势，急得不住地扇扇子，季老微胖，圆圆的脸上满是汗珠，不停地大口喝水。孙老瞄准他的一块孤棋，尖了一手。季老视而不见，冲断，对杀。一棋盘杀得天花乱坠，从角上绞到中腹，最后孙老的大龙反被杀。

拆棋时季老指着那手尖，说这是问题手，像是先手，但其实自紧一气。孙老眼睛仍盯着那手尖，尽管心里懊恼不已，但表面上仍沉静如水，清瘦的脸上总是一种处世不惊的表情。

棋尽人散，从棋院回家，两人同路。时值金秋，路边的桂花树都已开出鲜艳的白花、黄花。政府三年前城市改造，栽了数千棵桂花树，一到九月，全城飘香，沁人心脾。孙老还在勾着头沉思。季老拍着他瘦削的肩说，先手成后手，后手变先手，这都很正常，就像世上的事一样，比如说……季老欲言又止。孙老扭过头，不解地望着他。季老矮他一头，身子结实，满脸红光。季老直爽，说，缴回扣的事你晓得？孙老停下来，双眼不停地眨着，眉毛拧成一团疙瘩，淡淡地回，不关我的事。季老瞪大双眼，发出像玻璃似的刺目的白光，老哥你还瞒我呀？

这一次倒轮到孙老吃惊了，他的颧骨高，两只眼陷在里面，但此刻却瞪得几乎弹出来，瞒你什么？季老苦笑着，你我什么人？一起五六十年了，兄弟长兄弟短的。前天你不是缴了么？孙老更是云里雾里摸不着脑袋。季老见他还是一脸的糊涂，索性竖起一根指头，一万！

孙老更是丈二和尚摸不着脑袋，我什么时候缴过一万？你听谁说的？他板着脸紧盯着季老。季老明显有点不悦，你管谁说的干什么？季老的朋友多，消息灵，路子广，用他的话说，一起进火葬场人家都要先烧他。何况他外甥在卫生局当局长。

季老走了，去一家新开的溱湖八鲜馆喝酒。大女儿接他，开着四个环的汽车。孙老想了一下，叫奥迪。

3

晚上孙宏甫参加医院的一个接待，李院长点的名，八点多才回来。孙老正坐在客厅里看《海峡两岸》。电视节目他只看《新闻联播》和《海峡两岸》。孙宏甫酒喝得不少，打了个招呼便径直去了房间。孙老喊过他，问，一万块怎么回事？孙宏甫一脸的不自在，支支吾吾，不住地挠着头。孙宏甫生就父亲一样的慢性子，见人总是笑眯眯的，但此刻的笑比哭还难看。李兰连忙跑过来，慌慌张张在围裙上擦着手说，爸，这事起因是这样的，三个月前，卫生局发通知，医院开会，要求大家都必须有所动作。孙老嫌她啰嗦，打断她的话，你直接说。李兰卡了壳。空气凝固得用刀子都撬不开。孙宏甫给孙老倒了一杯水，李兰趁机捅了捅他，你说。孙宏甫回过头推，你说，两人扯着皮。李兰拿眼直直地瞪着孙宏甫，孙宏甫不敢再坚持，只得嗫嚅道，是，是缴了一万块。

孙宏甫的声音细得像蚊子叫，他拿手捂住头，不敢看孙老，不放心又嘟哝道，上面要求的，每个人都缴，自查自纠。

孙老拿手敲着桌子，问，我纠什么？

孙宏甫的脸开始发红，一张方脸很快便涨成一块红方巾。是啊，父亲纠什么？他什么时候拿过回扣？哪个药贩子敢送他？他上下班都坐自己的汽车，上午看病，下午下棋，两耳不闻窗外事，拿多少工资，吃什么，穿什么都一概不管，就连冬天上浴室都是孙宏甫替他买好月票。除了看病，他把什么都看得很淡。八十大寿的时候，医院一定要为他祝寿，县长、局长都来了，李院长是他的徒弟，一激动，竟把前来祝寿送来花篮的说成了花圈，吓得全场人都呆若木鸡。孙老则很大度，起身作揖笑道，有福有福，想不到老朽这么好的人缘。

孙宏甫见瞒不过去，只得向父亲如实说，这次全省统一部署自查自纠，十年内凡是拿了回扣的都要上缴。孙老只管开处方，哪个药贩子敢找他？李兰在药房工作，负责统方，药贩子便悄悄来找孙宏甫。这事一直瞒着孙老。哪料到这次活动上面雷声很大，孙宏甫胆小，怕万一将来出事了无法收场，观望了一个月，还是象征性地缴了点，自己和父亲一人一万。

屋子里静得只剩下三个人的呼吸声，时急时缓，时粗时细，挤在一起，撞在一起，四处乱窜。外面不知谁在放鞭炮，吓得众人一惊。孙老屏住呼吸，指着客厅上方说，这匾上的字想必你们都认识吧？孙宏甫和李兰同时仰头看那儿悬挂着一块"杏林春暖"的牌匾，乌黑发亮，四个正楷字上下方正，棱角分明，泛着金光。

这字他们怎么不认识呢？四十多年前，孙宏甫就听父亲讲过这匾的来历，知晓"杏林春暖"源自三国时期著名的医生董奉，后人常用之来形容医术高明、医德高尚。

孙宏甫就那般久久地望着那匾，匾三尺长，一尺宽。从他记忆起，每次搬家，父亲总要用布将它包好，恭恭敬敬地悬挂于客厅上方，每年春节前掸尘，总要亲手将它擦得乌亮，一尘不染。

孙老长长地叹了口气，身子向后仰去，闭上双眼，像是对孙宏甫夫妇又像是自言自语道，这匾还能再挂在这儿吗？

孙宏甫赶紧揉着发酸的脖子，向父亲身边挪了挪，解释说，药价都是国家定好的，药厂该赚的赚了，这个与患者没关系，你不拿别人也拿。

孙老不搭他的话，紧锁双眉，眉宇间形成一个大大的问号。他不吭声，孙宏甫和李兰更紧张，大气也不敢出。过了好久，他才清了清嗓子，问道，这几年总共拿了多少？

李兰赶紧爬起来说，记不清，但不会多。

多少？

估计一二十万吧。

究竟多少？

李兰不敢再吭声，进孙家三十年，她从未见过孙老这般声色俱厉地问过她。在她的印象中，孙老总是一副温文尔雅的样子，一双温和的眼睛总是闪烁着慈祥的光芒。李兰的心提到嗓子眼，小心翼翼地承诺，明天我就去查，查清了再告诉你。

孙老站起身走了，单薄的身子歪歪斜斜，还意外地打了个趔趄，差点撞到墙上。

孙宏甫和李兰终于爆发了结婚以来最为激烈的一次争吵。当初就为缴不缴两人就争论了好几天，李兰坚决不同意缴，孙宏甫则担心万一出事了会毁掉父亲一生的名声。李兰说当年反商业贿赂，谁缴了？查谁了？全国哪个医生不拿？你能把所有的医生都关进监狱？孙宏甫不服，举例说刘冬生不是被查了么？李兰立即反击，那是雨点淋在香头上，全院七八百人，不就只查了一个刘冬生么？活该他倒霉，俗话说，胆大赢胆小，胆小赢不了。孙宏甫还是不甘，悻悻地挠着头，缴了上面会替你保密，没人知道。李兰呸道，做你的梦，谁替你保密？谁相信谁？你个木头，孙宏甫一夜也没合眼，耳边总响着李兰的那句责骂，聪明反被聪明误，搬起石头砸自己的脚，看看你怎么去收场。

4

像往常一样，八点半上班，孙老七点半就从家里出发了。八点准时接待病人。送走十个病人，这才起身去了一趟厕所，回来时见两个农村来的女人倚着墙角抹眼泪。上前一问，才知是母女，母亲要做增强 CT，还差三百块。女儿抱怨说，一年不到母亲光 CT 就做了六回，B 超做了九次，还有数不清的这个检查那个检查，实在做不起，今天来看病还是借了邻居七百块。孙老问了老人的病情，喊来助理，要她带老人去做 CT，不够的钱先垫了，回头问孙宏甫拿。母女俩不停地作揖，颤颤巍巍地走了。孙老叹了口气，难怪呀，现在的医院都把各种指标与收入挂钩，做一次检查奖金多少，无形之中增加了病人多少负担？助理回来了，孙老有感而发，记住，病人的病，一是在身上，二是在心上。

临近中午，母女俩又来到孙老的办公室，母亲连声说您是个大菩萨。女儿不停地抹着眼泪，说我妈见了您，病就好了一半。

助理认真地在本子上记下了孙老的话。

下午下完棋回到家，李兰已忙好了一桌子菜，清蒸白鱼，凉拌豆腐，炒木耳，煮花生米，这些都是孙老喜欢吃的。孙宏甫已替他斟满酒，李兰也倒了一杯红酒，两人一齐敬孙老。孙老尽管心里有事，但依然客气地站起身，掌不打笑脸，这是他的处世原则。孙老笑哈哈地问今天有什么喜事呀？李兰说您忘了，今天是小亮的生日。李兰拿过手机，打开视频，让小亮跟爷爷说话。小亮告诉爷爷，工作找到了，南京军区总医院。

孙老美滋滋地喝了一口酒。孙子从小好学上进，成绩年年都班上第一，而且谦虚、厚道、孝顺，这让孙老十分满意，十分自豪。

李兰也喝得面红耳赤，趁机壮着胆子向孙老道歉，有些事情他们考虑不周，给老爷子添堵了。孙老喝完最后一杯酒，顿下杯子问，一共拿了多少？

孙宏甫赶紧纠正道，不是拿了多少，而是厂方奖励了多少？

孙老瞪着他，就你会说，谁有权奖？谁有权拿？

李兰支支吾吾，又是抓头又是挠腮，坐也不是站也不是，最后极不情愿地嘟哝道，二十万左右。

二十万？孙老惊讶得瞪大眼，火烫了一般从椅子上弹起来，嘴里不住地喘着粗气，胸口一鼓一吸，嘴角不住地哆嗦。我不会算账，你们算一下，二十万是个什么概念？农民种一亩田收入多少？养一头猪卖多少？进城打工拿多少工资，还有，二十万能看多少次感冒？能做多少次 CT？

孙宏甫额头上的汗珠开始往下流，先是一滴两滴，接着是一串又一串，顺着眉毛，顺着眼角，黄豆般大。李兰的脸涨得通红，连脖子也像红布一般。她虽然是会计出身，账比谁算得都快，但这账从未算过。她离孙老几步远，但能感到孙老呼出的气烫人，火一般。她浑身都感到燥热起来，眼前不住冒着金花。

孙老突然一掌拍在桌上，重重地吐出几个字，缴了，明天都缴了！

5

第二天临下班时，孙宏甫打电话给孙老，让他下班后到医院对过上车。车子停在外面，大门口有人在闹事。

果不然，大门被黑压压的人群堵住了，门上挂着一条横幅，上面写着"还我母亲，还我血汗钱"。这横幅孙老还是第一次见到，怎么把母亲与钱挂上钩了？有人告诉孙老，病人住了三个月院，花了二十万，最后人还是死了。近几年医院闹事的越来越多，还常有医生甚至护士被打被伤的传闻。问题出在哪儿？医院不能包治百病，医生也不能起死回生。至于花费多也不是哪一家医院。上次听季老说，社保局跟全县两大医院谈，前年报销 1.2 亿元，去年 1.5 亿元，今年能否承包给你们，1.6 亿元。两家医院不同意，这不是笑话吗？

他就这样想着往门口走，也没注意其他医生护士们都在绕道走后门，几十个警察、保安护住大门。急红眼的家属们见一个医生模样的人过来，哗啦一下子围上来，嚷着叫着，着实把孙老吓了一跳。几个警察赶紧上来护住他。家属们大声喊，逮住这个医生，穿白大褂的哪个不黑心？几个人往上冲，可冲到前面却突然又停下来，这面前满头白发慈眉善目的老人不是大名鼎鼎的孙老么？孙老也愣住了。冲上来的人在慢慢地往后退，几个女的甚至请孙老帮助评理。孙老劝道，有话好好说，闹不是办法。后面有人喊，孙老是个好医生、好人。孙老冲人们抱拳拱手。警察趁机架着他急急出了门，孙老两脚悬空，平生第一次有了"狼狈逃窜"的感觉。

下午与季老下棋，季老执黑先行，小目。孙老未加思索，挂。这一手出乎季老意外，孙老从不主动挑起战争，今天显然有点反常。棋到中盘，三四块棋纠缠在一起，争相向中央出头。孙老眉头紧皱，思考了一支烟工夫，突然拈起一颗白子，"啪"的一声拍在季老的黑棋中，点！季老一惊，鼻梁上的眼镜差点儿掉下地。在季老看来，这手棋太反常，不像是孙老的下法。他从不会在局势不明朗，自身有漏洞的情况下杀对方。他的棋风如他的为人，厚实、中规中矩。季老不住地摇头，不时拿眼观察着对面正襟危坐的孙老。孙老依然一副处世不惊的模样，抓着扇子悠然地扇着风。季老陷入了思考，迟迟落不了子。孙老索性去了一趟厕所，还抽空去看另几盘棋。

季老头上的汗出来了，不住地拿手揩着额头。他的额头很宽，满面红光。眼看着怎么也想不出好着子。没法，只得不失风度地投子认输。

收起棋子，季老调侃，想不到老兄孙菩萨今天倒成了个杀手，狠啊，杀了我一条大龙。孙老嘿嘿地笑。季老停下脚步，打量着孙老，好奇地问，近来你出手怎么老这样狠？

孙老听出他话中有话，警惕地问，还有其他什么狠招？

季老哈哈一笑，还瞒我呀，你让宏甫去缴钱，这不是狠得不能再狠的招法！

孙老恍然大悟。孙宏甫一准把家里的事告诉了季老。本来嘛，他们两家就走得很近，孙老大季老十岁，两人一直兄弟相称。不但老人，就是晚一辈、晚两辈都亲如家人。过时过节，生日喜事都聚在一起。

孙老并没有感到什么意外，告诉不告诉又怎么样？这一来季老反而着急了，停下脚步，拉住孙老的手说，你这招狠呀，点杀的是所有人，你说，十年，你缴二十万，别人缴多少？主任缴多少？院长缴多少？我们是中医，本就没什么名堂，人家西医，拿手术刀的，他们又该缴多少？

孙老笑出声，你问人家缴多少干什么？

这钱又不是拿病人的，药价国家定的，药厂赚药厂的，剩下的就是流通环节，你不拿人家拿，从另一个方面说，人家外国医生收入高，我们低，这也是变相地提高医生的收入。

孙老打断季老的话，那上面怎么又要大家缴钱呢？

我说你就是个榆木脑袋，上面说归说，全国哪个医生不拿？你能把全国的医生都抓起来？运动嘛，运运就不动了，象征性地缴一点行了，你还当回事？

孙老不再吭声，盯着季老，嘴张得大大的，能塞下一只鸡蛋。

季老说，你这是把大家往火上烤，跟西医比、跟大医院比、跟名专家比，我们算什么？不但小巫算不上，鳑鲏罗鼓鱼都算不上。

孙老有点生气了。他有数，肯定是儿子孙宏甫搬的季老这个救兵。但他不买这个账，拂拂手说，照你这么说，这回扣应该拿，心安理得？不烫手？

烫什么手？你就是个死脑筋，一世的名声不要栽在这上面，阴沟里翻船。大家谁不尊重你？但你千万不要把大家往火上推。

孙老嗤之以鼻，拂袖而去。

这一回轮到季老着急了，他紧跑几步，拉住孙老，你不能一意孤行，否则我都要跟你急的。

6

孙宏甫和李兰吵开了，当然是因为那二十万。一下子咋拿得出这钱？而且即使拿得出又怎么能缴呢？你不是把所有的人都得罪光了？而且万一将来一定性，那不是完蛋了？

李兰要孙宏甫找老爷子，挑明厉害。孙宏甫不敢。他是个胆小的人。去找季老，季老也直摇头。别看孙老平时和善得很，与世无争，见了谁都是一副慈眉善目的样子，但认真起来谁也拗不过他。

夫妻俩最终动了手，这是结婚以来的第一次。李兰挨了孙宏甫两拳，孙宏甫脸上被李兰抓出了三道血痕。孙宏甫本是个慢性子的人，什么事都听李兰的。没想到今天居然也动了手。李兰摆出一副不依不饶的样子，对孙宏甫下了最后通谍。祸是你惹下的，责任你负，要还你还。

孙宏甫拿什么还？家里有多少存款他都不知道。但老爷子说了，他不敢违抗只好去借钱。没法，只得找好朋友想办法。

一次晚上回来，孙宏甫喝多了，被朋友送回来，朋友责怪李兰。李兰正巧没地方发火，大声发着牢骚，怪谁？自作自受，搬起石头砸自己脚！

孙宏甫一头倒在沙发上，哗里哗啦地呕了一地。朋友帮忙忙碌了半天。孙老从房间里出来，望着躺在沙发上的孙宏甫，孙宏甫努力想撑起身，但撑了几次都没撑起来。

孙老就那么默默地看着他，一动也不动。墙上的时钟在滴答滴答地走着，响亮、刺耳。刺鼻的酒精分子仍在屋里肆无忌惮地碰撞着，孙老打开窗户。新鲜的空气涌进来，孙宏甫说起了胡话，冲着兄弟你说的这句话，干！孙老再也忍不住了，发火道，你这般喝，喝死算了。

孙宏甫一激灵从沙发上蹦起来，怔怔地望着孙老。他的两眼睁得很大，但空空的，直直的，眼皮像用胶水粘住似的，一眨也不眨。他含糊不清地问道，你要我，要我喝死？接着，双手抱头，痛哭起来，边哭边说，我怎么能喝死呢？妈临死前说过，你要照顾好爸爸，他是个好人，什么也不会，一辈子吃了太多的苦。孙宏甫的妈死于一场车祸。

孙宏甫还在哭泣，他对孙老说，爸，我怎么能死在你前头，我还没给你养老送终呢。

孙老像个木头人，呆呆地望着屋顶，望着那块匾，匾上那四个字此刻透出的不是金光而是寒光。

李兰从楼上下来，赤着脚，蓬头散发，边跺脚边哭骂道，窝囊啊窝囊，跟着你倒霉了一辈子，你看人家季老，要车有车要房有房，北京上海哪个外孙的房子不值几百万，我们小亮好歹才交了个首付，剩下的一百多万要还多少年？这日子还有什么过头，索性离婚算了。

7

孙老上班时感到头昏脑胀，难怪了，昨夜一夜醒了五六次，厕所上了三四趟，脑子到早上都浑浑浊浊的，睁不开眼。八点到班，尽管脑子里乱得很，但一穿上白大褂便又像变了个人似的。孙老今天接待的第一个病人是个八十岁的老太太，儿子儿媳陪着来的。儿子脖子上带着小手指粗的金项链，一来便对孙老说，你给我妈挑最好的药开，钱不钱你别管。孙老不看老板，只是认真询问老太太的病情。老板老婆只顾埋头玩手机，脸上涂着厚厚的粉脂。听了男人的话赶紧嘟哝道，家里的药都用篮子装了，药贵就好？老板立即虎下脸，斥责道，闭上你的臭嘴，又没用你一分钱。孙老见状冷冷地说，我不会开你说的那种药，只会开有用的药。

老板赶紧点头哈腰，连连称是。孙老头也不抬地说，再好的药也不能包治百病。

院长李林来找孙老，见满屋子的病人，打了个照面说等看好了再来。他知道孙老的性格，就诊看病，即使是熟人也不好插队，不管谁找都需等他送走最后一名病人。

十二点整，最后一名病人走了，李院长进来，显然，他等在门口好长时间了。李院长是孙老的徒弟，十分敬重孙老。孙老见李院长进来直接问道，找我什么事？

李院长看看手表，说您一直都是我十分敬重的人，可您怎么让宏甫……

让宏甫怎么啦？孙老警惕起来。显然，李院长已经知道了他要孙宏甫缴钱的事。是宏甫告诉他的？还是季老说的？其实这都无所谓。他板起脸，冷冷地说，自作自受，解铃还需系铃人。

李院长拉住孙老的手，亲热地说我的好师傅，你怎么这般顶真呢？您知道您是什么人？名老中医，博导，享受国务院政府特殊津贴的专家，德高望重呐，如果您有问题，全国哪个医生没问题？

孙老不动声色问，这关我什么事？

李院长着急了，不是关您什么事，您要考虑外人怎么看待我们，看待我们医院。我们是文明医院，无红包医院，医德医风模范医院，这些都有您的功劳，也是全院职工辛苦创来的。但您想过没有，您缴了其他人能不缴？您缴这么多其他人能少缴？这样缴下去外人怎么看待我们医院？

孙老望着对面的李院长，不可否认，这个徒弟真不简单，把一个县级中医院建成全国示范中医院，全省闻名，这付出了多少汗水？当年孙老退休后多少医院高薪聘请，他哪儿也不去，继续留在这里，感情是一方面，看中李院长的为人和能力也是一方面。

李院长拉着孙老的手，孙老的手指清瘦，手背上布满褐色的斑。但那手却温暖得很，轻轻的，柔柔的，李院长晃着那手说，要是有人把这个捅到网上，那不得炸开了锅？

李院长最后动情地说，孙老，我求您了，看在全院八百多职工的面上，看在我是您一手带大的徒弟的份上，您不答应我就辞职，这院长不当了。

孙老突然感到呼吸急促，心慌不止，耳朵里嗡嗡作响，头痛欲裂，脑浆往外荡，怎么也箍不住。出于职业习惯，他拿起笔，想给自己开个处方，但最后一张处方单也用掉了。

8

　　次日，孙老还是八点到班，不过这次他没有再去门诊，而是把两件叠得整整齐齐的工作服交给了医务科，连同一起缴上去的还有办公室的钥匙。

　　晚上，环卫工人清理小区垃圾箱，发现了那块漆黑的牌匾。

（刊于《大家》2019 年第 3 期）

告诉你一个秘密

1

小镇街道不长，不到两百米。两边零零散散开着一些店铺，卖肉的，蒸糕的，做豆腐的。拐弯处有一铁皮棚，高不过两米，七八平方米。铁皮棚的前身是一个露天修鞋摊，常年撑着一把大黄伞，伞上写着"赵皮匠"三个字。

我天天早上去街上吃鱼汤面。面馆紧傍铁皮棚。一天早上，刚端起碗喝了一口汤，隔壁卖肉的王二便凑上来，神秘兮兮地拉过我，指着铁皮棚说，告诉你一个秘密。我顺着他的手势望过去，铁皮棚关着门。王二吊我的胃口，故意卖关子，拿眼盯着我。他的眼一大一小，大的像田螺，小的如扁豆，半天才晃着头说，赵皮匠有问题。

我避过身，躲过他满嘴的蒜臭和一身的猪臊味，我在镇上搞宣传，写报道。在海河镇，没人不认识王二，有名的"大舌头"，专爱"八卦"的人。

王二见我不理他，跑过去，拿手在铁皮棚上啪啪地拍着。我没好气地敲着他的碗说："这么烫的汤都烫不住你的嘴，成天只知道日糊。"

王二讪讪跑回来，挥着手说："好，好，我日糊，你到外面去听听，看谁日糊？"

骑着电动车去上班，眼前仍不停地闪现着王二那狡黠的眼神。赵皮匠有问题！赵皮匠有什么问题？一个老实本分的手艺人，七十多岁了，儿子死了还替他还债，你去问问，全镇哪个人不竖拇指夸他？

赵皮匠原名赵金诚，儿子赵扣林办了个不锈钢制品厂，一次去贵州途中不幸身亡。赵扣林办厂时欠下八十多万元债务，死后债主天天上门要债。赵金诚答应替子还债。他把能卖的都卖了，能抵的都抵了，但只还了一小部分。

一次采访过程中，我听说了他的事迹，连夜写了篇新闻发在县报上，引起人们广泛关注。尽管农村里这种事多如牛毛，差钱的赖钱的要钱的，天天打得人仰马翻鸡飞狗跳。但一个七十多岁的人能这样做很不简单。赵金诚被评为全县新人新事，县、乡领导专门上门慰问，民政、残联等部门还送来了慰问金。

尽管这样，还钱的速度还是太慢。我打听到，赵扣林生前乐善好施，特别同情山区上不起学的贫困儿童。或许，赵扣林去贵州就是为了看望贫困学生，不幸翻到山沟里摔死的。我把这个想法提出来，赵金诚开始还有点犹豫，毕竟他也不清楚赵扣林是怎么死的。我说你别死脑筋，适当加工犯什么法？哪个先进人物没加工过？

加工后的替子还债的事迹有了质的飞跃，上了新华社内参，上了省、市电视台。赵扣林的事迹一下子变得感人起来，赵金诚的形象也一下子高大起来，各种荣誉和捐赠纷至沓来，还债的速度明显加快了。就在去年冬天，一个苏州的老板专门开车过来，一次性帮他把欠款还清了。这个老板就出生在贵州山区，自幼上不起学。

2

我没把王二的话当回事。第二天，县里来镇上检查生猪屠宰，我跟着去报道。检查组第一站要去王二的肉铺，我想正好顺便问问王二赵金诚有什么问题。

检查人员翻看王二案板上的猪肉。现在市场上牛肉猪肉都注水。但王二的肉你查不出问题，他有内线。检查人员还没出动，他便能得到消息。

见没查出问题，王二吹起口哨，还拿刀在案板上有节奏地拍。他吹的是《啊，朋友再见》。说实话，王二的口哨还真的吹得不错，这与他养过鸽子有关。但显然，此时吹这个曲子有点不合时宜。王二偷杀猪被罚过几次，他对每次检查都很抵触，看见记者就头疼。

我拿相机给他拍了一张照，皱着眉问，吹什么吹！

王二一下子来了劲，扬起苦瓜似的脸说："跟你学的呀！"

"跟我学什么？"

"学吹牛呗。"王二骨碌着那对阴阳眼，像两个大小不一的黑洞，不过，这次你牛皮可吹大了，怕真的要吹破了。

我呸了他一声："什么牛皮？"

王二尖着公鸭嗓子叫："真的假的？我问你，你吹的赵扣林去山区看望贫困学生，看的哪个学生？"

我反问："看哪个学生关你什么事？"

"关我什么事？告诉你，影子都没有的事情，骗人呢，活嚼蛆。"他的尾音拖得长长的，越往后越往上翘。

我浑身都起了鸡皮疙瘩，戳着他的鼻子问："你听谁说的？"

"谁说的？除了赵皮匠还有谁？"王二得意地晃着头，还打了个响指，他喝醉后亲口告诉我的。

王二的话我不相信，赵金诚平时爱喝酒，但听熟识的人说，他一辈子也没喝醉过。

王二又吹起口哨走了，镇长见我们打口水仗，催着去下一站。

接下来的检查我只不过跟在后面走过场，脑子里仍在想着王二的话。赵金诚是个老实人，嘴钝，不会说话。当初我采访他的时候，问怎样面对债主逼债？他说能还多少是多少，还不了也没法。我说这不行，你应该这样说，欠债还钱天经地义，即使倾家荡产拼上老命我也要把大家的债还了。赵金诚听了我的点拨。后来债还清了，隔三差五还有捐款汇过来，赵金诚全都原封不动地捐给幼儿园，我问为什么？他反复说这钱不是我的，不该我拿。我急得不得了，这样回去怎么发稿？我埋怨道，你不会说这是帮赵扣林完成心愿吗？这才像一个道德模范说的话！当时的赵金诚看着我就像看着一个外星人。

我不理睬王二，决定当面去问问赵金诚。

次日一早，吃完鱼汤面后我直接到赵金诚的店铺。店铺半间屋大。我去时赵金诚正在为一个女顾客修鞋，头也不抬地让我等会儿。

鞋店里只有一台修鞋机，两张凳子，一高一矮。女顾客坐高的，赵金诚坐矮的。他又黑又瘦，头发花白，皮包骨的手上布满青筋。他在给女顾客换鞋跟，换好了，再擦洗干净，然后拿出一个带有喷头的瓶子，对着鞋跟和鞋面喷了一会儿，又用电吹风将鞋面吹干。

我问赵金诚是不是喝醉酒在王二面前说了什么？赵金诚只顾手里忙活，嘴里呜呜的，听不清。修鞋的顾客越来越多，我见插不上嘴，只得先回镇上。

3

一岔又过了几天。

小镇上各种传闻开始多起来，自然大多关于赵金诚的。小镇本不大，闲人多，不少人又热衷于张家长李家短。传闻越传越广，沸沸扬扬，男的女的，老的少的，见了面都拿手指着赵金诚的店铺，谈着谈着最后都张大嘴，瞪大眼，长长地"噢"一声，恍然大悟样。有人问，赵扣林去贵州到底干什么的？玩？跑生意？要钱？会女人？赵扣林出事后，只媳妇单亚兰一人去处理后事，但去了便没了踪影。

一天，刚上班，镇长便喊我和派出所所长过去。见了面就问赵金诚的铁皮棚怎么样啦？我和所长面面相觑。镇长批评道，吃粮不管事，你们到现场去看看。

我和所长赶紧去街上，赵金诚的铁皮棚关着门。赵金诚原来摆鞋摊，出名后镇长说哪能让模范这样修鞋呢，于是专门派人定制了这个棚子，并请一位老先生专门在门上写了"道德模范赵金诚"几个字，醒目得几十米外都能看见。

如今铁皮棚虽然安然无恙，但门上的字被人磨糊了，后面还打了一个大大的问号，下面则画了一幅漫画，一个人手里抓着喇叭，拼命吹，腮帮鼓得皮球似的，眼珠儿凸出来，像灯泡。

所长沿着铁皮棚走了一圈，指着那画问，你是文化人，这画什么意思？我揣了所长一拳，骂道，狗日的真看不懂？所长吃吃地笑。关于赵金诚的报道和事迹材料，我写了不少于几十篇，上到新华社内参、各级电视台，下到镇上冬训班宣讲材料。就连书记也在冬训班上说，赵金诚模范的成功树立，张记者作出了突出贡献。

镇长听了汇报，一针见血地指出，这是有人在做文章！镇长当过文化局副局长，算文化人，平时也爱写些散文游记什么的。所长连连点头。镇长涨红着脸，拿手指敲着桌子感慨，一位名人说过，没有英雄的民族是可怜的，有英雄但不懂爱惜的民族是可悲的。这种事发生在建设和谐社会的今天，影响不能小瞧。

镇长要求彻查此事。

出了镇长办公室，所长问我，这画谁画的？我脱口而出，秃子头上的虱子明摆着，不是王二是谁？

他为什么画？

不服气呗。

所长掏出支烟，点着了。所长不是本地人，去年才调到海河镇。我向他介绍了王二的为人。王二是有名的邪头，什么好处都想得，你过得比他好就眼红。小镇上原本还有一家肉店，生意比他好，他就处处为难人家，不是说人家卖的注水肉，就说人家杀的狐臭猪，实在争不过人家，就夜里砸人家窗户，硬是把人家吓走了。

所长吐出一口烟，罩住我们俩。他陷入了沉思，半天才问起我，赵金诚能喝多少酒？他上次醉酒是真是假？

我坚持自己的观点，赵金诚替子还债是真，赵扣林去看望贫困学生也极有可能，你找不出否决的证据。典型人物嘛，你要说细节百分之百的都真不可能，合理范围内，不影响根本。

我嘴上虽这么说，但又不禁想起去年年底，苏州的老板替赵金诚还完最后一笔欠款，赵金诚曾担心地对我说过，张记者，不能再捐了。我当时还有点丈二和尚摸不着脑袋，懵懵懂懂地问为什么？他只说了句，不然收不了场。

半个小时后，我们又来到了街上。

王二正在砍肉。王二的儿子王小毛正与几个人挤在铁皮棚前看稀奇。王小毛指着那画，晃着公鸡似的头连声称赞，画得不丑，像。王小毛初中上了五年都没毕业，在社会上游荡。

我问王小毛像谁？王小毛愣了片刻，看看我和所长，吐了一口唾沫，说我没说像你，扮了个鬼脸跑了。

王二是个聪明人，猜着我们的来意，立即瞪着那只田螺眼问，你们怀疑这画是我画的？田螺眼几乎弹出眼眶。没等所长接话，他便头一仰，哈哈大笑起来，笑话，我有这本事？我连小学都没上完，图画老师教我们画萝卜，我画成山芋，气得狗日的把图画本都撕了。

4

镇长查问漫画的事。所长捏着鼻子苦笑，现在不比从前了，你不好大张旗鼓地查，越查影响越大。而且退一万步讲，即使你抓着了又怎么样？能上什么纲定什么罪？所长畏难，我趁机对他说，你拍个照留个证据慢慢查，我先去把那东西涮掉，影响太坏。

我提着一桶水去清洗，无奈是用油漆刷上去的，用水洗不了，只得站在树荫下等赵金诚去找汽油。适逢"六一"儿童节，幼儿园园长带着孩子们来慰问赵金诚。她们半年就收到了赵金诚转来的十多万捐款，孩子们每天都能喝上新鲜的牛奶。孩子们给赵金诚表演了唱歌、舞蹈。赵金诚又黑又瘦的脸上红起来，眼角的皱纹笑成菊花，一直连到耳朵根。整张脸都浸润在笑意中，就像干涸了的土地迎来了一场透雨。他一会儿拍拍这个孩子的头，一会儿摸摸那个孩子的脸。我赶紧拍照，照片上的赵金诚仿佛年轻了十岁。

园长和孩子们走了，赵金诚从口袋里掏出户口簿说，汽油等会儿去找，你先帮我把这个事情了结一下。孙子小亮马上要报励才实验中学，赞助费他准备好了，但手续不懂。

我翻着户口簿，但外面光线阴暗，电灯不亮。我问怎么停电了？

赵金诚搓着手告诉我，面馆的老板嫌他用电多，又是电饭煲又是电水壶，老跳闸，前天拉了他的电。

这像什么话！我拔脚就去找面馆老板。当初从她家接电，赵金诚一个月付十块电费，她答应得很爽快。

我问女老板，赵金诚用你电又不是不给钱，为什么要停人家电？说起来女老板和赵金诚还是一个村里的，当初邻居嫌她两三点钟起来熬鱼汤噪音大，还告到了环保局，我帮忙做了不少工作才平息下来。

女老板面露难色，一个劲儿打招呼，说她家现在增加了两台空调，容量不够，老跳闸。

跳闸换个电表不就行了？女老板见我高了嗓门，有点难堪，毕竟当初我帮过她的忙。但生意人弯儿转得快，女老板立即皱起眉向我诉苦，你们当干部的不晓得老百姓做事有多难，供电局的那帮电老虎黑得很，用电扩容要花好几万不谈，还推三阻四想好处。

女老板说得唾沫四溅，我连连往后退着，差点碰倒碗柜。女老板趁机拉过我，笑着拿油腻腻的手在我的肩上拍了一下，说，你认识供电局的人，帮赵模范拉个专线，他又不缺钱。

赵金诚闻声赶过来，不停地给女老板赔着笑脸，似乎他做了什么错事，并答应下午就去供电局办手续。女老板这才答应再让他用一个月电。

电虽然重新接上了，但我的心里却蒙上了一层深深的阴影。联系到王二的话、铁皮棚上的涂鸦、女老板的断电。看似偶发的事件，但其间又有着某种联系。直觉告诉我，一股暗流正在汹涌流动，令人不安。

5

所长又被抽调去维稳工作小组，帮助处理拆迁纠纷，再也无暇顾及涂鸦一事。也许正如他所说的，查不查，查得出查不出都意义不大。

我找了所长驾驶员，要了汽油去清洗铁皮棚。去时外面正下着小雨，赵金诚还没到，王二正在剁肉，一边剁一边跟买肉的胖女人说着荤话。一支烟工夫不到，赵金诚来了，刺眼的是，打着一把红伞。我正好奇，一个七十多岁的人打什么红伞？还没等我开口，王二就指着那伞说，这伞肯定是女人的。赵金诚脸红起来，悄悄收起伞，放到门后面。

王二不依不饶，丢下刀问，莫不是单亚兰的？赵金诚支支吾吾起来。王二立即像捡到了宝，大声嚷起来，我说你这个老东西爬灰，你还狡赖，这下狐狸的尾巴露出来了吧！赵金诚不会撒谎，只得承认，单亚兰春上回来过一趟，问他要钱的，伞忘了带走。

我怪赵金诚，你就是死心眼儿，什么话都藏不住。赵金诚咧开少了一颗门牙的嘴，笑着说，撒谎干什么？什么事瞒得了人？

我将汽油泼到铁皮棚上，用铁刷子涮。赵金诚替我拎桶。平时我见到赵金诚都是坐着的，今天才发现他的背已开始驼下来，身子比一年前又单薄了不少，一件破了几个洞的老头衫套在身上空空荡荡。唯一没变的是他额上两道长长的寿眉，剑一般，十分醒目。

外面尽管下着雨，但闷热，刷了一会儿工夫便满头大汗。赵金诚见状劝道，洗不洗无所谓。我说怎么能无所谓？这是一种对人的侮辱、一种挑衅，一种恶意中伤。隔壁王二还在与胖女人打情骂俏，我突然想起王二上次说的话，问赵金诚，是不是跟王二喝酒喝多了说了什么？

赵金诚皱起眉，两道剑眉挤在一起，像打了两道结。他拿手拍着头，拍得头上几根稀疏的白发不住地抖，荒草似的。我着急了，又问了一遍。他终于张开嘴。我想这次他总归要告诉我个是非吧。结果，张开的嘴又合上了。现场陷入了沉默。我急得脸红脖子粗。僵持了好一会，赵金诚才出人意料地拂拂手，轻松地说，随他说吧。

我惊呼，那哪行？手中的刷子掉下地。正在这时，有人来找赵金诚，我以为是修鞋的。来人外号丁日糊。我们那儿把说大话、空话的称之为日糊。

丁日糊过去跟赵扣林做过生意，赵扣林差他六万块。赵扣林死后第一个上门要债的是他，闹得最凶的也是他。

丁日糊还是一副嬉皮相，海阔天空地把赵金诚吹了一通，说你现在是名人了，道德模范、先进人物，县长、市长遇到你都要跟你先打招呼，将来说不定能去北京、人民大会堂。

赵金诚不理丁日糊，只顾埋头拖地。丁日糊继续夸夸其谈，你现在钱多得花不了，捐给幼儿园，天啦，这事可了不得，伟大得很！一准能上中央电视台《新闻联播》，全世界都能扬名。

丁日糊夸张得眼珠儿几乎蹦出来。见谁也不理他，吐了一口痰后开始倒苦水，说去年一年都没赚到钱；今年进了一批原料还借的高利贷，两分五的利息；儿子读高中，赞助费又要十万；老父亲马上要住院，手术费还差三万。

我听不下去，问丁日糊什么意思。

丁日糊厚着脸皮对我说，现在我有难处，俗话说，一分钱逼死英雄汉，看赵模范能不能行行好救济点。

我一挥手替赵金诚挡了回去，不可能！当初要债时你闹得多凶呀，卸了人家的大门不算，还逼着人家贱卖了两头猪和两只羊，这事全镇哪个不晓得？

丁日糊哈下腰，恭恭敬敬地递支烟给我，说，当时是当时，现在是现在。六万块赵扣林差了我六年，六年前的六万和现在的怎么比？就说利息也该上万吧？

我虎下脸对丁日糊说，人要有良心，赵金诚七十多岁了替儿子还债，已经不简单了，你现在还要什么利息？官司打到法院法院也不支持。

丁日糊斜瞪着我，一手叉腰，一手戳着我的脸，咬着牙说，法院支持不支持咋的？当初赵扣林没钱，我借给他，是帮他，出于好心。现在我有难，他就不帮我？他现在又不是没有钱，能几万几十万的捐给幼儿园就不能帮我一下？

一直不吭声的赵金诚终于扔掉手中的拖把，抬起头冷冷地说，我没钱。

丁日糊鼻子里哼了一声，鬼才相信，外面哪个不说你有几十万甚至上百万？

赵金诚反问，怎么不说上千万、上亿？

丁日糊嘴里含糊不清，嘟噜道，反正没有哪个嫌钱多。

赵金诚关门逐客，丢下硬戳戳的一句话，不该得的我一分也不要。

丁日糊还赖着不走。我提醒他做人要准，没影子的话说了不光彩。

哪料到丁日糊一下子跳起来，冲着我吼，你们就光彩？你们的钱光彩？赵扣林也光彩？没卵子也吹出个泡！

丁日糊露出他的本性，撸起袖子威胁道，不给利息就上街找人评理，找电视台，找报社，道德模范还讲不讲理？骗人的本事！

丁日糊临走时还不忘跺脚发狠，今天要不到明天继续来，店里要不到去你家里，没准家里都用麻袋装钱呢。

6

谁也没有把丁日糊的蛮缠当一回事。然而，三天后，我刚起床，赵金诚打电话给我，说家里被人偷了，装钱的铁盒子不见了。

我赶紧往他家赶。

赵金诚的家离镇上不远，走路也不过十来分钟。三间平房一个小院子。见到赵金诚时，他正如热锅上的蚂蚁团团转，翻箱倒柜找得气喘吁吁。衣裳湿透了，像从河里爬上来的。

我赶紧打电话给派出所所长。所长正在赶往拆迁现场的路上，一听赶紧折回头，十分钟便到了。赵金诚被盗的铁盒子里有一个活期存折本，还有五千元现金。这钱赵金诚攒了一年多，留作孙子上中学时缴赞助费用。

这不是一件小事，所长赶紧向镇长和局领导作了汇报。镇长责成派出所火速破案，局领导十分重视，派出治安大队长坐镇指挥。大队长是个刚提拔上来的年轻人，政治敏锐性强，一来便对所长说，此案宜快不宜迟。

案件刚一上手就惊动了媒体，电视台、报纸、网站记者蜂拥而至，甚至连省城的晚报和法制报社的记者也连夜赶来了。对记者来说，这是一条好新闻。一个跟所长熟识的记者开玩笑说，题目都想好了，《大胆毛贼偷模范，神勇警察巧破案》。

案情并不复杂，门窗完好，没有被撬。因此，排除了流窜作案的可能。排查嫌疑人，丁日糊首当其冲。

丁日糊本就是个手脚不老实的人，爱占别人便宜。在村里，凡是他看中的东西，三绕两绕便能绕上手，包括那些有点姿色的留守妇女，好几个都被他绕上了床。丁日糊去过赵金诚家多次，熟悉情况，且觊觎赵金诚多日了。

秘密调查丁日糊。但丁日糊前天到湖南出差了，先坐火车到南京，再坐动车到长沙。说是出差了，其实是去会姘头的。姘头是在一家歌厅认识的。丁日糊在她身上花了不少钱。而失窃是近两天的事，丁日糊不具备作案时间。

接下来，最让人怀疑的是王二。

王二是个财迷，眼里只有钱，有钱能喊你老子。赵金诚成了模范，最不服气的就是他，背后说坏话最多的也是他。他一直对赵扣林的死因怀疑，眼红赵金诚得到那么多捐款和帮助。他常找赵金诚喝酒，赵金诚爱喝两口。喝酒是假，套他话是真。

民警找来王二了解情况。

王二光着两只膀子进屋，白晃晃的身子像案板上的猪肉。他耳朵上各夹支烟。取一支扔给所长，一支自己叼上。没等所长开口，他便反客为主问，你们找我为赵皮匠的钱吗？

没人答话。王二猛吸一口烟，拿那只扁豆眼乜着众人，你们也太小瞧人了，我做了几十年生意，大财没发，但也不至于看上那几个小钱吧？

王二狂妄，但谁又奈何不了他。所长问他这两天忙什么？他拿左手抽右手，骂道，臭手，打了两天牌，输了两天。所长瞪大眼，王二好赌，所里早就想捞他了。王二赶紧补充道，不过，小几百输赢，够不到你抓。妈的，老婆想热闹一次也没腾出时间。

王二赌性大，但赌技差，十场九输，越输越不服气。据后来了解，前天王二在溱潼湖西庄打牌，输了四千二。昨天在兴泰打牌，输了五千三。期间除了上了两趟厕所哪儿都没去。

两条线索，戛然而断。不得不从头再来，走访，排查，理线索。有邻居反映，赵金诚说过，单亚兰今年春上悄悄回来过。这女人一走三年多，突然回来干什么？

我突然想起了赵金诚上次打的红伞。王二猜伞是单亚兰的，但恰恰被他猜对了。我从未见过单亚兰，听人说，这个女人三十多岁，好吃懒做，成天打麻将。赵扣林死后她去贵州处理后事，但只到了县城，压根儿没去山沟，而且一去便消失了。

单亚兰有院门和大门的钥匙，这也符合熟人作案的特征。

找赵金诚了解，单亚兰春上是回来过。当时河堤上正开满桃花，杨柳吐蕊，小麦拔节。单亚兰天黑摸到家，神不知鬼不觉吓了赵金诚一大跳。赵金诚正在屋里喂小鸭，对她当年不辞而别耿耿于怀，不理她。单亚兰说赵扣林以前借了她娘家十万块，现在娘家急用钱。赵金诚哪认这笔账？翻来覆去只一句话，他没钱。单亚兰不相信，说外面哪个不说你发财了，报纸上都登了，幼儿园几万几万的捐呢。她一会儿哭一会儿闹，最后恼羞成怒，破口大骂，骂赵金诚六亲不认，骂赵金诚欺人骗人。

单亚兰没讹到钱，灰溜溜走了，她也怕邻居们发现自己。但赵金诚现在想起当时的情景都气得双手直抖。所长问他，单亚兰有没有可能作案？赵金诚说不出，双手抱头，一声接一声叹气，叹得肚子瘪了，看得清两边的十几根肋骨。

所长带着民警立即驱车一百多里，赶到邻县海安乡下。单亚兰在那儿又嫁了个瘸子，并且也生了个男孩。

但单亚兰五天前就住进了海安县医院，开刀割阑尾，至今伤口还没拆线。

案件陷入了困境。

社会上传言再起，什么版本都有。有人说赵金诚被人偷了几十万，有人说何止几十万，说不定早就上了百万。面馆的女老板从城里回来，来不及停车，咋咋唬唬告诉众人，案件惊动了县长，所长破不了案，马上撤他的职。王二则反唇相讥，你懂个屁，案子说不定早破了，但结果吓死人，哪是人家说的三万，数字大得惊人，不敢公布，怕影响大，压了下来。有人惊呼，怪不得，这么个小案子，几十个人都破不了，原来放的是烟幕弹，我们都被人忽悠了。但也有不少人持不同意见，不要小人之心，赵皮匠不是这种人，真相大白后，说不定你反而更信服人家。

7

又过了两个不眠之夜。所有的民警都熬红了双眼，所长急得如热锅上的蚂蚁团团转，镇长气得拍桌子骂娘，发狠要找局长免了他。又过了一天，谢天谢地，案件终于破了。

有人在几里外的一个养猪场发现了那个铁盒子。里面有一张存折，存款两万五，但五千现金不翼而飞。

警察很快抓到了作案者，隔壁王二的儿子王小毛。他把偷得的现金挥霍一空，铁盒子和存折扔掉了。王小毛是在一家酒店与网友开房时被抓的，身上一丝不挂。他边穿裤子还边抱怨，亏大了，想不到老东西就这点钱。

案件破了，所有人都松了一口气。大小记者们连夜写好了新闻稿，但都被县委宣传部通知一律不发。

一切又归于正常，田里的小麦该收了，秧苗地里早已绿成一片，满街开始飘着焦屑的香味，小镇人爱吃这种炒面粉。赵金诚又回到了店铺里，他还要在这儿修几个月的鞋。孙子小亮下半年就要去城里读书了，到时候他也去学校附近，一边修鞋一边照顾孙子。

铁皮棚上乱画的东西早已清理干净，白铁皮棚在阳光下反着光，新的一样。说实话，这铁皮棚做得真不错，大小适中，有棱有角，不高不矮，而且透光透气。

我沿着铁皮棚走了一圈，拍拍这儿，拍拍那儿，但似乎发觉少了什么。于是找来上次的老先生，把涮掉的字重新写上。老先生拎来漆桶，戴起老花眼镜，抓起皮尺在铁皮棚上认真比划。比划了半天，老先生才抓起笔，问道，还写上次那七个字？

我说当然。

老先生又拿眼光询问赵金诚。

赵金诚吧嗒吧嗒抽烟，一支烟抽完了，又点上第二支。等到第二支烟抽完了，他才不紧不慢地摇了摇头，说，不，就写赵皮匠。

我愕然。

8

镇党委换届，我当上了宣传委员，算科级干部，去党校培训一个月。但仍放心不下赵金诚。前一阵的折腾，肯定伤了他不少元气。

打电话给所长，所长现在也天天去吃鱼汤面。他大着嗓门告诉我，你想不到吧，赵金诚比以前精神了，生意也更好，修鞋补鞋的都排到门前的拐弯处了。

（刊于《当代人》2019 年第 9 期）

换 糖

小时候，我和大头、三毛、冬瓜成天形影不离，一起上学放学，一起下河钓鱼摸虾。大头点子最多，他是我们四个人的核心。大头做事手脚快，但挑猪草却最慢，他最留心的是挂在树上的知了壳。知了壳值钱，攒到几个便能跟卖货郎换到矸糖。

卖货郎往往十天八天来一趟村里，挑着两个筐。一个筐上摆着小货柜，有针线包、袜子、雪花膏等，另一个筐上放一个簸箕，里面摊着一块锅盖大的矸糖。大人们用碎布条、鸡毛、牙膏壳等杂物换些针呀线的，也有人拿一两只鸡蛋换双袜子，但极少。我们对这些当然不感兴趣，我们感兴趣的只是那一块锅盖大的矸糖，糖稀熬成的。卖货郎左手拿一块长方形的刀锲下去，右手拿小捶子敲，当当，当当，一块三角形的糖块很快便敲出来了。

卖货郎头戴一顶黑礼帽，瘦高个，腰有点驼。大头说，这家伙像电影上的汉奸，鬼头鬼脑的，以后我们就叫他汉奸好了。大头喜欢给别人起绰号，像三毛、冬瓜以及我的绰号都是他起的。卖货郎到了村口便一路走一路敲着担子上挂的小镗锣，"叮当，叮当"。这时候，大人孩子便三三两两往村口跑。在没有知了壳的时候我们都很沮丧，看着卖货郎当当地把一块块糖敲给别人家孩子，拿到糖的孩子蹦蹦跳跳回家了，我们只得干咽着口水。卖货郎看也不看我们一眼，忙完这一切便擦擦手，敲着镗锣悠悠地出村。这时候，失望至极的大头便领着我们追着卖货郎屁股喊："卖糖的，你不敲，娃不闹。"我们的喊声整齐划一、响彻云霄。

卖货郎每次来，我们都能看到芳婶的身影，她带来的不过也是一堆碎布条、一把鸡毛、几条牙膏壳。她很瘦，风都能刮得倒，跟人说话轻声轻语，不像别的女人大嗓门。一次，她竟然换了一块半个巴掌大的矸糖，我们都被惊呆了，要知道平时五十只知了壳也换不到这么大的一块。我们都知道她一准是换给她的呆儿子吃的，她的呆儿子叫石头，跟我们差不多大，现在还尿床。我们都上小学三年级了，他却仍然只会喊"妈妈"，其他什么也不会。

芳婶看见我们四个了，脸上立刻挤出笑，朝我们点点头。她路过我们时，悄悄把糖藏到衣摆下，我想她是怕我们看见。芳婶弯着身子走过我们身边时，我们四个人都同时闻到了矿糖甜滋滋的味道。

我们跟在芳婶后面回村，一路垂头丧气，谁也不说话。芳婶的家离村口不远，她到家后把糖块递给门口的石头，便匆匆挎着篮子到溱湖边上挑猪草去了。大人们说全大队数芳婶最忙，天天眼睛一睁一直忙到熄灯。

我们站在十多米远的地方，看着石头贪婪地吮着糖块。矿糖很黏，很软，不能嚼，不然会粘住牙齿。我们都听到彼此喉咙口里的唏溜声，那是口水在泛滥。大头妒忌地说，都说烂石头呆，他怎么不呆呢，他为什么不用力嚼？那样牙齿会被粘住，定会拽出几个破牙。

大头说完我们都幸灾乐祸地笑了，仿佛都看到石头满嘴的破牙被矿糖粘住了，用力一拽，全都掉下来了，成了黑乎乎的一个个洞。

石头的糖块像磁铁，吸得我们四个人的眼光都盯在那块糖上。在咽干了嘴里的口水后，大头突然跑到石头身边，俯下身对石头说，石头，借给我唰一下。

我们也跟着大头跑过去，石头，借给我们唰一下好吗？

石头不明就里，哇哇地大叫着，嘴里喊着妈妈。大头说你喊妈妈有什么用，你妈妈到溱湖边挑猪草去了，两头猪正饿着肚子，也要吃饭呢，它吃饱了才能卖钱换更多的糖。

石头把糖块往身后藏，大头眼明手快，一把抢过来，塞进嘴里吮。糖块大，塞不进，他只得用嘴拼命沿着糖块舔，舌头快得像蛇信子，看都看不清。

我们在一旁着急地喊，大头，该我们了。大头够义气，又连忙唰了几口后，赶紧递给我。我也学着大头的样子，屏住气猛舔猛吮，还咬下一小块，粘在牙齿上，嚼不动舔不开，但我顾不上这些。

三毛和冬瓜等不及了，直接动手从我的手里抢过糖，学着我们的样子拼命嚼。三毛甚至来不及咽，口水和糖稀流到了褂子上。

等我们把嚼过的糖块还给石头时，这才发现，原本半个巴掌大的糖，竟只剩下半块橡皮大，还软耷耷的，像面条。

石头不依了，扔下糖块躺到地上乱蹬乱踢，屁股下的小凳子被他踢出去好远，一边哇哇大叫，一边喊着妈妈。

大头拿手伸到嘴里，吮干净粘在手指上的糖稀，朝我们手一挥，撤！像电影上的游击队似的。冬瓜个子矮，一个沟塘跨不过去，摔下去，四脚朝天。大头说，你这个鸟样儿，真正打起仗来肯定被敌人捉了俘虏。我们一齐把冬瓜从沟里拽上来，逃跑时还不时回头望，看会不会有人追上来。

我们在不安中度过了三天，怕芳婶知道了这事找我们父母告状，那样回去肯定是少不了一顿打。芳婶跟我们的大人关系都很好，不管谁家有什么活计都抢着来帮忙，插秧、收稻、割麦，哪怕栽油菜，我妈说她这般做就是希望修个好人缘。

我们原来上学时都要从石头家西边的渠道过，但现在宁可拐一节田，从东边的木桥上过。一次放学后去晒场，看见芳婶在浇水，赶紧都弯下腰，趴到地上。还有一次晚上，看见石头爸醉醺醺地摇头晃脑回家，吓得我们大气都不敢喘一口。

几天过去了，芳婶始终都没有来找我们，大头拍拍胸口说，我说你们不要担心就不要担心，石头又不会说话，难道他会告状不成？大头一说我们便都放下心来，有一次放学时还特意拐到石头家门口，伸长脖子朝内瞅了瞅，石头仍坐在那儿玩泥巴，看见我们了又哇哇大叫起来。大头骂，臭石头，看把你吓的，难道我们是鬼？

我们家的猪都在长大，父母布置的任务由一篮子猪草变成两篮子，我们嘴里虽然骂着瘟猪但又不敢不完成任务，这一来留给我们捡知了壳的时间便少之又少了。寻知了壳非常耗时，知了壳都在高处，特别是刺槐树，明明你看见在那儿，但你爬不上去，自然着急。

又过了几天，放学后又在村口听到了卖货郎那熟悉的锣声。叮当，叮当，大头咽了咽口水说，汉奸又进村了。汉奸进村本是件让人高兴的事，因为有糖可以换。但现在的我们却两手空空，自然个个都神情沮丧，站在原处挪不开腿。我们虽然顽皮，但从不偷人家的东西，我们的父母都很穷，但对我们管得很严，偷人家东西不被打死才怪呢。

卖货郎在那儿与人讨价还价了半天，终于抓起扁担要走了，他把那个汉奸帽子又戴到头上，拖着长长的影子又敲起了小镗锣。卖货郎路过我们时还黑着脸，鼻子里哼了一声。等他跑出一节田远，大头又跑到渠道上，两手扮成喇叭状，头一伸大声喊道，卖糖的，狗日的，你不敲，娃不闹。

我们三个人也一起使出吃奶的力气，跟在后面大声喊。

喊过了，骂过了，心情似乎好了些。

我说，石头今天一定又有糖吃了，芳婶肯定给他换了糖。

冬瓜说换了又怎么样，反正轮不到我们。

三毛说，不管轮到轮不到，一起去石头家看一下。

石头家的院门是木头做的，门缝很大，里面一个小院子，三间草屋。果不然，石头正坐在门槛上滋溜滋溜埋头吮着糖。他双手抓着糖块，满嘴都是黏乎乎的一片，一点也没有发现在门外正有四双眼睛盯着他。

大头拿手拍门，喊道，石头，石头，开门。

石头慌忙抬头，嘴边流着糖稀。他望不见我们，但迅速把手里的糖藏到身后。

我和冬瓜、三毛轮番喊，石头，开门，让我们进去耍耍，我们不嘚你的糖。

石头哇的大叫着钻进屋里去了。

我对大头说，石头怕我们抢他的糖嘚，把我们当敌人呢。

大头沉思了一下，压低嗓门说，还说芳婶不晓得我们嘚了石头的糖，肯定晓得了，不然为什么要锁上门呢？

我说晓得了她为什么不骂我们？

大头说，管她骂不骂，豆芽你个子最高，从围墙上爬进去把门打开来。

我看了看围墙，那种土围墙，按理说能爬得进去，过去我爷爷家院子里有棵柿树，他看得紧，一次只让我们摘一个，我们四个人呢，哪够？便翻过墙去再摘三个。还有大头奶奶，树上的枣儿熟了，每次给大头一捧，我们三人呢，每人只给五颗。大头不依，我们四个是要好的朋友，哪能不一样多？大头便鼓励我翻过围墙去摇。

我望望那墙，犹豫起来，过去我翻我爷爷和大头奶奶家的围墙，那是自家的，别人家的哪能翻？况且万一被芳婶发现了，去我家告状，我妈肯定又要打我一顿。我妈打人特别狠，抓到什么就打，有一次在场上翻草，不知为什么她突然发火，抓着铁叉要戳我，吓得我一头扎进河里半天才敢露出头。

没法，我不敢爬，大头、冬瓜、三毛个子更矮，爬不进去。我们只得在屋外踮起脚，大头带头喊，吃独食，害毒疮，拉屎一拉一茅坑。

冬瓜、三毛和我也跟着一起喊，吃独食，害毒疮，拉屎一拉一茅坑。

这一喊我们又变得轻松了。

石头躲进屋里再也不出来。我们知道哪怕喊破嗓子石头也不会理我们，无奈之下，四个人只得个个拿着手指放在嘴里吮，吮不出一丝甜味，快快走了。

都跑出一节田远了，大头想想不服气，又折回头。我们搞不清他葫芦里装的什么药，大头就是这种人，爱钻死理儿。大头又扒着石头家院门喊，来尿宝儿不发财，今天死了明天抬。石头长这么大现在每天夜里还尿床，他家的门口不管夏天冬天都挂着一长串裤子，好远都能闻见骚气味。

我们也跟着喊，来尿宝儿不发财，今天死了明天抬。

石头死活不搭理我们，这让我们更加生气。大头似乎还不解恨，擂着他家院门喊，石头，你凭什么有糖吃而我们没有？你是拾来的，不是你妈生的。

我们早就听大人们说过，芳婶结婚几年都没能生育，她的婆婆三痴婆整天瞪白眼，骂她是不下蛋的公鸡。芳婶挨不了三痴婆的骂，便找人抱了石头，哪料两年后发现是个呆子。

冬瓜扒着院门喊，石头，你别高兴得太早，你这个野人，没人要的野人，终究要被送回去的。冬瓜听他妈说，三癞婆曾经找到过石头的生父母，逼着芳婶把石头送回去，芳婶送回去一次，但回头时听到石头哭着喊妈妈，心一软又抱回来了。

三毛抢着说，听我妈说过，三癞婆半年后又偷偷把石头送回去一次，结果还是让芳婶找回来了，问她为什么这样，她说那个醉鬼男人只剩下猪圈大的一间屋，跟着他不饿死才怪。

任凭我们怎么喊石头就是不应声，大家气不过，又开始往里面扔泥巴，继而扔石子。大头甚至从地上挖起几块瓦片，砰砰往门上砸，仿佛那砸的不是木门而是石头。

然而，石头的影子再也见不着。无奈，四个人只得又在大头的带领下，把刚才的话又齐声喊了一遍，这才怏怏地走了。毕竟还要挑猪草，不然又要挨父母的打。

转眼间秋天到了，路边的稻子开始发黄，空气中又飘起溱湖老菱的甜香，放学回家，大头提议，先去湖边采一捧菱，现在啥都没得吃，肚子里馋得见了鬼。

我们折几根芦苇，把不远处的菱蓬拉过来，但拉上来的都是野菱蓬，上面的野菱又小又涩。大头说河中央的才正宗，又脆又甜，但够不着。这时我们又想起那个戴着黑礼帽的卖货郎，大头说汉奸好久没来了，按理说这几天会来。

这期间我们还特意去了爷爷家和大头奶奶家转悠了几回，但爷爷家的柿子还没黄，大头奶奶家的枣还没红。终于，那个熟悉的声音又出现在村口，还是那顶黑礼帽，还是那个担子，还是那些奶奶婶婶们手里抓着鸡毛、头发、破布条。我们四个人站在那儿，大眼瞪小眼，手里空空如也。大头开始埋怨起来，好多天没去寻知了壳了。冬瓜说家里有几个还被弄破了，弄破了便不值钱。三毛不满地说，不是早就跟你说过了，叫你不要压破了，你偏不听。

在奶奶婶婶们的人群中，我们又看到了芳婶，跟几天前相比，她的身子仿佛又瘦了一圈，衣裳穿在身上空荡荡的，像个衣架。她左手挽着石头，右手拎着一团鸡毛。石头流着鼻涕，芳婶不停地拿手里的布帮他擦。我们感到可笑极了，石头常年流鼻涕，冬天鼻涕都成了冰，大头说，以后我们不喊他石头，就喊他冻冻丁。

卖货郎接过芳婶带过去的一包鸡毛，不知她从哪儿弄来的鸡毛，冬瓜说她有个亲戚在城里捡垃圾，常攒些鸡毛给她。我们仔细观察过，同样的鸡毛，芳婶总比别人换到更多的糖。卖货郎拿秤称鸡毛，称好了便把鸡毛理齐了，边理边跟芳婶说话，芳婶不过三十多，但头发已经白了一大片，像秋天的茅花。

卖货郎开始敲糖，他左手把那把四寸长、三寸宽的刀锲进糖块，右手拿小锤敲，一下，两下，三下。卖货郎给芳婶敲糖的刀是笔直地锲下去的，这样敲出来的糖上下一般大，不像我们的上面大下面小。我们看芳婶，她的脸上青一块紫一块，腮帮上还结了一块黑痂，比大拇指大。我们想起来，冬瓜曾经说过，芳婶的男人这些年经常喝醉酒，喝醉酒后常打芳婶。他在城里做木工，想必这些日子回来过。

芳婶也看见我们了，张了张嘴，但没说什么。我想她肯定知道我们去过她家，我们往她家院子里砸了那么多泥块瓦块，还往门上抹了烂泥，她怎么会不知道？

我们怕芳婶骂，往后退了退，但大头胆大，站得最近。

芳婶朝我们走来，我们不知所措，就连大头也不自觉地往后退了退。我们四个人挤成一团，肩并肩手挨手，我们平时就很团结，外村人只要欺负到我们任何一个人，大家都会一齐上。我们想，如果芳婶打我们了，不管打哪一个，其他人都要上去拦住她抱住她咬她。我记得去年夏天的一个下午，芳婶把石头带到晒场上，让他一个人玩，河东的张斜眼捉了条小蛇吓石头，不停地在他面前晃，又把蛇塞进石头裤子里，石头吓得杀猪般嚎叫。芳婶见了，发了疯般奔过来。张斜眼逃，她拼命追，追到渠道上，两个人扭打成一团。

芳婶身子没有张斜眼一半大，但她不怕张斜眼，把张斜眼脸抓破了，衣裳撕坏了，最后还狠狠地咬了他两口，咬得张斜眼两手鲜血直流。在场的人都吓呆了，以为芳婶疯了。

想到这里，我不禁缩了缩脖子。

然而，出乎意料的是，芳婶却慢慢走到我身边，俯着身子对我说："石头有病，你们不能欺负他。"

她说得很轻，口气软软的，边说还边拿手摸着我的头，她的手上老茧很厚很硬，像卖货郎手里拿的铁板。

接着她又拿手摸了大头、三毛和冬瓜的头，也说了同样的话。

我们都屏住气不吭声。

卖货郎终于把一块糖敲下来了，还像第一次的那样，半个巴掌大，他把糖拿给芳婶。我们都看清芳婶那手了，上面好几道口子，有的发红，有的发黑，有的结了痂，像刀砍过似的榆树，手背上的青筋蚯蚓一般粗，两个食指指甲都磨没了，秃秃的，看见里面鲜红的肉。石头见到糖立即伸手来抓，芳婶却挡住他的手，又把糖放回到卖货郎的簸箕上，跟卖货郎说了句什么。

卖货郎拿眼望了望我们，犹豫了一下，便又拿起小铁锤敲糖，他先敲下一小块，再敲下一小块，一共五小块，我们先是不相信自己的眼睛，但看看芳婶再看看卖货郎，我们一下子心里突然高兴起来，看来芳婶要给我们糖吃，不然为什么要敲成五块？我们突然一下子感到芳婶非常亲近起来，芳婶多好啊，她也知道我们几个月都没吃上一次糖了，我们的涎水都能拖到地了，她一点儿也不像我妈，我妈还没换过一次糖给我们吃过，大头妈、冬瓜妈、三毛妈也这样，就连废布条也不给我们，而是留着打草鞋。

然而，想不到的是，石头却发现了我们要分他的糖，他突然扑过来，拢起敲下来的所有糖块，双手一抓，边往回跑边拼命往嘴里塞。

芳婶也没想到石头有这个反应，愣了一下，大声喝道："石头！"但石头不听，继续跑。芳婶拔脚追，三步便追上了，她把右手抡到半空，眼看就要扇下去。我们估计，芳婶这一巴掌下去一定会把石头嘴里的糖打出来，一定会扇肿他的嘴，甚至把他那两个黑门牙扇掉，更有可能把石头扇个狗吃屎。听大人们说过，芳婶虽然瘦，但力气大得很，在队里干的都是男工活，她家卖猪，她一个人便能把200多斤的猪扳倒。

然而，芳婶的手最终却没有落下来，断了电似的停在半空，僵着，像木偶。

我们都失望极了，张大嘴说不出话。

石头抓着糖又跑了，芳婶竟一下子手足无措，她回过头望着我们，一副十分无奈的样子。我们这才认真地打量起她来，芳婶太瘦了，两个颧骨凸着，额头上的皱纹比核桃上的还要深，腮帮上刀削过似的，几乎没有一点肉，头发又灰又白，枯草一般。我们在心里算着，她应该跟我们的妈妈差不多大，三十几吧，应该不会这般老。冬瓜说，他妈跟芳婶从小一起长大，那时的芳婶胖胖的，白白的，遇到人总是一脸笑。但自从抱回石头后，便处处不顺心，不但三瘌婆与她分了家，什么事再也不帮她做，还三天两天骂上门，凶煞神似的。男人也变懒了，天天喝酒，还常常打她，他跟在人家后面做木匠，一次酒喝多了给人家打嫁妆，婚床短了五寸，不但工钱没拿到，还赔了人家二十块。

这时，只见芳婶又折回来，一一喊着我们的名字，当喊到豆芽时，我看出她的眼里有种亮光，湿湿的，柔柔的，软软的。她拢了拢头发说，石头不懂事，你们不要怪他。停了一下，又提高了声音说，下次我专门换糖给你们吃。

芳婶说这话时脸上露出了笑，两个眼角的皱纹挤成了两朵大大的菊花，这种花我们挑猪草时非常熟悉，一次大头还摘了一大捧送给新来的班主任。

我们都呆在原处，芳婶说了，下次专门换糖给我们吃。我们几乎不敢相信自己的耳朵，三毛嘟噜道，我妈至今还没给我换过糖，她比我妈还好呢，冬瓜也跟着点头附和。

大头又把手送到嘴里吮，显然他在为没有吃上糖感到遗憾。那糖本都到嘴边了，却像煮熟了的鸭子，最终还是飞了。想想不甘，他突然又大声喊起来，来尿宝儿不发财，今天死了明天抬。

我们也跟在一齐喊，来尿宝儿不发财，今天死了明天抬。冬瓜由于用力太大，竟把裤带挣断了，裤子一直掉到脚后跟。

大头愤愤地抓起泥块朝石头跑的方向砸过去，我们三人也一齐抓着泥块砸，仿佛石头仍在前面。

这时候，我们反而可怜起芳婶来，不是你养的，凭什么你还把他当个宝？比我们妈妈对我们还好，你抱他回来干什么？送回去了为什么还抱回来？你这不是自讨麻烦，捞虱子头上抓么？

我们同情芳婶，芳婶可怜，将来石头一定会养不了她的。三毛愤愤不平地吼，他是个呆子，自己都养不了自己还能养人？那芳婶谁来养？我说，我们来养，她答应下次专门换糖给我们吃，她是个好人。

我们都在心里说，芳婶，你老了不怕没人养，豆芽、大头、冬瓜、三毛将来养你。我们这四个人将来肯定都会有出息，我们的成绩都在班上前几名，将来一准能考上大学。

三毛说，芳婶年轻时长得漂亮，好多男人都想讨她做老婆，其中就包括我爸。我一听来劲了，要是我爸当年娶了芳婶，那我成绩肯定会比现在好，我妈脾气太坏，动不动就打人。三毛说要是我妈是芳婶我也会更好，我妈有工夫就打纸牌赌钱，逼着我一放学就挑猪草，刷猪圈，有时还要上夜工，第二天眼都睁不开。冬瓜说我长这么矮就是因为我妈矮，要是芳婶是我妈我个子肯定高，也不会大耳朵。大头听了仰头大笑，扯蛋呢，你们的爸和芳婶结婚生下的还是你们吗？我们一齐回大头，这关你什么屁事，这是我们的想象，老师说了，写作文就要展开想象的翅膀。

在美好的期待中我们等着卖货郎的出现，期待着那敲锣的声音，我们甚至无数次展望过芳婶会给我们吃多大的糖，会不会像石头第一次吃的那块大？冬瓜肯定地说，小不了，卖货郎每次都敲那么大块给芳婶，我说卖货郎难道原本就认识芳婶？冬瓜想了想说，不清楚，但他们口音差不多，溱潼方向的，下河人。三毛扳着手指头算，如果连上石头，五份就要去掉卖货郎三分之一块糖了。大头黑下脸说，叫芳婶不要带上石头，烂石头让人讨嫌。我唾他，她自己的儿子能不带？

我们甚至还说，这一次卖货郎来了我们不能再骂人家，也不要喊他汉奸。卖货郎其实做的是好事，他收的是我们的废物，不值钱，但换给我们的则是有用的东西，值钱。

终于，在千盼万盼之中，卖货郎的锣声又出现在村口。那天我们正在渠道里捉泥鳅，天空晴朗，阳光明媚，秋风荡漾，大头一连用了三个成语来形容。我们三步并作两步往村口跑，嫌水桶累赘，干脆丢在渠道上。

陆陆续续有人来换针线，王三的新媳妇换了一瓶雪花膏，六奶奶换了两只针箍，三痴婆为一双袜子跟卖货郎争得满面充血，连眼珠儿都红红的。我们在等芳婶出现。但左等不来右等不来。大头不停地嘀咕，四处张望，芳婶会不会骗我们？我们抢过石头的糖，骂过石头砸过石头，她会不会故意耍我们？这一问倒提醒了我们，三毛说，耍我们就骂她。我问人家又不欠你的凭什么骂人家？冬瓜则不住地摇头说，我妈说过，芳婶是全大队最老实的人，老实人还会骗人？

就在我们望眼欲穿的时候，卖货郎又拿起小镗锣敲了起来。我们知道，卖货郎临走前还要再敲一次，再没有人来就要挑担子走了，毕竟这儿到溱潼还有七八里路，他要天黑前赶回去。

终于，芳婶急匆匆赶来了，石头跟在后头，屁颠屁颠的，吐着舌头。芳婶满头大汗，一手抓着镰刀，一手拎着捆稻把用的草葽子。她来了也不跟我们说什么话，只是急急地跑向卖货郎。可令我们不解的是，今天她的手上既没带鸡毛，也没有碎布条，甚至连牙膏壳也没有。

我们纳闷，芳婶没带东西换糖，难道她来赊糖？可听大人们说芳婶从不跟别人借东西，哪怕一分钱。芳婶来到卖货郎担子前，忙着从口袋里往外掏东西，我们想芳婶会掏钱给我们买糖？要知道这是我们想都不敢想的事情。大人们上工一天才挣三四角钱，谁舍得这般阔气买糖给娃吃？打酒买酱油都舍不得呢，更何况芳婶家穷得很，她男人还差人家二十块钱至今未还，人家三天两头上门要。

我们的眼睛一直盯着芳婶的手，希望她变魔术似的变出一把头发、一堆碎布条或者几张角票来。我们甚至屏住呼吸。可是，谁也没有想到，芳婶伸进口袋里的手却突然火烫似的缩回来，手上粘乎乎地拖着水，还有几片鸡蛋壳。我们的心一沉，芳婶难道是拿鸡蛋来换糖的？她望着那鸡蛋壳，脸一下子黑起来，"哇"的放声大哭。她的眼泪像断了线的珍珠似的往下掉，来不及拿手去擦，两个肩头一耸一耸的，浑身都在颤抖。

这一下可把我们吓坏了，芳婶这是怎么了？卖货郎赶紧跑过来，看蹲在地上的芳婶仍在哭个不停，不停地劝着芳婶。他问芳婶话，芳婶不答他，只竖了两个指头。我们知道芳婶原来拿了两个鸡蛋。芳婶深深地把头埋进两臂间，我们都吓坏了，鸡蛋大的七分钱一个，小的五六分，人们常用它来换油换盐换酱油，哪有拿来换糖的？更何况是换给别人家娃吃，要是她男人知道了不打得她鼻青脸肿才怪。

芳婶蹲在地上，呜呜地抽泣着，她再也不那般放声哭，两个尖尖的肩胛骨几乎能顶破身上的花褂子。我们以前只见芳婶这么哭过一次，那次三瘌婆在晒场上骂她，她不吭气，三瘌婆不管三七二十一，抓起木锨追着打她，从晒场一直追到牛汪塘，芳婶被打了几十下，头都被打肿了，嘴角也流了血，那次她也这样蹲在地上，也这般哭，一直哭到天黑看不见回家的路。

我们的心一下子沉重起来，甚至每个人都不敢去看卖货郎担子上遮得好好的糖块，更不敢看地上的芳婶。石头在一旁拉着芳婶的衣袖，不停地喊着妈妈。我悄悄地拉着大头，慢慢往后退着。三毛和冬瓜也矮下身子，跟着我们往外走。

这时候，只见卖货郎回到担子前，揭开糖块上的纱布，左手又抓起那个厚厚的刀，锲住糖块，右手拿起小铁锤，当当地敲起糖来。我们百思不得其解，四双眼睛紧紧盯着那个糖块，一块、二块、三块、四块，一共五块，每块都半个巴掌大。乖乖，我们的心跳加快了许多，彼此都能听见骨碌骨碌咽口水的声音。只见卖货郎拿出纸，包了一块给石头，然后依次给我们四人，每人一块。

石头抓着糖就啃，我们也顾不了许多，一下子把它送到了嘴里，多少天没吃过这么甜的矸糖了，我们觉得这糖甜到了喉咙，甜到了心里，甜到了肠子里。

卖货郎抓起扁担，我们估摸他要回去了，他回去总要再敲一次镗锣的，他还要回到七八里外的溱潼，路远，不然天黑了路难走。

然而，这次他却没有再敲镗锣，也没有拿那根又细又长的扁担去挑担子。就在我们茫惑间，想不到的事发生了，卖货郎抓着扁担向我们奔来，在我们还没有回过神之前，每个人的屁股上都重重地挨了一扁担。我们火烫了一般赶紧跳开去，我腿长跑得最快，大头因为要拣掉在地上的糖块，慢了，头上重重地挨了一下，顿时鼓起了一个包。

我们赶紧逃，卖货郎似乎发疯了，两只眼睛鼓得像鸡蛋大，几乎弹出眼眶。他气喘喘地追着我们，边追边骂，细狗日的，我叫你们馋！我叫你们馋！

我们一口气跑出几百米远，这才停下来，拉风箱般喘着粗气。回头望，卖货郎已经挑起担子走了。

大头摸着头上隆起的血包，气得脸都铁青了，跳着直跺脚，挥舞着拳头，他深吸了一口气，拼足全身的力气，大喊一声，卖糖的，然后冲着我们，预备，齐。

奇怪的是，这次我们谁也没有喊出声。

（刊于《中国作家》2020 年第 1 期，《小说选刊》2020 年第 3 期选载）

席　间

1

张亦文局长退居二线，宋学农想请他喝顿酒。两人当年是农学院的校友，又一起在农业局同事三十年。张亦文开玩笑说，这么多年你都没请过我，现在想安慰一下？宋学农回得很直接，什么安慰不安慰，来不来随你？

宋学农一共请了七位校友作陪，包括农业局副局长马元和县妇联副主席郑玲，他们比张亦文晚三届。时间定在六点半，地点在新开张的黄河大酒店。

六点十五分，张亦文提前到了，当领导这么多年，无论出差还是开会都养成了提前到场的习惯。张亦文见面了还不忘挤兑一下宋学农，都说你是铁公鸡一只，今天怎么也排场起来，搞个土菜馆不就行了？

郑玲先到的，快嘴快舌地说，他现在小不下来，奖金拿到手软，好意思在土菜馆请你大局长？宋学农是全省闻名的水稻专家，享受国务院政府特殊津贴，全县唯一的一个。

张亦文哈哈一笑，更正道，不是张局长了，是张主任科员。

宋学农搓着双手说，主任科员也是干部。他的手指又黑又粗，显眼的是，两个食指指甲都掉了，秃秃的。张亦文指着那秃秃的食指说，再大的干部也不如你这个专家。

其他校友也陆续到了，握手寒暄。宋学农看看手表，六点半，让服务员开酒上菜。

但马元副局长还没到，张亦文说等一等。宋学农再打马元电话，无人接听。他不高兴了，嘟哝道，前天说好的，哪能一桌人等你一个？张亦文摆摆手说，你猴急什么，早晚睡觉还不是一齐天亮？

宋学农让步，再等十分钟，不来咱们就开始。

2

十分钟的时间不长，你一言我一语海阔天空闲聊起来，从叙利亚总统巴沙尔到美国总统特朗普，从中纪委打老虎到本地捉苍蝇，从掼蛋游戏到把百搭比成女干部。郑玲一听坐不住了，红着脸声明，这是对女干部的侮辱，是可忍孰不可忍？众人哈哈大笑。

十分钟到了，宋学农开始起身敬酒，祝酒词只一句，祝张局长安全着陆。众人一齐响应，感情深，一口闷。

酒是情绪的催化剂，三杯下肚，个个都变得红光满面起来，声音也开始发高了。大家自然争相敬张亦文，他也来者不拒。郑玲不喝酒，宋学农倒了一杯端给她说，今天特殊，就是农药你也要喝下去。郑玲年轻时和张亦文擦出过火花，虽然半途熄灭了，但感情依然在。她接过杯子一饮而尽，抖着空杯说，喝就喝，谁怕谁？

酒喝了一轮又一轮，有人开始留意起桌上的空位子。再打马元手机，关机。

马元为什么还不来？打电话怎么又关机？

有人开始议论起马元来，马元忙，天天有饭局，他在农业局管基建、财务，事情无限多，权力无限大。马元喜欢陪老板，更喜欢陪领导，用他老婆的话说，就是不喜欢陪自己，一年三百六十五天，只有除夕春节在家吃顿饭。马元一晚上能赶几个场子，来晚了不是这个理由就是那个理由，最终还忘不了感叹一句，人在江湖身不由己。

马元今天来了还会这么说？难道他不知道今天的主题？郑玲问宋学农。

宋学农瞪大眼，你说呢？我电话里说了几遍。

在座的对马元都知根知底，他比张亦文、宋学农晚三年来农业局。马元头大脑子活，当了三年农技员，追了三年办公室的打字员，打字员是县委组织部长的外甥女。打字员追到手了，他也当上了局团委书记。跟一起进来的大学生相比，马元赢在了起跑线上，三十岁当副局长，三十三岁列入正科级后备干部，要不是后来舅舅被查，马元就不是现在的马元了。

宋学农一直对马元有看法，认为他架子大，平时跟他打招呼爱理不理。本来这次不准备请马元的，但郑玲说既然是校友不请不好。但请了你又端架子，摆什么谱？要知道今天请的是张亦文，又是非常时期，人家会特别敏感的。可张亦文则非常大度，慢慢地拿手梳着头发。他的额头很宽，满头乌发一丝不乱。张亦文起身敬了大家一杯，温和地说，不急不急，咱们边喝边等。

宋学农爱顶真，还在心里琢磨，马元今天有什么事？在陪谁喝酒？老板？领导？这些都比今天的活动重要？不能推一推或者先来打个招呼？手机还关了，神秘兮兮的。有人冒出一句，莫非情况特殊？张亦文突然笑出声。俗话说一笑坏三事，谁都知道马元有女人缘，女性酒友多，而且常常一喝就醉，有次还被老婆砸了场子。宋学农拍着桌子感慨，妈的，现在这个社会女人比男人坏，你不去钓她她也会勾你。这话一出立即遭到了郑玲的强烈反对，拿手戳着宋学农说，臭肉惹苍蝇，你不臭，苍蝇会叮你？郑玲个子小，但嗓门大。她的工作是替妇女维权，在家里也一样。她的丈夫在招商局当局长，为了防止他犯糊涂招错对象和地方，她一天三次电话，定位定时间，还不时进行飞行检查，连出差回来换下的内衣内裤都恨不得戴上放大镜看上一整天。她的理论是，篱笆扎得紧，野狗钻不进。

宋学农反对，野狗钻不进，你就不能换个思维，跳进去呢？郑玲来劲了，你说呀，你跳过几回？宋学农接不上话，郑玲不依不饶，一定要他老实交代。张亦文见两人抬杠，赶紧扯开话题，酒少话多，学农是老实人，扯什么狗呀篱笆的。

席间小息，有人抽烟，有人去卫生间。郑玲爱说笑话，她说农开局李主任前天下乡喝酒，回来时倚着树撒尿，没想到系裤子时把树系进去了，怎么挣也挣不开。张亦文说，你在说故事吧？郑玲说，真的。张亦文又说，其实哪个男人没有喝多了的故事？郑玲起哄，那你也说说你喝多了的故事。

众人附和，我们从没见过张局长喝多过，说出来也让大家分享一下。

张亦文又拿手梳起了头，从前向后，一遍又一遍。需要考虑问题时他总爱这般。等梳好了这才慢条斯理地说，我喝多了的次数是不多，不过，有一次却很厉害，想想都后怕。

郑玲急性子，忙问，厉害到什么程度？呕了一地？抬着回家？还是睡马路彻夜未归？

张亦文责怪道，你猴急什么？比这严重。

比这严重？郑玲托住下巴，洗耳恭听的样子。

张亦文说那次和几个外地回来的中学同学喝，喝了大半夜，白酒红酒加啤酒，直喝得云里雾里不知天南海北，最后不知道怎么回去的，第二天想了一天都没想起来，脑子里一点印象都没有。

下面呢？郑玲问。

张亦文答，没有下面了。

郑玲十分失望，这哪叫喝多了，你张亦文玩什么深沉？

张亦文认真了，板起脸，玩什么深沉？你说这事多严重，想起来多可怕，你喝多了说了什么？做了什么？失控了没有？会不会妄议组织领导？会不会……

宋学农笑着打断他的话，会不会上错床？说完乜视了郑玲一眼，吐了吐舌头。

郑玲知道宋学农别有用心，跑过来拿又尖又圆的指甲戳着宋学农的脑门，上错床又咋的，多大的事啊。

在座的都知道郑玲和张亦文的故事，聚会时也常拿这个话题寻开心。宋学农故意高了嗓门，有人还巴不得呢。

郑玲又拿手扭宋学农耳朵，宋学农你别贫嘴，该你说了，你的比他有意思。

宋学农的故事大家都听过，但郑玲一定要宋学农再说一遍。宋学农只得说了，一次他被朋友请去陪领导，喝的五粮液，开头两瓶真的，但第三瓶却是假的，别人都装喝多了不喝，他却说了直话。朋友下不了台，打电话找卖酒的老板理论。晚上回去时，突然被一块飞来的砖头砸破额角，鲜血直流。天黑找不到凶手，又不敢告诉老婆，只得慌忙回家洗了倒头便睡。老婆第二天一早把他揪起来，说你又喝醉了，宋学农死活不承认。老婆揪着他到卫生间，一看，原来镜子上贴满了创口贴。

大伙们笑得前仰后合，宋学农却说，最精彩的要数马元。马元最能喝，一次下乡，接待他的是位女镇长，三十刚出头，长得漂亮，马元一见便来了精神，你来我往不知不觉喝了一瓶多，回来时女镇长送了两只大公鸡给他。结果骑车骑到门口下不来，摔了个人仰马翻，公鸡也摔飞了，手忙脚乱，边捉边喊，男人只娶一个妻，死了不如呆公鸡。哪料他老婆就在身后，一听勃然大怒，劈脸泼过来一盆洗澡水，骂道，狗日的，我让你做呆公鸡。不知谁把这消息传给女镇长，女镇长一次开会时跟马元说，以后干脆喊你马公鸡好了。哪料这一喊便喊出了名，以至一次回老家，老母亲百思不得其解，问他，儿呀，你咋成了马公鸡呢？

3

七点整，饭局已进行了半个小时，马元还没到。再打电话，还是关机。

宋学农有点恼怒了，本来就瘦长的脸此刻拉得像马脸，你不来就不来，干嘛要关机呢？不来也不差你一个。倒是张亦文不愠不急，咱们慢慢喝，学农你记住，来了让他补上就行了。

郑玲托着尖尖的下巴在想问题，想着想着突然向宋学农发问，马元会不会故意不来？

宋学农一愣，在场的人也都放下筷子。关于马元与张亦文的不和大家都心知肚明，马元当副局长比张亦文早三年，局长调走了，新局长要从副局长中产生，因为领导发话了，农业局专业性强。对这个新局长，马元志在必得，论资历，论排名，马元都在前面，而且早被列入正科级后备干部。然而一个

134

月后组织部来考察的却是张亦文，这对马元来说无疑是个天大的打击。张亦文当上了局长，但马元认为这个局长是从他手上抢走的，从此暗地里便与他杠上了。

从此，农业局变得不平静起来，意想不到的事情隔三差五会发生。大家都住在一个小区，早不见晚见，消息传播得快，张亦文家什么时候来了亲戚，带了几只老鹅几箱鸡蛋，第二天全小区大人小孩都知晓。逢年过节，哪个老板来串门，车厢里搬出的什么烟什么酒，不久纪委的领导就会一清二楚。领导常常收到群众来信，小到去农场钓鱼，公款买了烟吃了饭，大到妄议中央，巧借名目考察还带上不该带的女人。一次，办公会研究决定招聘三名合同制职工，成绩一公布人社部门就来调查。张亦文母亲去世，办完丧事刚上班，便有领导关心打电话来提醒，吊唁去了哪些人？一共收了多少钱？张亦文头都大了，捧着账单送到领导面前。更有甚者，一位女技术员与张亦文走得比较近，准确地讲张亦文比较欣赏她，常喜欢与她探讨西瓜增产增收的问题。一次两人晚上刚到办公室几分钟，传达室的保安便上来敲门送水，第二天女技术员的丈夫便黑着脸找上门，挨个办公室骂，日鬼了，办公室还长西瓜，我倒要看看究竟长得咋样，吓得张亦文从此以后谈瓜色变。

宋学农有点酒多了，冲着张亦文伸出大拇指说，兄弟，佩服你。张亦文知道他说的什么意思，拂拂手说，过去的老黄历了，有什么谈头？张亦文的脸上始终保持着一种浅浅的笑意，温厚而不张扬。宋学农连连点头，拿两个掉了指甲的食指在桌上轮流笃着，边笃边说，现在和谐了，一派欣欣向荣，政通人和。

郑玲感慨，这一派欣欣向荣、政通人和来自张亦文的气量，这是成功领导的必备条件。大家都听得出她的弦外之音。不是嘛，尽管张亦文心里比谁都清楚，谁在背后做文章，但他从没撕破过脸，相反的他却把基建、财务分给马元管，这是农业局最重要的两个部门，正是马元求之不得的。马元这几年春风得意，找他办事的请他喝酒的常常要排队。直到张亦文退居二线，纪委再也没有收到一封群众来信。马元也是聪明人，船头调得快，人前人后谈及张亦文常常会伸出大拇指，学兄毕竟是学兄。所以从这一点上说，郑玲当初的担心是没有道理的。宋学农也证实，当初打电话给马元时，他答应得很爽快，并打趣说宋学农你不要小气，一年拿的奖金够买几十箱茅台五粮液呢。马元最喜欢喝茅台五粮液。

郑玲听了觉得不无道理，只得自找台阶下，凑到张亦文的耳边，妩媚一笑，不过，你反过来也要感谢马元。

4

七点十五分，活动已进行了四十五分钟，再打马元电话，还是打不通。

宋学农明显的不胜酒力，舌头开始大起来，发牢骚说这态度还配喝什么茅台五粮液，"轰头大曲"都不配，"轰头大曲"是一种地摊酒，十元一桶。张亦文调侃道，宋学农花钱花得心疼了吧？五粮液毕竟八百多一瓶呀！宋学农来了酒劲，数落起张亦文来，都怪你纵容放任的结果，目中无人，自以为是，地球离开了谁不转？要是换成我，早让他拎包走人了。

郑玲抢过话，你是组织部呀？说你宋学农不是当干部的料你还不服，张局长这本领你一辈子都学不会。

宋学农反击，学不会咋的？咱不是当干部的料，谁想学学去。

见两个人又打嘴仗，其他几个校友看不下去了，起哄道，还好当初你们俩没走到一起，不然的话不成天打得鸡飞狗跳鬼哭狼嚎？

宋学农反倒有点不好意思，挠挠头说，那可不行，整天跟一个扎篱笆的人在一起，最后不把你扎成一个木桩？

郑玲啐了一口，胖子好吃瘦子好色，对你这种瘦得三根筋吊着个头的人来说，不扎紧了手一松还不冒天空？

众人哈哈大笑，张亦文的眼泪都笑出来，不住拿湿巾擦。擦完了又拍着宋学农的肩膀说，电话打不通也可能遇到了特殊情况，比如手机没电了，被人偷了，或是酒喝多了，老婆不让出门故意关了机等，谁没遇到过特殊情况？

宋学农突然想起来，马元这几天是遇到了一个特殊情况，他老婆在油厂存了八十万，儿子准备在南京买房，想把这钱拿出来，但老板却跑路了，吓得赶紧找宋学农。当初这钱她存不进，硬缠着宋学农找老板才存进去的。可宋学农上哪里去找老板？马元老婆天天去厂里闹，早晚打电话找宋学农，吓得宋学农不敢接她的电话。

张亦文顿下酒杯认真地说，三分帮忙真帮忙，七分帮忙帮倒忙。这事你宋学农脱不了干系。

宋学农一听急了，脖子涨得通红，两手乱舞。郑玲没等他发话，质问道，你跟老板是朋友，利息又那么高，你为什么不急？

宋学农急得几乎跳起来，慌忙解释道，人有发财的心，还要有发财的命，我没那命。我提醒过她，她却骂我乌鸦嘴。

郑玲把他按回座位，伸出大拇指夸道，淡定男！

张亦文笑道，现在你才知道他是淡定男，几十年前就是了。

大家都笑起来。宋学农跟张亦文一起进的农业局，那时都算高学历，又同出自农村，工作认真又舍得吃苦，尤其是宋学农深得局长们的赏识。全局新大学生中第一个评上农艺师，第一个送到北京农科院去深造，第一个入党并列入后备干部。要不是后来发生那件事，说不定早就当上副局长、局长，甚至提拔到更高的岗位了。

局里最后一批分房，矛盾非常大，竞争非常激烈，局长们谁也不想牵头。怎么办？由工会牵头，组成工作组，成员五人，其中有宋学农。局长们对宋学农寄予厚望，因为谈分房条件和家庭困难宋学农都排在前面，只要他摆出高姿态，什么问题都能迎刃而解。现在可以说，当初局领导这个安排还是深谋远虑的，不但扔出了烫手山芋，做好了还能为宋学农赢得政治资本，他的前途一定会十分光明。

然而，让众人大跌眼镜的是，分房建议名单出来了，排在第一位的竟然是宋学农。局长们不敢相信自己的眼睛，喊来宋学农问。宋学农回答得十分轻描淡写，大家认真打分评出来的。局长们要他解释一下怎么个认真法，宋学农说，从学历、职称、贡献、测评等方面打下来我最高，论家庭困难我也最大，女儿已经上小学，母亲身体不好，一家四口挤在二十平方米的房子里，放个屁半天都散不了。

局长们问，学农你就不能觉悟高点？

宋学农回，这个跟觉悟有什么关系？

局长们叹了半天气，遗憾地说，你辜负了大家的希望。

辜负了大家希望的宋学农分到了房子，但也离开了领导的视野，从此便一心一意与泥巴打起了交道，天天抠把两个食指抠得秃秃的，像木塞。

郑玲持不同意见，幸亏宋学农当初辜负了领导的希望，不然世上只会多了一个庸官，少了一个专家。

张亦文拿手制止住了郑玲，你不能这样损人家，宋学农干什么不如你我？

郑玲鼻子里哼了一声，但随即又眉飞色舞起来，塞翁失马焉知非福？宋学农现在多风光，要名声有名声，要钱有钱，奖金一年十几万，母亲九十九，女儿当教授，你说在座的谁比得上他？

宋学农眯起眼，勾着秃手指卖起了乖，咱就玩泥巴的命。

几个校友异口同声夸道，学农你是人生赢家。

张亦文倡议，为人生赢家干一杯！

干完杯张亦文还不坐下，继续感慨，还是搞技术好，越老越吃香，就像这陈年佳酿。唉，哪像我们，一退下来便一事无成。

宋学农说，你都贡献在前面了。

张亦文叹气，按下他的指头说，学农，你比谁都精。

宋学农反驳，最精的是你。

一桌的人看着他们打哑语，不知所云。

5

七点半，晚宴进行了一个小时，已经接近尾声，但还不见马元的人影。大家似乎对马元能不能来已不抱多大希望，只是继续敬张亦文的酒。张亦文酒量好，但也架不住车轮战，笑着拱手求饶，歇会儿，上吊还要喘口气呢。

宋学农已经不行了，说话开始结巴。东倒西歪从厕所回来，还要敬张亦文。郑玲打趣道，宋学农你喝多了没人送你回家，大家都没带创口贴，不然只好打120。

郑玲话音刚落，远处真的传来救护车的尖叫声，一长一短，尖锐刺耳。一位校友突然说，马元喝酒都骑电动车，会不会喝多了……

郑玲拿手捂住耳朵，不吉利，我一听到救护车叫心跳就到120。郑玲的老公被人撞过，头破血流住了三个月医院，至今身上还有三块钢板。

张亦文望着缩成一团的郑玲，笑道，看把你吓的。然后对着其他人说，讲一个更怕救护车的人。他故意停了一下。众人坐直身子。张亦文这才说，人民医院原院长朱希望，想必大家都认识。有人惊讶，院长还怕救护车？张亦文娓娓道来，朱希望后来贪污受贿被判了五年，当年县里搞廉政建设教育，让他现身说法。他说这几年夜里从来没有睡过一次安稳觉，一听到救护车叫就当成警车，吓得魂不守舍。久而久之，心脏病、高血压、高血脂、神经衰弱接踵而至，发展到最后得了抑郁症，纪委查他是救了他，否则他早晚要跳楼自杀。你说好笑不好笑？

众人大笑。

笑过后沉默。

郑玲悄悄附到张亦文耳边，嘀咕道，前天我见过马元一面，他在路边打电话，看样子憔悴得很，很有心思的样子，会不会……

张亦文吃惊地看着郑玲，眼睛瞪得圆圆的，像要从眼眶里弹出来。

桌上的人似乎都听到了她的话。大眼瞪小眼，谁也不吭声。显然，这不是个谈论的话题，也不是大家希望看到的结果。现在老虎苍蝇一起打，三天两头就能听到某某某出事了，某某某被带走了，何况关于马元的传闻也时有耳闻，虽说小道消息，但从未间断过。

宋学农看来真的喝多了，趴在那儿竟然打起了呼噜。郑玲摇醒他，你装什么装，怕喝酒还是怕买单？出个问题考考你，看你答得出答不出。

宋学农揉了揉眼睛，没好气地问，不会是关于女干部的吧？

郑玲啐了他一口，挺了挺身子，严肃起来，我问你，如果你贪污受贿了，纪委把你找去怎么办？宋学农火烫了一般从椅子上蹦起来，委屈地双手一摊，你怎么问这个问题，我可是贪污无门，腐化没人！

郑玲笑了，故意拖长音调，假设的，假设你贪污受贿了，纪委把你找去，你能顶多长时间？

宋学农拍拍胸口，扯蛋，让我说，我五分钟就到安徽的全椒（全交）。

郑玲仰头笑起来，这么快就投降？

宋学农头摇得像拨浪鼓，吃不消。

郑玲一只手撑住身子，一只手指着宋学农，大伙们听着，要是这家伙当年闹革命被敌人抓去了非成叛徒不可，典型的软骨头，两面人。

宋学农反击，这不同，敌人抓了我怎么会交？纪委是咱们的组织，抓的是坏人。

众人大笑，一齐点头夸宋学农脑子活会狡辩。

郑玲笑得拿手捂住肚子，还不交呢，大家都记得那个胡开发吧？胡开发是开发区的主任，被纪委找去一天不到就竹筒倒豆子，一古脑把什么都交代了，该交代的交代了，不该交代的也交代了，就连上大学时睡过哪个女同学，结婚后玩大几个女人肚子，当开发区主任去深圳嫖过几次娼，都交代得清清楚楚，甚至哪个女人喜好哪种姿势都描绘得有声有色。最后连办案人员都嫌烦，开发区主任成天想开发女人，还搞个什么鸟经济？

宋学农又睡着了，郑玲却在兴头上，拿筷子敲着面前的盘子，我问大家，奇怪了，抓了那么多贪官，但为什么没有一个能成为江姐、许云峰、刘胡兰那样的，至死不交代呢？

没人接话。

郑玲又把身子转向张亦文，你经验最丰富，能不能帮大家解释一下？

张亦文警惕地回过身，盯着郑玲，什么经验最丰富？

郑玲见他理解错了，嗔怪地推搡了他一把，去去去，当官的经验呗。接着又加重语气，补充道，那方面你是有这个贼心没这个贼胆。

张亦文这才笑了笑。

有人追问郑玲，你怎么知道张局长有贼心没贼胆的？

郑玲嘴巴不饶人，反问道，那你们谁有这个贼心又有这个贼胆？

没人再敢接郑玲的话。

大家把眼光一齐对准张亦文。张亦文端起茶杯喝了几口水，慢吞吞放下，慢吞吞地拿毛巾擦了擦嘴角，擦完了又把毛巾叠好，放回托盘。这才说，这事太复杂，但同时又很简单。郑玲嘀咕，又玩深沉。张亦文拿手往后梳着头发，不是玩深沉，革命者能够宁死不屈，视死如归，那是因为心中有理想、有抱负，这种理想抱负是崇高的、神圣的，所以才能大义凛然，刀枪不入。反之，行贿受贿者，本身就做贼心虚，惶惶不安，心里有什么底气？

大家点头称是。

郑玲替马元担心，马元万一要是真的有个三长两短，可就惨了，油厂的八十万要不回，老婆又有心脏病，儿子还没找到工作，他这个顶梁柱一塌下来可就完了。

有人摇头，有人嘘叹，有人甚至准备打电话给纪委熟识的朋友，查查有没有这方面的信息。

张亦文站起身，端起酒杯说，不要把事情往坏处想，大家难得聚一聚，酒不能再喝了，杯中酒结束。见郑玲还在摇宋学农，又叮嘱道，你要把学农送到家，不然人家又要往卫生间的镜子上贴创口贴了。

宋学农被摇醒了，手忙脚乱地抓起酒杯往嘴里倒。郑玲抢下他的酒杯。宋学农逞强地说，我还能喝。

郑玲甩开他的手。宋学农摸摸头，疑惑不解地问，马元来了么？郑玲笑，你是在说梦话吧？宋学文一脸认真，不对呀，我明明听见他进来的，还说一人敬一杯，但不敬张亦文，是张亦文害惨了他。

众人大惊。

（刊于《朔方》2020 年第 1 期）

又见茅花开

每年的深秋，桃花垛的河汊沟塘的芦苇便会陆续开花，白得像雪，一眼望不到边。桃花垛人习惯把芦花叫茅花。每年的这个时节我都要回去一趟，二十多年从未间断过。

我回去是看望一个人，这个人已在那茅花盛开的河岸边长眠了二十多年。他叫刘玉田，当年我到桃花垛挂职时他在村里养牛。刘玉田的死成了我心头永远抹不去的痛。

十一月的一个星期六，村支书郭开喜打电话问我什么时候回去。郭开喜人高马大，人称郭大个，当年我挂职副支书，他是村主任。郭开喜说你回来正好请你帮个忙，做做刘春耕这个肉头的工作。桃花垛人把脾气犟的人称为肉头。郭开喜说，溱湖风景区想在桃花垛建一个旅游点，冬天吃羊肉赏茅花，但围堤上有一座孤坟，刘春耕养父刘玉田的。景区提出来要迁走，找他做工作，他不肯，还发了天大的火。我说这么巧，刘春耕刚打过电话，要我去城管局帮他拿三轮车，见了面我来跟他说。

刘春耕原有的地承租给村里了，我便帮他在城里找了个做保安的工作。做保安一天只上六个小时班，轻松，但他不肯闲着，又踏起三轮车载客，一天增加七八十块收入，对他一个人来说日子应该过得很不错。

城管局靠着公安局，十分钟不到我便赶到了，一名副局长见了我赶紧迎上来打招呼。刘春耕正满脸涨得通红跟人家争辩着什么，他个子不高，但嗓门大。副局长告诉我，市里整治三轮车，电三轮一律不准上路。刘春耕不听，依旧我行我素，上次在联华超市路口被查过一次，这次又被查到了，按规定要强制拆掉电瓶。

我示意刘春耕不要再说了，这次专项整治活动本来就是公安局牵头的。刘春耕这才停下来，黑着脸。他的脸巴掌大，又黑又红，像烤焦的烧饼。刘春耕骑三轮车惹事已经不是第一次了，上次在电影院门口撞了一条狗，人家要他赔三千，他说你这狗凭什么这么金贵，撞了人也赔不了这么多。遛狗的女人喊来几个纹身的光头，刘春耕吓慌了赶紧打电话给我，我来后协调了半天，赔了人家五百才了事。

副局长搔着头说，这小子专惹事，让你一个大书记为他擦屁股，太不像话了。刘春耕见机又执拗起来，气乎乎地发牢骚，卸了电瓶这车骑起来多吃劲，他都四十多岁的人了。我耐心地对刘春耕说，这事别说找我，就是找市长也没用。刘春耕眯起眼瞅了瞅我，赌气地问道，那为什么两轮的让开三轮的不让开？我说三轮的载客太不安全。见无法通融，他只得蹲下身掏出烟来抽。两支烟抽完了，终于站起身，跺了跺脚骂骂咧咧走了。

副局长告诉我，刘春耕说认识你，当年你在村里挂职时常在他家吃住，还以为这家伙吹牛，真不好意思，大水冲了龙王庙。我摇摇头说，他跟他老子一样，老实，没心眼，只是脾气犟，不会说话。

第二天，局里开作风建设大会，作为纪委书记、督察长，我在会上专门强调了如何文明执法、规范执法的问题。会一散我便去了桃花垛。像往常一样，每次来我都先到刘玉田坟前。刘玉田的坟前长满了一人高的芦苇，密密麻麻，大半已开花了，雪白一片。我想到了刘玉田那一头乱蓬蓬的白发，俨然这茅花。我点一支烟放在刘玉田坟前，默默地看着它燃着。刘玉田生前爱抽烟，只不过那时是旱烟，烟竿一尺多长。

村支书郭开喜来河堤上找我，老远就嚷开了，伙计，怎么鬼子进村悄悄的？我打趣道，还没来得及向你这位土地爷报到。郭开喜方脸浓眉，喉结鸡蛋大，声如洪钟。他挥着手，指着一大片茅花说，怎么样，这景色不错吧。

我说当然，搞旅游是个不错的主意，富民经济嘛。说实话，当年我下村挂职，虽说只两年时间，但还是想干出一番事业来的，桃花垛穷，没企业，折腾到现在还是个贫困村。二十多年来，我老想帮桃花垛忙，联系过几个老板回乡发展，介绍过不少客商来投资，但始终没谈成一个项目。

郭开喜指着刘玉田的坟说，你说这坟碍不碍事？我认同他的看法，但提醒一定要做通刘春耕的工作，这不但是对刘春耕的尊重，也是对地下刘玉田的尊重。郭开喜扔掉烟头，说做了，但这小子故意在里面撬，所以向你求救，能和他说上话的只你一个。我说等会儿我来做工作，春耕还是好说话的。

郭开喜拉着去他家喝酒，我开玩笑说八项规定了，公款千万不能动。他说公款没有，公鸡倒有，而且是一只老公鸡，五六斤重，早就说等你回来杀的。郭开喜八年前当村支书，明年就要卸任。

酒菜上桌，我说把刘春耕喊来一起喝吧，他正好三轮车被扣了没事做。

郭开喜犹豫了片刻，便让他老婆去喊。

两人先喝，第一杯酒下肚，我问刘春耕老婆李兰花有没有音信？郭开喜回道，音信个屁，这个一根筋，就是不听人劝。刘春耕几年前娶了个贵州女人，花了两万块。开头三个月还挺好，马上要过春节了，老婆提出回娘家一趟，十天后就回来。好心人劝他，不能让她回去，一回去说不定就飞没了，这种女人常常就是"放鸽子"的。刘春耕不听，说拴得住人拴不住心，人家来了三个月不是很好么？刘春耕不但让她回去了，还大包小包捎了好多土特产，临上车前还把兜里仅有的八百块钱也掏给了她。但李兰花回去后一直没有回来，刘春耕出去找过两趟也没找到。

不一会儿，郭开喜老婆回来，说刘春耕不来，他在家一个人喝酒。郭开喜虎下脸，吐出个鸡骨头，骂道，不识抬举的东西，不就是迁个坟么？城区哪年不拆几千户？难道死人比活人还难迁？

我知道刘春耕不买郭开喜的账，郭开喜好酒，一喝就醉。只要遇上我，刘春耕都要讲他的笑话，不是喝酒喝多了跌破了头，就是骑车找不到家睡到桥洞里。我劝郭开喜，毕竟是迁人家的祖坟，还是多做点工作。郭开喜仰头喝下满满一杯酒，得意地晃着头说，想讹钱？怕个球，我整不了他？

不一会儿，刘春耕来了，脸上红红的，手里捧着个不锈钢的茶杯，边踱着步，边用牙签悠悠地剔着牙。我说你小子现在不得了，郭支书请你喝酒还不来。刘春耕瓮声瓮气地说，我有酒喝，天天二两，他的酒有老鼠药，能喝？

郭开喜老婆接过话，调侃道，现在这小子过得滋润，工作有两份，什么事也不用愁。

刘春耕咧开嘴，得意地笑道，还是现在这个社会好，脚头踏快点就行，什么都有，人也不用求，鬼也不用求。

刘春耕说的话我信，他是个勤快人，他养父当年给他起的名字就叫春耕，春天耕种秋天收获。他能挣上钱，但常上别人的当，他曾跟在同村的一个瓦匠后面做了三年小工，瓦匠亏了，一分工钱也没要到。好不容易有了点积蓄，又被一个表弟吸储吸走了，至今本金一分都没要到。

刘春耕不看我们喝酒，端着茶杯去看院子里两只狗追逐，一公一母，一黑一白。我跟郭开喜老婆说，你做嫂子的处处关心春耕，能不能再帮他找个伴，省得打一辈子光棍。郭开喜老婆一听，神秘地朝我挤挤眼说，你问他，现在还愁女人？

我有点不解。郭开喜突然一拍桌子，拍得桌上的酒杯直晃，这狗日的比咱神气，咱们一辈子守着一个黄脸婆，他则三天两头当新郎。我顿下酒杯，望着刘春耕。刘春耕拿手搔头，他的头发短，头皮直飞，落在肩上，像一层虱子。我的眼光突然严肃起来。出于职业习惯，我估计刘春耕肯定干了不正当的事。果不然，郭开喜老婆笑道，城里不是洗头房洗脚屋多么，这家伙把他叔父当年欠下的都捞回来了。

刘春耕赶紧弯下刚才还笔挺的腰，避过我的眼光，拿手指着郭开喜老婆说，你瞎说，嚼什么舌头！

我顿下酒杯，严肃地问刘春耕，你和她们有交易？

刘春耕不再吭声，拿眼盯着自己的脚。脚上一双耐克运动鞋很醒目，新买的，但看得出是假货。

郭开喜板起脸，那手指笃笃地敲着盘子，这是犯法的，哪天让秋生抓到你嫖女人，直接送监狱。

郭开喜老婆赶紧打圆场，你这是说的什么话，咋唬咋唬的，秋生会为难春耕？

146

刘春耕急得放下茶杯，指着自己的胸口问我，你会抓我？

郭开喜狠狠瞪着刘春耕，他是督察长，不但抓你，还抓警察！

郭开喜说得不错，我当督察长八年，处理过二十多名违反纪律的警察。我深知一名执法人员如果出错会造成多大的影响。

郭开喜老婆支走刘春耕，回头责怪丈夫，春耕是个可怜人，值得这般计较？

刘春耕出了大门，一个人去外面抽烟，但一支烟还没抽完又回来了，他似乎想起了郭开喜为什么对自己这般凶，一下子来劲了，用力把茶杯往桌上一顿，冲着郭开喜吼，你别拿这事吓我，我是吓大的？告诉你，叔父的坟我不迁。

郭开喜问为什么？

刘春耕撸起袖子说，在世你们欺了他一世，现在还不让他安宁？

郭开喜冷笑道，你说不迁就不迁？你懂不懂规划？讲不讲大局？城里一年拆迁几千户哪个拆不掉？何况一个死人！

刘春耕火了，冲到郭开喜面前说，你敢把死人怎么样？你敢把他挖出来？你敢挖我就把骨灰盒供到你家！

郭开喜蹦起来，吼道，你敢！

眼看着双方要动起手，我和郭开喜老婆赶紧拉开双方。刘春耕依然嘴凶，冲着郭开喜吼，还说人家找女人，你哪次看到漂亮女人不像苍蝇看到臭肉？你敢说你没碰过其他女人？

郭开喜扑过来，要揍刘春耕。郭开喜人高马大，瘦小的刘春耕肯定不是对手。郭开喜老婆赶紧连推带揉把他拉走了。

郭开喜怪我对刘春耕一味迁就，帮他找工作，为他担心思，替他揩屁股。我叹了口气。我们彼此都清楚，之所以这样帮刘春耕，全因为我们心里对他的养父刘玉田有愧疚。但郭开喜说愧疚归愧疚，可这鸟人是扶不起的阿斗，给他一分颜色他就开染坊。我说你要迁人家的坟，有求人家，又不是人家求你，这时候要冷静，注意方式，矛盾激化了不利于处理问题。

郭开喜冷笑一声，我对付不了他？不行就给他下套子，一抓一个稳，看他嘴凶什么。

我听懂郭开喜的话，一惊，头上冒出一层冷汗，自言自语地说，有些事做错了，可能要后悔一辈子的。

酒是没法再喝下去了，我趁机说我们去帮刘玉田找个地方，别看刘春耕嘴硬，他只是说说气话而已，他不是个蛮缠的人。

我们又来到围堤上，登高远望，茅花全开了，雪白一片，微风吹来，轻柔摇曳，似曼舞的少女。我们在刘玉田的坟前停下来，说坟，其实只是个小土堆了，上面用黏土垒了个头。我们都没有说话，对地下的主人我们都非常熟悉。刘玉田当年为村里养牛，田分了，牛还是集体的，拖拉机耕不到的地方还用牛犁，一亩田两块钱，村集体年底跟刘玉田结账。大忙时节，家家抢牛，刘玉田往往饭碗刚端上，就被催着下田，一夜睡不上三四个小时。但他从没有怨言，有性急的人嫌慢常常会责怪他，他也从不还口。尽管这般，每到年底总有几户不缴钱，甚至还有人找他的茬。为此刘玉田一年忙下来常常亏本，放在别人早就不干了，但刘玉田性善，相信别人差他的钱终归要还上的。

要不是后来发生那件事，刘玉田也许还会继续养牛犁地。刘玉田帮一组的郭寡妇犁地，郭寡妇身单力薄，刘玉田便留心少留田埂，这样动手挖的地方便少了。郭寡妇感激刘玉田，有时做些好吃的送给他，他有时也到郭寡妇家坐坐。俗话说寡妇门前是非多，外村几个光棍打郭寡妇的心思，常常闹出纠纷，终于有一天，五六个人打成一团，恰巧刘玉田在场，最后动了刀，两个人重伤住进了医院。这一下可不得了，惊动了公安局。公安局定性为流氓滋事，局长拍板，抓！涉事者全被抓了起来，押上三轮摩托车游村。我至今都清楚地记得，那是一个寒冷的冬日，气温零下了，刘玉田被押在车斗里，面无血色，他的双手铐着。对公安局的游村，我没有反对，因为我本身就是公安局到村挂职的。郭开喜则很支持，他是村主任，丢村里的脸也就是丢他的脸。

刘玉田被游村后又被带去学习了半个月，那时也不叫什么拘留。回来后意外发生了，刘玉田喝下了半瓶敌敌畏。刘春耕惊慌失措地来喊我，俩人把他送到卫生院抢救。那一夜，我一直坐在刘玉田床边，心里紧张极了，一方面我常在刘玉田家吃住，跟他们父子俩感情都很深；另一方面，我明知定刘玉田流氓罪证据不足，他带去的刀是替郭寡妇买的，只是吓懵了说不清。但我为什么不上前制止呢？下半夜，他开始说胡话，一会儿说他不是坏人，一会儿说他一世没碰过女人，越说越悲恸，老泪横流，一头白发几乎被揪光了，满床都是。

刘玉田从医院回来后再也不能犁地了，从此大门不出。我恰巧被市里选入青年干部培训班去党校学习，三个月后的一天，刘玉田还是喝农药死了。当我闻讯赶到他家时，只见他两眼仍圆瞪着，怎么也合不上。在场的人慌了，最后还是我用手捏了三次才终于合上了。

这双眼从此盯在我脑后二十多年。

这成了我二十多年来最怕回首的一幕，从此，我也最怕"三"这个数字，喝水不喝三口，抽烟不抽三支，打牌不打三把，有一次换手机号码，朋友帮我选了个"三"，说广东话里"三"就是升，吉利，吓得我当时恨不得扔了手机。

我和郭开喜围着长堤走了一圈，想给刘玉田找块朝阳的好地，但找来找去还是觉得放在集体墓地比较好。虽然要置换一点土地，但问题不大。

又回到刘玉田坟前，看着这个当年我和刘春耕一起垒的坟，心里很不是滋味。这坟已垒了二十多年，风吹雨打，年年垒，年年修，只是坟前的万年青依然十分茂盛。郭开喜一支接一支抽烟，我突然想起什么似的对他说，还记得刘玉田当年炒的黄鳝丝吗？刘玉田犁地常捉到黄鳝，带回家养在水桶里。但他舍不得吃，攒到一二斤时便煮熟划成鳝丝，与韭菜一起大火爆炒，鳝丝又软又滑。每每这时，他总要让刘春耕去喊我和郭开喜一起吃，那可是我一辈子吃过的最好最鲜的一道菜，几十年来一直忘不了。有一次去无锡松鹤楼饭店吃饭，他们的招牌菜便是软兜黄鳝，但与刘玉田炒的鳝丝比起来仍相距甚远。

我和郭开喜分明都听见了对方喉结滚动的声音，那是在咽口水。郭开喜搓搓手，叹了口气说，过去了这么多年，你怎么还老惦着这事？我说不知为什么，刘玉田这人怎么也忘不了。郭开喜哈哈一笑，有什么忘不了的，人就像这茅花，风一飘不就没了？

我说打电话把刘春耕喊来，征求他的意见，这事毕竟最终还要他点头。电话那头噼里啪啦正放着鞭炮，好不容易听清楚声音，刘春耕说马上赶过来。

原来刘春耕从城管局拿回车了，正放鞭炮压惊。他骑着三轮车来了，一见面便嚷，狗日的还说不是你出面还要罚老子的款，罚他娘的头。停稳，他又问我，是你的官大还是那狗东西官大？我说谁大谁小无所谓，咱谈正事。村里搞旅游，是件大好事，将来所有人包括你自己，都收益。

刘春耕喘了口气，想了想说这倒是的，溱湖镇原先也有不少踏三轮车的，搞旅游了，都回家当老板卖鱼饼虾球螃蟹，打光棍的个个都找到了老婆。

我说旅游是富民经济，将来搞起来了你一边做保安，一边也可以做点买卖，省得踏三轮车吃力。

见刘春耕情绪平稳，郭开喜指着刘玉田的坟说，你叔父的坟在这儿不妥，人家来了一眼就看到，哪行？

刘春耕不料却生气了，呛道，我管你行不行，叔父当年挨你们欺，现在还打他的算盘，人死了都不得安宁。

我赶紧拍拍刘春耕的肩，劝道，这不是打什么算盘，你叔父在世时人缘好，从没得罪过谁，也从没跟谁红过脸，不然他死了这么多年每年清明都有好多人给他烧纸，这你忘了？

刘春耕不再吭声，只埋头拿脚搓地上的石子。

为了打破尴尬，我还故意开玩笑说，你叔父通情达理了一辈子，从不跟谁抬杠，要是谁能到另一头跟他说到话，我想他肯定会通融同意的。

刘春耕扑嗤一声笑出来，回头找身后的郭开喜，拿手戳着说，叫他去，他是干部。

郭开喜听到了，知道刘春耕在揶揄他，但又不好发作，只得顺着话说，要去也只有你这个儿子去合适，你去，误工费我出。

玩笑开过了，气氛也不再像之前那般紧张。刘春耕的话也开始多起来。说实话，刘春耕还是很信任我的，不仅仅因为我在他家住了两年，两人年纪又相仿，特别是刘玉田的突然去世，一种愧疚感又更拉近了我与他的感情。这么多年，逢年过节我常给他带东西，烟呀、酒呀、衣服呀，移动公司搞促销送了部手机，我第二天便托人带给了他。得知他踏三轮车，妻子还特意托人从部队给他买了件加厚的棉大衣。作为回报，有时他也捎些农村的土特产，山芋、芋头、荞麦等。

谈到新选的墓地，我分析给刘春耕听，集中区好，就像居民点，热闹方便，地上现在都在搞新农村建设，地下也不能闲着，否则一个人连打牌说话的都没有多寂寞？

刘春耕一支接一支抽烟，他的烟瘾很大，这一点完全像他的叔父。我拉他去看新墓地，路上跟他说，你叔父的坟都成一个土堆了，年年添年年塌，正好借这个机会建个墓，树个碑，以后烧纸磕头也方便省事。

刘春耕显然对新墓地很满意。我对郭开喜说，我没说错吧，春耕是讲道理的。郭开喜尴尬地咧开嘴笑。我补充道，你还要用蛮力，用得着？干督察工作十多年，我多次感慨过，对待老百姓一定要真心实意，否则出了差错就无法收场，甚至人命关天，后悔一辈子。

郭开喜表态，迁坟建墓的钱村里出。

刘春耕并不领他的情，鼻子里哼了一声，当然你出。

郭开喜破例给刘春耕递过一支烟。刘春耕不接，我拍他的肩，你小子架子大，人家敬你烟都不接。刘春耕这才接了。

郭开喜给刘春耕点烟，这让刘春耕感到很意外。他特意侧过头，身子尽量向一边斜着，嘴噘得老高。郭开喜不得不一再往前凑，点了一次，没点着，再点，刘春耕还是不吸。好不容易点着了，刘春耕猛吸一口，吐出烟，一下子裹住郭开喜，笑道，妈的，干部也给咱点了一回烟。

郭开喜呸道，狗日的，不看你老子的面给你屁抽！

刘春耕仰头大笑。我趁机对郭开喜说，喝酒去，你请客。郭开喜欣然答应。刘春耕亲热地用一只手勾住我，两人头挨头，肩并肩，亲密无间，就像回到了二十多年前。

回城后，我征求妻子的意见，准备帮刘玉田订一座大理石墓碑，两千块我们出。妻子说能否订个更好的？我说这样已经够了，再贵也不符合刘玉田生前的习惯，他节俭惯了。

大寒过后迁坟。迁坟那天来了好多人，村里七八十岁的老人几乎一个不缺，这出乎我的预料。他们给刘玉田烧了很多纸钱。谈及二十多年前的刘玉田，谈及他的老实犟直，谈及他的冤死，大家都唏嘘不断摇头感慨。似乎在他们看来，刘玉田的死好像与他们都有关，他们都有不可推卸的责任，有的人甚至还红了眼抹起了老泪。

黑色大理石墓碑是刘春耕用三轮车去城里运回来的。墓碑上刻着，刘玉田，生于1926年11月，卒于1991年11月，落款：儿春耕。刘春耕围着那墓碑转了几圈，看看这，摸摸那，欲言又止。终于，他想了又想说，应该还写上李兰花。李兰花就是他跑了的老婆。我说你真是一根筋，人家只写儿女，哪有写媳妇的？何况李兰花早跑了。刘春耕眨巴着眼睛，定定地望着我，要是现在回来不还是我老婆？我拍拍他的肩说，这事你就不要再去想了，以后千万要收敛，乌七乌八的事坚决不能做，过去的事就当我不知道，找个对你好点的女人好好过日子。

刘春耕低下头，很显然，他懂得我说的意思。

想了片刻，突然，他凑到我耳边说，对我好的女人是有一个，不过，不过……他拿眼角的余光偷偷瞄着我，吞吞吐吐地，有个忙，你能不能帮一下？

我寻思着，这些年还没听刘春耕说过哪个女人对他好过。看他那心虚的样子我猜可能又不是什么好事。果不然，刘春耕啰嗦了半天，我才听懂了，他要我帮的是一个叫秋月的女人，在洗脚屋被一个鸡头控制。秋月不想做，老想逃跑，但逃不了，每次被打手抓回来时都打得半死不活。

刘春耕唏嘘道，这女人好可怜，身上好多疤，大多香烟烫的，手臂上腿上都青的，不救她早晚会丧命。

又是女人？我倒吸了一口凉气，沉下脸问刘春耕，你跟这女人怎么认识的？

刘春耕回道，坐过我的三轮车。

你跟她有没有交易过？

没有。

那关你什么事？

刘春耕有点着急了，结结巴巴地说，她太可怜了，每次都说不想活，有一次竟从三轮车上准备跳下河，不是拉得快说不定早就跳下去了。

这时候我才发觉刘春耕是如此的混帐，这种事稍微有点脑子的人都不会去碰，这不是分明拿脑门往枪口上撞么？我问他，你的意思是要我们公安去抓这个鸡头？

刘春耕点头，两只手在空中使劲拧着，说鸡头十分可恨，控制了十几个女人，五六个打手成天盯着，凶煞神似的。不等我吭声，他又拉着我的手苦笑道，其实我这是做好事，跟救掉下河的人一样，我告诉她我兄弟在公安局当书记，也把号码给她了，救人一命嘛。

救人一命？我满身的血都往头上涌，涌得眼前直冒金花，你这是做的好事？我喝问他。

刘春耕的头垂下来，霜打了的茄子似的，机械地拿两只手上下搓着。他再也不敢看我，只是不服气地嘟噜，声音蚊子似的，我只认识她，没和她有过什么交易，犯什么法？

那你有没有给她钱？

153

钱当然给了，但没碰她。末了又补充一句，不给钱人家怎么让你出来？看门的比鬼都凶！

那你就完了！我狠狠掐掉香烟，扔到地上，拿脚狠狠碾碎，只要给钱了就形成了交易！这个常识你不懂吗？你猪脑子进水了！

刘春耕一脸茫然。

我冲着他几乎在吼，抓鸡头费什么事，女人不交出你么？她有你的号码，取证首先找你，拘留罚款坐牢的也首先是你！

刘春耕抬起头，两只眼睛瞪得圆圆的，一眨也不眨，两只黑白各半的眼球几乎弹出眼眶。我的心猛然一揪，眼前又突然闪出刘玉田死后那久久合不上的眼睛，也一样鼓，一样直直的，锥子一般，刺着人的心。

我听见刘春耕胸口怦怦的心跳声，急促而慌张，像乱蹦的兔子，喘出的气滚烫滚烫，烫红脸，烫红耳，像烤熟的大虾。

我恨不得上去扇刘春耕几记耳光，我已经再也不能控制自己的情绪了，骂道，你知道我的身份么？我是公安局的，专抓犯人的，你却把我放火上烤！既然你承认了这事，就要抓你！不抓就是渎职！你这笨蛋真是笨出屎来，我跟你说了千百次了，这个事千万不能做，你叔父要是在九泉之下听到了不被气得吐血寻死上吊？

刘春耕低下头，双手在头上乱抓，他的头发乱蓬蓬的，像一堆草，渐渐的也开始灰白起来，像深秋刚开的茅花。天凉秋深，用不了多久，灰白就会变成雪白，像刘玉田那样。

刘春耕显然吓坏了，缩着脖子，抱着双肩，人一下子小了一半。他只是一个人在嘀咕，我做的好事，反倒成了坏人？

我呸道，怎么不是坏人？大坏人！应该抓！

刘春耕愣住了，抬起头，后退几步，重新拿眼瞪着我，他的眼里满是不解与惶惑，声音里也有了恐惧，你会抓我？我救人的，你反而抓我？

我骂道，混账透顶！

刘春耕的身子开始发僵，发抖，打摆子似的，尖尖的胛骨一耸一颤，顶着身上的羽绒服。他退到刘玉田墓碑后，茫然地瞪着墓碑，嘴里念念有词。然后猛然回过身，冲下渠道，抡手向一排排芦苇砍去，边砍边大喊，抓我？你还抓我？神经病！

一团团茅花飘过来，轻如雪。

芦花似雪

小时候，我和大头、三毛最好，我们一块儿长大，一块儿上学。上学时要路过一个渡口，下雨了我们就到渡口边的草棚躲雨。草棚只有明子一个人住，他三十多岁，是个瞎子。

大头常到渡口后面的玉米地里拉屎，有一次离上课时间只剩下二十分钟，大头还没拉完。我们急得拔脚就走，直到校门口才见他满脸通红边跑边揉屁股，我们问他，是不是被蛇咬了屁股？

大头咧咧嘴，骂了句粗话，说肚里没油水，屎拉不出来，干巴巴的。

我们都有同感，肚里没油水，难怪呀，一个月也吃不上一次肉，主食都是山芋干、糁子、掺儿，哪样不糙？

放学回来，路过渡口时大头还忘不了早上的事，苦巴着脸问我，豆芽你说，我们队里谁拉屎拉得最快？

我和三毛望望后面的玉米地，再望望明子的草棚，想了想说，明子。

大头一拍大腿，我也这么想。

明子一个人过，他吃派饭。所谓派饭，就是全队轮流一家吃一天，十年前他父母死了，队长就这么定的，一直延续到今天。

我们推开明子的门，明子正在打毛窝。毛窝是一种草鞋，用芦花夹着布条打成，冬天穿上去特别暖和。明子每年都要给全队的人打一双，不管男女老少，包括出嫁到外地的女子。

大头问，明子，你拉屎拉得快吗？

明子正在搓绳，他停下手，也许想不到大头会问这个问题，愣了愣，但还是点了点头。

我说，你天天有好的吃，肚子油水足，咋拉不快？

明子脸上有点不好意思，抬头朝我们笑笑。他的脸很瘦，巴掌大，但很白，两个眼珠儿一动也不动，嘴边有几根黄黄的胡子。他说，我看不见烧火，一次煮粥把棚子烧着了，老队长从此便不让我煮饭。多亏了全队的好人，个个照顾我。

三毛嘟哝道，个个照顾你？你轮到哪家哪家不弄好的给你吃？队长会计都不如你。

三毛的眼里满是羡慕。

我和大头也咂了咂嘴。

回家的路上，三个人谁都没有说话。走了一节田远，大头才猛一拍头，晃着两只灯泡似的眼睛说，想起来了，怪不得上次王三家推迟一天卖猪，原来明子第二天才轮到他家。卖猪要请人抬到城里收购站，明子跟着抬猪的人沾光，既吃上了大肉，又吃上了大鱼。

三毛搔着头，他瘦、矮，头发黄巴巴的，竖在头上，像是营养不良的荒草。他接话说，上次他三叔家砌灶，也恰巧明子轮到他家，烘灶要有"六大碗"，那一天他看见明子嘴上吃得油光光的，像抹了一层油。

我也想起来，隔壁小勇的舅舅来走亲戚，小勇妈特意跟秀秀家对调，让明子先到他家吃饭。那天小勇妈特意杀了家里唯一的一只公鸡，那公鸡养了五年多，小勇还拿鸡毛换了一块碗口大的斫糖。

我们叹息，我们天天吃山芋干、喝糁儿粥，清肠寡肚，像吃了生萝卜似的，上午三泡尿一撒便前心靠后背，十点不到肚子便饿得像见了亡人，咕咕叫个不停。

转眼间芦花开了，芦花都是深秋后才开，西北风刮起来，芦花便开始伸出头来，一点点，一丛丛，一片片。风一吹，一夜间全成了雪白的一片，梦境一般。芦花村成了芦花的世界。

明子这时候开始忙碌起来，他叮嘱大人们帮他把芦花穗收起来，扎成一把把交给他。明子将它们捶扁、捶软，然后扎成一束束，挂在墙上留着打毛窝用。

我们羡慕明子天天有派饭吃，但渐渐的，心头却暗暗爬出一个斗大的问号，明子又不出工，凭什么给他派饭吃？难道就因为他为每人每年打一双毛窝吗？

我们都问过我们的父母，我妈说，明子是个瞎子，不给他吃难道让他饿死不成？大头的爸当过干部，知道得多，他说明子妈死得早，他爹摆渡，人缘好，随喊随到，从没误过人的事，还救过不少落水的寻短见的。三毛知道得更遥远，明子的爷爷当年送过解放军过长江，三天三夜没合眼，回来路上还抓了两个国民党特务。

然而，这些对我们来说都是太遥远的事了，而且与我们没有任何关系。

一天放学后，大头叫我去帮他捉虫子，他妈布置的任务，大青虫专门吃菜叶子，三只一天能吃一棵。大头拎着一条大青虫说，豆芽，你说明子像不像这大青虫？

我有点纳闷。大头愤愤地说，大人们说多个青虫吃个菜，明子明明就是一只大青虫，他吃了我们家好吃的，我们不就少吃了？

三毛也来了，黑着脸，一句话也不说。我和大头喊他也不理。我们还以为他又挨了打。经不住我们问，三毛才气鼓鼓地说，不是吗，明子来了好吃的就轮不到咱了，今天明子派到我家，我爸专门到鱼船上买了一条鱼，但吃饭时我妈却把鱼肚子全搛给明子，我却只得到了一个鱼头。我想再搛，被我妈一下子把筷子打掉了，最后只搛了一个鱼尾。

我说，鱼头好吃，鱼尾活劲。

三毛呸了我一声，鳊鱼头，铜板大，鱼尾全是刺，差点卡了喉咙。

大头问，明子呢？

三毛高了嗓门，他嘴上说不吃了不吃了，但所有搛过去的鱼都被他吃得干干净净。更令人吃惊的是，他居然不会卡，所有的鱼刺都被剔出来，丢在桌上。

我责怪他，你为什么不去搛？鱼肚子正反两面呢，他吃一面你也吃一面，鱼是你爸买的，凭什么不让你吃？

三毛摇着头说，我妈凶。

三毛的话勾起我的回忆，我想起来，今年中秋节，我爸从供销社买了一块月饼，明子正巧轮到我家。敬过月光，我爸拿刀切月饼，按照以往，我们弟兄三个只要分成三份就行了，可今年不同，我爸硬是把茶碗大的月饼切成四份，也就是说明子也有一份。我们都不服气，月饼是小孩吃的，明子三十多岁了，还跟我们抢着吃？

大头问，明子吃了么？

我没好气地回，怎么不吃，开头还说不吃，但我爸让他吃，他便吃了，一粒芝麻也没留下。

大头哑巴着嘴叹了口气。

大头瞪起他那两只金鱼眼，愤愤地扔下篮子，声音一下子高了八度，嚷道，七月半生产队里分公鸡，一家一只，我抓到了那只最大的芦花鸡，回家一称，二斤六两。那天明子也正好派到我家。我妈把公鸡剁了二十六块，中午吃饭时我妈先后给明子搛了六块，包括两个鸡大腿。我只吃了两块鸡肋和一只脚，我们家一共七个人，我妈为什么要搛六块给明子？即使平均，一个人也只分三块多一点。

我们三个人的脸都拉长了，像三根苦瓜。

我们的心里开始不平衡起来。

我们无心再去捉虫子，无聊地拿脚踢着脚下的石子，大头穿的单鞋子，用力太猛，不小心踢痛了大脚指。望着大头呲牙咧嘴的痛苦样，我突然想起了明子给我们打的毛窝，眼前突然一亮，拍着脑袋说，咱们是不是吃了人家的嘴软，拿了人家的手短？明子给我们打毛窝，不就是想换我们好吃的？

大头和三毛立即恍然大悟过来，但随即又扳着手指头算账，如果这样，我们不可就吃亏了？打毛窝的芦花不值钱，你却一个月要在我们家吃一天，我们划算么？

三毛尖起嘴，我看这毛窝也不怎么样，又粗又笨，书包里都装不下，而且穿上它无法踢毽子、斗鸡，拔河脚下打滑，疯丫头花小玲直笑我们土，像解放前的农民。

大头负气地说，从今以后我再也不穿毛窝。

三毛附和，我们都不穿他的毛窝，他还好意思抢我们的吃？

但不穿要有理由，大头和三毛催我出主意，过去遇到难事他们都听我的。

我把他们拉到一边，耳语了一番，他们立即不约而同地竖起大拇指，学着电影《地道战》里的伪军司令赞道，高，实在是高。

次日，我们三个都跟父母说，这毛窝我们再也不穿了，一只大一只小，脚指头都磨出了几个泡。

我妈第一个怀疑，以前你不是说这毛窝暖和，怎么没听说会一只大一只小呢？

我把毛窝给我妈看，真的一只大一只小。

我妈纳闷了，全队人的脚码明子都记得清清楚楚，他脑子灵光得很呢，就连哪个小孩的脚一年长多少都拿捏得八九不离十，怎么会打出一只大一只小呢？

我妈事多，自然不会把毛窝这种小事放心上，大头回家被他爸骂了句放屁也没了下文，三毛妈更是理也不理，不穿拉倒，冻死你。

我们理直气壮起来，我提议，把毛窝还给明子。

我们去还毛窝时明子正在家里搓绳，打毛窝需要好多绳子，有粗有细。明子的两只手很白，很瘦，完全不像我们父母的那般黑，那般粗。他的两只手掌心相向，上下来回搓动，手中的草便变成长长的细绳子。

我把手上的毛窝扔到明子脚边，嘟着嘴说，你打的毛窝一只大一只小，脚磨了几个泡，路也不能走，我再也不穿这毛窝了。

大头和三毛学着我的样子也把一大一小两只毛窝扔过去。大头的扔左边，三毛的扔右边。大头还特意把脚伸到明子面前说，你看看，我这两个脚指头都挤红了，体育课都不能上。三毛更是一瘸一拐地在明子面前走了两圈，虽然明子肯定看不到。

明子停下手，嘴张得大大的，能塞进一只鸡蛋，怎么可能呢，豆芽的脚最大，38码，大头呢，比豆芽的小一码，三毛的最小，有点外八字，还平足板。

明子说完后还补了一句，以前我还说过三毛当兵体检恐怕难过关。

三毛才不理他呢，拍拍地上的毛窝说，三双毛窝都在这儿，反正我们不要了，不管体检过不过关。

明子显然有点着急了，撑着桌子站起身，咋出这个问题的，我怎么昏了头把你们的尺码弄小了？你们冬天里没毛窝穿不冷么？

怎么不冷？大头冷冷地说，我们只有单鞋穿，下雨下雪天还舍不得穿，只能光着脚，回家脚都冻僵了。

明子拿手不停地搔着头，他那发黄的头发被搔得东倒西歪，乱草一般。搔完头又围着桌子转，像没头的苍蝇。

我和大头、三毛偷偷地掩着嘴笑，但又不能笑出声。

明子蹲下身，把地上三双毛窝拢过去，边拢边说，我重新给你们打，五天后来拿，这次保证你们满意。

我们三人手拉着手蹦蹦跳跳走了，刚走出一节田远，大头便挺胸昂首唱起了歌，唱的是刚学会的《打个胜仗哈哈哈》，打个胜仗哈哈哈哈哈，庄稼老头儿笑掉了两颗牙，今天一仗打得真漂亮，嗬嗬嗬嗬嗨哈……

我们放学路过明子家时，故意停下来往里瞅，看他是不是在打毛窝。我们想明子肯定会后悔的，你把我们的毛窝打错了，不重新打下次还好意思到我们家吃饭？还好意思比我们吃得好？但明子不是在搓绳就是在捶草，撕布条，始终没动手打。我想，三双毛窝起码要打五六天，还要起早带晚，到时候你打不出可就说话不算数了，男子汉大丈夫，说话不算数要掉下巴的。

我们要看明子的笑话。

一天过去了，两天过去了，一直到第五天，一放学我们便往明子家奔，明子说好了五天的，今天是最后一天。然而，离他家还有一节田远，便听明子倚着门喊，豆芽你们过来。

我们纳闷，明子真的打好了？明明没有看见他打。然而，摆在我们面前的是三双齐整整的毛窝，但一看，又不是新打的。明子拿出最边上的一双递给我，然后再分别递给大头和三毛。等我们手里抓着毛窝了，他又咳了一声，提高嗓门说，不要弄错了。

我们愣在那儿。

但很快，我们便像瘪了气的皮球，一下子瘫了。

原来，我们的计谋被明子识破了，为了捉弄他，我们每人换了一只毛窝，三个人的脚不一样大，换下来就全变成一只大一只小。

我们想溜，但明子很快伸出手来拉我们。他先拉住我，接着又拉住大头和三毛。我们想挣也挣不开。明子板起脸，要我们坐下，拿手在桌上笃笃地敲着教育起我们来，小孩要诚实，你们的老师平时是这样教育你们的吗？我们从没见过明子这般严肃过，他的脸像块铁板，眉头打着结，如果戴上眼镜准像一生不会笑的汪老师。

明子挺着身子，我们从未见过明子这么笔直过，他的手指头很尖，他拿手从我们面前划过，古人说小时偷针长大偷金，这个故事你们听说过吗？人的品行是从小养成的。

脸上最先挂不住的是我，因为这个主意当初是我先提出来的。我不满意明子这教训人的口吻，粗着嗓门说，你是说我们不诚实？教育我们，我们有爸妈，有老师，轮不到你教育！告诉你，我们三个在学校都是三好生，还是班干部。

明子不紧不慢，但声音里透着威严，我看你们这三好生不过硬，什么时候我要去找你们老师。

大头犟脾气上来了，找就找，怕什么？有本事你去！

三毛胆子小，赶紧拉了我和大头出了门。我们一口气跑出三节田远，气喘吁吁停下来，三毛抹着满头大汗说，万一他真的告了状那还得了？

大头说，他是个瞎子，能摸到学校吗？队里的人家他熟，那是他走多了，到学校要过桥，他过得去？不会从桥上掉下去？

我们上学要过一座桥，那桥没有栏杆，摇摇晃晃的，刮大风时只能爬过去。明子凭什么敢过桥？他说这话不过是吓吓人而已。

但很快，三毛又说，要是他不告诉老师，告诉我们父母怎么办？

我们都是听话的孩子，从不敢撒谎，很少惹父母生气，如果告诉了，肯定少不了挨一顿打。我妈脾气坏，手上劲又大，一巴掌下去就是一个红印；大头妈闷，罚跪，一跪就是大半夜；三毛爸更绝，专爱拿他的长烟杆打人，三毛上次挑猪草只顾找知了壳，天黑了还没挑满一篮子，回去被烟嘴磕出两个泡至今还没消。

我们又开始担心起来，明子真的找我们父母告状，那可怎么办？

怎么办？想想馊主意是我出的，偷鸡不成反蚀把米，我咬着牙，恼羞成怒地说，我们就报复他。

怎么报复？

大头嘴快，那不简单，我们就在渡口后面的路上挖个陷阱，他天天要到屋后的茅坑拉屎，一脚踩下去不摔个四脚朝天？我们刚看过电影《地雷战》，大头说，再在里面加些人屎、牛屎、狗屎，哈哈，大头未说完先咧开大嘴笑了，露出两个大虎牙，又尖又白。

我说，再弄个马蜂窝扔到他家里，他看不见马蜂，马蜂能看见他。蜇他个鼻青脸肿，蜇他个人仰马翻。上次我被马蜂蜇了眼睛肿成一条缝，看人都小了一半，竟把汪老师看成三毛。

三毛会捉蛇，他说弄条死蛇挂到他门上，他伸手一摸，软拉拉的，怕要把魂吓跑了。三毛笑得东倒西歪，仿佛他已经看到明子被蛇吓着了，吓得魂不附体，吓得尿湿了裤子。

我们在忐忑不安中度过了一天又一天。

我们宁可绕道多走三节田，也不从渡口明子屋后走。

我们密切关注着我们父母的表情，我们都变得小心翼翼起来，再也不敢惹他们生气，放学回去更是早早地挑满一篮子猪草，而不是像从前那样贪玩。我还主动把家里的两只水缸挑满水，还第一次帮我妈打扫了猪圈。

还好，几天过去了，风平浪静，我们担心的事终究没有发生，这让我们长舒了一口气。

进入腊月，生产队里开始做豆腐，农村里三桩活儿最苦，行船、打铁、磨豆腐。西头的王二跟着师傅磨豆腐，师傅是镇上的，他负责点卤等技术活。王二磨了一夜豆腐，上午刚回家睡觉，老婆便跟他吵起架来。两个人都是犟脾气，吵着吵着便动了手，两个人从院子里打到圩上，再从圩上打到晒场上，打得鸡飞狗跳，人仰马翻。王二的脸被抓破了，鲜血直流。王二的老婆披头散发，嘴吐白沫像只螃蟹，边尖叫着边拿铁叉戳王二的裤裆。

大人们拉劝，我们去看热闹。眼看着中饭时间到了，我们远远地看见一个人正朝王二家走去，不用说，那是明子。可今天明子吃得成派饭吗？这儿正打得热火朝天鬼哭狼嚎，谁还会给你弄饭？我们三个人停下了脚步，望着圩下的明子。只见他一个人站在树下，孤零零的，手里抓着的竹竿也软耷耷的，有气无力。

王二夫妻俩还在跺着脚对骂，我问大头和三毛，明子能听见他们在打架么？大头咧开嘴笑着说，怎么听不到，不然他呆在那儿干什么？

我们估计明子今天十有八九吃不成中饭。

大头说，明子这次起码要饿半天肚子。

三毛更是幸灾乐祸，明子，今天要看你的笑话了。

我们的肚子早就饿得咕咕叫了，我们的父母也在喊着我们回家吃饭。可是，我们都暂时没有了回家吃饭的念头，我们就那般看着，看明子究竟怎么办。

果不然，明子在那儿站了几分钟，便悄悄回头了。他拿手里的竹竿急急地探着路，快速从我们眼前飘走了。我们想不到一个瞎子能这么一阵风似的走路，连脚下的几根木桩和一堆石头都被他轻松跨过了，还拿竹竿赶走了一只汪汪叫的白狗。

吃过饭我们去上学，特意拐到明子屋前看了一下，我们想明子肯定饿了睡在床上，他哪还有力气搓什么绳、打什么毛窝？

然而，让我们万万没想到的是，我们还没到明子屋前，却见王二老婆匆匆跑过来，披头散发像电影里的巫婆。她手臂里挎着一个竹篮，斜着腰。我们老远就闻到一股香味，大头鼻子最尖，说是猪油的香味，王二老婆今天一准煮了菜饭。菜饭挑了猪油才香，平时我们家只有来亲戚了才能吃上猪油。

大头跑过去一看，何止是挑了猪油，一大碗饭上还撂着一大块黄澄澄的涨鸡蛋。天啦，这王二老婆打了半天架，居然还有心思煮了菜饭，涨了鸡蛋，还挑了这么多猪油，他是你祖宗呀？是你的父母吗？

走了几节田远，还能闻见草屋里飘出的猪油香。我们估计，这香味能传到三里外，坐在教室里都能闻到。

我们失望极了。

天上开始下雪了，那雪也像芦花似的，一点点，一阵阵，一片片，天女散花一般，风一吹，便吹得满村都是，芦花村又成了雪白的一片。

又轮到明子来我家吃饭了，这几天我们家十分忙，我爸去东台那边帮生产队买牛去了，三天才能回来。我妈要去城里卖糠，家里只养了一头猪，多余的糠要挑到城里去卖。我想，明子这次到我家来不要指望吃多好吧。

这一天，我妈起得早，天蒙蒙亮就忙开了，喂猪喂鸡，接着给我们做早饭。连喝了一个星期粞子山芋粥，我妈今天特意做了涨饼。

我妈做涨饼是用前晚上剩下的粥发酵后加入面粉做成的，先调匀了倒进铁锅里，四周浇上油，待饼涨厚后铲起来，覆过去，再加点油，最后饼便成了四面薄中间厚圆圆的一块。

我妈先涨了四小块饼，我们每人一块，小碗口那般大。最后她将盆里的面糊全倒进锅里，涨最后一块饼。她对我说，这饼带给明子，告诉他，我去城里卖糠，中午饭可能要晚一点。

我妈将涨饼装在一只钢精锅里，怕冷了，还用一层厚厚的棉纱布包着。我接过那锅子，掀开一看，黄灿灿的，又大又油，比我们的涨饼足足大了一圈，而且更重要的是比我们的饼黄得多，一看就知道放的油多。我嘬着嘴嘟哝了一句，我妈不知听清没有，臭了我一句，就你话多。

我望着她手里的扁担，没敢吱声。

上学的路上我把那饼掀开给大头和三毛看，大头和三毛一看也火了，凭什么你妈要给他做这么大的一块饼？还放这么多的油？

大头骨碌骨碌咽着口水，拍着钢精锅说，要是我妈让我带，我不吃掉它一半才怪。

我望着那饼，再望望大头和三毛，心想大人们为什么都这般向着明子，连做个饼都有意偏着他，这气怎么叫人往下咽？于是，犹豫了片刻，我冲着那饼一口咬下去，一下子便咬了一大口。大头不容分说，也抢过去咬了一大口，三毛也如法炮制，几口下去，剩下巴掌大。

我推开明子的门，轻手轻脚把钢精锅放到桌上。明子问，豆芽，你妈又涨饼了？

我嘴里"嗯嗯"应着，转身就走。

明子在后面喊，你妈涨的饼大，我吃不了，你帮我吃掉点。

我低着头，匆匆拐上渠道，不料与老队长撞了个满怀。他正好送芦花穗给明子，我不敢跟他打招呼，三个人猫着腰逃走了。

我还没跑出几步，老队长就在身后喊，豆芽，这是你妈让你送的？

我毫不理会老队长，越跑越快。队里人都怕他，他爱管闲事，三天两头往明子家跑。

一个上午，我的心都在怦怦跳个不停，汪老师正在讲《一件小事》，我总感觉他拿眼盯着我，我不住地拍着胸口，一件小事，一件小事，不就是一块饼么，看你吓的像做了贼似的。

不料中午刚到家，见到我妈，她的脸黑得像锅底，没等我放下书包便厉声问道，你送给明子的饼呢？

我送给明子了。我听得出我的声音细得像蚊子叫。

你做的好事！我妈一步上前，不由分说拧着我的耳朵就往明子家走。

我掂着脚，跟着一路小跑，我心想不好了，出事了。但嘴上仍不停地说送给明子了，不信你问大头和三毛，他们都看见了的。

166

我妈手里的劲大得很，听人说她年轻时曾当过铁姑娘队的队长，干的都是男人的活，能一人扳倒一头大肥猪，和我爸打架时我爸从没赢过。她几乎把我拧得离了地，我怀疑我的耳朵已经被她拎掉了，只剩一根筋吊着。头皮疼得发麻，触了电似的。我想哭，但又不敢，从前我妈不管怎么打我我从没哭过，你越哭她下手越重。

到了明子家，我妈仍没松手，她问明子，我让豆芽带给你的饼，不是他在路上偷吃了谁偷吃的？

明子赶忙摇头，我吃了，真的，这么大，他拿两只手在空中比划着，夸张得很。他怕我妈不相信，又拍着肚子说，到这会儿肚子都不饿呢。

我妈猛地往前一揉，我的头重重地撞到墙上。她骂道，放屁，骗人！老队长明明看到的，一个涨饼只剩下一小半，有人养没人教的东西！你叫我们这张脸往哪儿摆？还叫人做人不做人？

我妈冲着我"啪啪"就是两记耳光。

我的眼前直冒金花，白茫茫的一片，就像盛开的芦花。

明子急了，两只又长又瘦的胳膊上下直舞，嫂子，你哪能这样怪罪豆芽呢，那么大的一块饼我怎么吃得了？我叫豆芽吃的，不信你问大头和三毛。

我妈不理他，见我想往外逃，又一把拧住我的耳朵，我怀疑我的耳朵这一次一定会被她拧掉了。她一边拧还一边往外绞着，我听见耳朵撕裂的声音。我想我的耳朵要是真的绞没了还怎么上学？怎么听老师讲课？我和大头、三毛约好了，我们将来都要考大学，我们都要当科学家，出国留学，将来报效祖国。我狠狠咬着嘴唇，任凭我妈的唾沫喷着我，我的眼眶直发热，但我坚持着，始终没让泪水掉下来。

明子着急了，他上来就要拉我妈。他额上的青筋都凸出来了，粗得像蚯蚓，嫂子，你再打豆芽我下次再也不去你家。

我妈回头瞪着他。

明子拼命拿脚跺地，跺得桌子在动，草棚在动，他重重地补了一句，死也不去！

我妈吃惊得张大了嘴，呆在那儿，眼珠儿几乎弹出眼眶。在她看来，平时说话轻声细语怕吓着人的明子竟也会发脾气，而且发起脾气来这般吓人。就在这时，远处又传来一阵阵嘈杂声，夹带着杀猪般的嚎叫，一听就是大头和三毛的。大头和三毛也被人拧着耳朵押来了，大头妈手里的藤条杀气腾腾，三毛妈破锣似的嗓音炸破耳膜。

　　明子门前一下子围过来好多人，叽叽喳喳吵个不停。他更急了，热锅上的蚂蚁似的团团转，两手在空中乱舞，大声喊，你们不能这样！你们不能这样！

　　大头和三毛继续嚎叫着，我们三个人吓得缩到墙角。明子拿双手从外面护住我们，他满脸通红涨得像猪肝，有人赶紧一把抱住他。他奋力往外挣，一头撞到门上，不料用力过猛，额头上的鲜血汩汩往下流。他顾不上这些，一边拿手捂头一边大声喊，我这个窝囊废，我这个累赘，都怪我，你们再打孩子我就跳河！

　　在场的人都吓坏了。

　　个个目瞪口呆。

　　我的鼻子突然一酸，眼一热，不争气的泪水终于一下子涌了出来。

听电影

山子爸经不住我们的再三请求，终于同意让山子去看电影。

我们高兴坏了，一年到头，我们最盼望的便是看电影，学校组织的、村里放的，一场都不会落下。过去我们总是四个人一起看，但山子生病后只剩下三个人，同样看电影，心里却变得空空荡荡的。

我拉着山子的手出了门，胖冬宝和矮友军抢着扛竹凳。竹凳是山子爸专门用来打毛窝的，长，而且轻。

中秋刚过，天上的月亮格外圆，也格外亮，地上像铺满了银子。秋风吹来，空气中变得甜丝丝的，那是成熟了的稻子、玉米、老菱的味道。

山子说，春生，我眼睛不行，还看什么电影？

我说，不能看就听。

山子苦笑着，哪有听电影的？

胖冬宝跑到我们前面说，我们边看边讲给你听，三个人六只眼睛呢，我们的眼就是你的眼。

山子十一岁时，一天晚上去洪林看电影，回来时不小心摔了一跤，肩上的长凳戳伤了眼睛。第二天他爸带他去医院，住了几天院后医生突然说山子的两只眼睛瞎了。我们吓死了，像遭遇了晴天霹雳。尽管医生说山子是先天性的病，与摔不摔跟头没什么关系。但我们却不得不承认自己有不可推卸的责任，我们犯了天大的错。

今天放的电影是《铁道游击队》。像往常一样，我还让山子坐在我和胖冬宝中间。山子虽然不看电影了，但我们却总把他的位子留着。

电影在大河西冯庄村已经放过，我听班上的刘丽说过故事情节。趁着放片头的功夫，我告诉山子，电影反映的是抗日战争期间，山东枣庄有一支铁道游击队，在大队长刘洪、政委李正的带领下，与日本鬼子展开殊死搏斗，并最终取得胜利的故事。

电影开始了，我们四个人正襟危坐，个个腰杆挺得笔直。轰隆隆，火车开来了。我轻声告诉山子，游击队准备袭击敌人的火车，抢下敌人的武器武装自己。

山子紧紧地抓住我问，抢得到吧？

抢得到！我自信地说。

游击队战士爬上火车，把枪扔下来。我们小声喊，快扔快扔！

山子不放心地问，扔了多少？

我说很多很多。

游击队有枪了，开始袭击洋行，打了一个大胜仗。战士们欢呼起来，山子也和我们一样兴奋得举起双手。

芳林嫂出场了，我告诉山子，芳林嫂是女英雄，她也加入了战斗。她把手榴弹扔向敌人，但没炸，原因是忘了拉开引线。

山子急得直拍大腿。

游击队成了飞虎队，化装成日本鬼子突围。敌人有轻机枪、重机枪。我们的战士英勇顽强，战斗进行得十分激烈，最终游击队打了大胜仗。

山子手心里湿透了。

战士们拿起土琵琶，开心地唱起了歌，西边的太阳快要落山了，微山湖上静悄悄，弹起我心爱的土琵琶，唱起那动人的歌谣……

我们的老师已教过这首歌，两节课我们就学会了。我对胖冬宝说，散场后你教山子唱，这歌很好听。

电影散场了，我拉着山子的手往回走。冬宝清了清嗓子，开始教山子唱起歌来，西边的太阳快要落山了，然后学着音乐老师的腔调喊，唱。山子便清了清嗓子，跟着唱起来，西边的太阳快要落山了……

皎洁的月光下，四个少年欢乐地边蹦边唱。冬宝还捡来一根木棍，和着拍子敲着竹凳，权当游击队战士手中的土琵琶。

前面是一片红薯地，我们的肚子早就饿得咕咕叫了。我说，山子好久没跟我们一起看电影，拿什么招待他呢？我们想起放电影的杨二，杨二天天有大鱼大肉吃，他到村里来放电影，干部把他当祖宗供，嘴上成天吃得油光光的。

冬宝拿手指了指红薯地说，这不是现成的么？生产队里有一望无际的红薯地，凭感觉地下的红薯应该不小了，起码会有我们的小膀子粗。

山子不肯，说这不是偷么？我们四个人在学校都是三好学生，在家里都是听话的孩子，咋能做小偷呢？

友军说，我们只扒四个，而且不扒一根藤上的，再把土填好，别人看不出。

我说下次队里分红薯时我们还给队里就是了，拣最大的还，咱们明人不做暗事。

说动手就动手，友军动作敏捷，一猫身便潜入红薯地，冬宝跟上，我负责望风。我压低嗓门提醒，一定要找垄上裂了缝的，那里的红薯才大。远处突然传来一阵狗叫声，且越来越近，我吓得大叫一声有人，驮起山子便跑。

我个子最高，驮着山子跑得飞快，冬宝胖，跑不快，友军矮，又要扛竹凳。跑出一节田远了，友军突然脚下一滑，摔下了渠道。

我们一起躲在渠道里，幸好里面没水。等狗叫声停止了，伸出头一看，虚惊一场，鬼影子也没有一个。

我们笑着躺在草地上，望着天上皎洁的月亮，个个揉着肚子喊疼，那是笑疼的。山子说什么叫做贼心虚？这便是。山子说得对，毕竟我们从出生到现在没做过什么坏事，也没被老师和大人批评过。友军到水沟里把四个红薯洗干净，我们拣了个最大的给山子。红薯刚出土，不老，又脆又甜，这是我们吃过的最好吃的红薯。

杨二要来我们大队放电影，消息三天前就由村西头的冬梅传出来了，她正与杨二谈恋爱。我们第一时间去告诉山子，山子正跟在他爸后面打毛窝。毛窝是一种草鞋，用芦花穗捶软捶扁后打成，冬天穿在脚上十分暖和。山子说，你们来得正好，马上过冬天了，我给你们每人打一双。

我们说去年你给我们打过一双了。

山子说，去年是去年，今年一年你们的脚不都长大了么？

我们谢了山子，他就是这样一个人，什么事都想着我们三个，上学时学工学农，他总抢着脏活累活干，暑假回来干农活，他总担心我们力气小伤了腰。山子爸上街卖毛窝，不管带回来什么都分给我们，一块矸糖四个人轮流嗍，一把花生四个人分，一只金刚脐每人一个半角。

这次放的电影是《奇袭》，讲的是抗美援朝战场上英勇的志愿军战士打击侵略者的故事。

冬宝主动提出来讲给山子听，冬宝上次去他姑妈家时看过了。放电影的时候我就想好了，五队的玉米掰了，地里留着玉米秆，有的玉米秆甜，反正也没人要，只能晒干了烧火，散电影后去找几根，给山子解解馋。

电影一散场，我们迫不及待地往回赶。友军陪着山子，我和冬宝一头钻进五队的玉米地里。玉米秸秆只有根部发红的才有甜气，根节还要粗。我们只顾埋头找，脸上被玉米叶子划了几个口子都没觉到。

然而，虽然满田都是玉米秆，但那种又红又粗的却少之又少，有时几十根也找不到一根。我们好不容易找到了四根，满心欢喜地拔起来扛着就走。

友军首先发现了问题，原来我们拔了四队的玉米秆，每个上面都有三四根玉米，冬宝平时做事就有点马大哈，有玉米的秸秆重多了，你怎么分不出？这怎么办？人家知道这贼算当定了。没法，我们又不敢带回去，只得连忙回头重新把它栽进去。

上学时冬宝还悄悄跑到四队的玉米地看，看有没有被人发现，哪料到昨晚我们没有把玉米栽好，现在都倒下来了。看玉米的驼老头躲在墙沟里，发现我们了，爬起来就追。胖冬宝跑不快，几步就被驼老头抓住了，一把夺了冬宝的书包。见躲不过，我们只得主动揽责任，我说我掰的，友军说他掰的，冬宝火了，我掰的，你敢把老子怎么样！驼老头一巴掌扇过来，细狗日的你是谁的老子！

我们开始万般后悔起来，这次行动原本没什么风险，不料却偏偏搞砸了。驼老头屁颠颠跑到大队去告状，大队长把我们押到山子家，与山子对证。山子一下子难过起来，手忙脚乱地拽驼老头，说要打要罚他认账，拔玉米秆是他提议的，但我们压根儿就没想偷玉米。

　　见驼老头不相信，山子急得几乎要哭。这时，山子爸过来了，问过情况后立即黑下脸，他当过民兵排长，脸上成天没有笑容。他没有打山子，也没有骂我们，只是对大队长和驼老头说，掰掉的玉米他赔。我们悬着的心好不容易才落下来，赶紧拿手拍着胸口，谢天谢地，谢谢山子爸。

　　大队长和驼老头刚一走，不料山子爸却厉声警告道，以后再也不许山子去看电影。

　　山子爸一棍子又把我们打懵了，在没有山子的日子里，我们虽然还照样看电影，但我们情绪都低落到极点。我们看过《渡江侦察记》，看过《金光大道》，看过《柳堡的故事》，但统统提不起精神，这些片子有的根本就没什么意思，特别是《柳堡的故事》，十八岁的哥哥坐在小河边，你不打仗在小河边磨蹭什么？甚至有一次，学校组织去城里看电影，回来时还没到家三个人便连片名都忘记了。

　　我们怀念与山子在一起的日子，更为山子跟着我们倒霉而内疚。但我们想一定要把山子再带出来，不然他一个人什么也看不见多可怜呀，成天只打毛窝，又没有妈，连个说话的人都没有，这样下去不会孤单死了？

　　于是我们决定去山子家试试。

　　那天，河西放《地雷战》，我们早早来到山子家。山子和他爸正好在吃饭，我跟山子爸套近乎，连根叔你不是当过民兵排长么？河西今天放《地雷战》，你去不去看？

　　山子爸脸色沉沉的，像铁板，看也没看我一眼。我又贴着他的身子说，民兵也是兵，你肯定会打枪，喜欢看打仗的电影。

　　山子爸终于开口了，不会打枪算什么球兵！

我见山子爸开口说话了，高兴起来，我们从小就羡慕当兵的人，连根叔你个子这么高背起枪肯定十分威武。

山子爸脸色缓和了一些，嘴里呜了一声，含糊听不清。

我说今天大家一起去，山子也去。

山子爸摇头，不行。

我问为什么？

山子爸哼了一声，惹祸。

我赶紧保证，我们再也不惹祸，上次是我们错了，我们本是去拔玉米秆的，不小心拔错了。怕他不信，我还说，我们在学校都是三好生，从没有做过坏事，不信你可以去问老师。

山子爸只顾喝粥。我看山子手上满是冻疮，心疼地拉着他的手送到山子爸面前，你看山子的手打毛窝冻成这样，你就让他散散心吧，要不他一个人闷在家里多可怜。

山子爸不再说什么。

我壮起胆子，别看冬宝和友军怕山子爸，我却不怕，因为我爸在徐州煤矿工作，每次回来都喊山子爸喝酒。有次山子爸喝多了还向我爸"啪"的一下敬了个军礼。于是我搬出我爸来当救兵，连根叔，我爸说过多次，山子从小眼就瞎了多可怜，以后你们要多帮帮他。

山子爸还不吭声，我又转到他面前说，连我爸都要我们帮山子，你为什么不同意？

山子爸一听到我爸口气也变软了，不是我不让他出去，我怕你们惹祸。

我连忙拍着胸脯，连根叔，我给你写保证书，保证永远不惹祸，这就写。

山子爸叹了口气，又埋下头喝粥。

我心里七上八下起来，像只小兔子在那儿拼命撞。我真担心山子爸一口回死了，那我们就再也不能带山子看电影了。

还好，山子爸喝了一碗粥又到锅里盛了一碗，呼啦呼啦直喝，他的肚子真大，我真担心他把一锅粥全喝了，山子吃不饱。山子爸终于搁下筷子，嘴一抹出了门。

我那悬着的心终于放下来，他什么也不说不就等于同意了么？还犹豫什么呢？躲在外面的冬宝跑过来，不由分说，拉着山子就跑，不想一头撞上门框。友军抱着竹凳冲出来，一口气奔到渠道上。我们生怕山子爸反悔，跑到五节田远了才停下来喘口气，个个像拉风箱似的。平息了片刻，冬宝又领着我们唱起了歌，西边的太阳快要落山了，微山湖上静悄悄……

这一次友军提出来给山子说电影，他嫌冬宝说得啰嗦，不满地说，对话时你只要告诉山子谁说的就行，山子聪明得很。

电影开始了，友军轻声告诉山子，民兵缺枪少弹，雷主任带领大家造出了许多地雷，人们亲切地把它叫成"铁西瓜"。

鬼子进了村，咚，叮咚叮咚，音乐声起，友军屏住呼吸。突然，一声巨响，地雷爆炸了，鬼子被炸得人仰马翻，友军拍着山子的肩头喊道，鬼子炸死了。

山子也跟着轻声欢呼起来。

友军掰着手指头数着，民兵们造出了许多种地雷，听，那是子母雷爆炸了，那是碎石雷爆炸了，那是连环雷爆炸了，还有头发细雷、绊雷。随着一阵阵震耳欲聋的爆炸声，山子和我们一起神采飞扬，他说，多神奇呀，我们的战士比日本鬼子聪明多了。

我说，山子，别着急，马上还有更有意思的雷。山子问什么雷？屎雷。山子扑哧一声笑出来。这不，鬼子渡边挖地雷挖了两手屎，一边抖手一边大叫"嗦嘎"。全场的人都笑开了。

山子也跟我们一起笑得前仰后合。

友军的粗嗓门引来后面的一个人不满，隔着几排人便嚷道，鬼叫什么？咋呼咋呼的！

我们回头一看，是张斜眼。他天天追冬梅谈恋爱，冬梅不理他，他便处处找别人的茬。

友军不服气，你才鬼叫呢，山子看不见，我说给他听。

张斜眼探过头，讥笑道，瞎子也看电影？日鬼了！

我一下子火了，爬起来冲着张斜眼骂，你才日鬼了！谁说瞎子不能看？

张斜眼吐了一口痰，咧开大嘴狂笑，天大的笑话，你问他能看得到？

我反问，你是个斜眼！你能看得到？

冬宝骂道，放屁，山子看电影关你什么事？这电影是你家的，只准你一个人看？

友军拿手戳着张斜眼，你这是侮辱人！

张斜眼鼻子里"嗤"了一声，挑衅道，侮辱人又怎么？怕你个卵！看来老子今天非要收拾你们几个细狗日的！

张斜眼说着便挥拳朝我们砸来。我一让，张斜眼扑了个狗吃屎，磕得满脸是泥。但他哪里肯罢手，爬起来揪住冬宝就打。我们不得不还手了，我一把死死勒住他的腰，友军抱住他的两条腿，冬宝抓住他的手，狠狠就是一口。张斜眼顿即鬼哭狼嚎般大叫。

几个大人过来，喝住张斜眼，人家几个小孩，你好意思打人家？张斜眼狡辩，他们先骂人的。冬梅看不下去，指着张斜眼，你先动的手。张斜眼见势不好，骂骂咧咧走了，临走时还发狠要打断我们的腿。

我们打了一个大胜仗。回家的路上，我们每人找了一块砖头，冬宝甚至找到了一块瓷片，张斜眼要是再打我们就用砖头砸他的头，用瓷片划他的脸。我拉着山子，冬宝在前，友军断后。山子说，下次再也不能这样了，他骂他的，人能骂死？

我说不行，这事关自尊的问题。

我们又唱起了歌，这次唱的是《游击队歌》，我们都是神枪手，每一颗子弹消灭一个敌人，我们都是飞行军，哪怕它山高水又深……

期末评选"三好学生"，我、冬宝、友军又都评上了。开头我们还忐忑不安，问老师，上次我们掰了四队六棵玉米，算不算德育不行？老师说山子爸来过学校，他已赔了人家，你们是误掰，不是故意的。至于挖的四个红薯，队里分红薯时已经还给队里了，拣的四个最大的。大人们也没骂，队长还夸你们诚实。

学校组织人敲锣打鼓送奖状，一行七人，比过年还热闹。那天我们三家都开心坏了，新奖状贴上墙，心里像吃了蜜一般甜滋滋的，我妈还特意给我煮了四只鸡蛋。我正准备去找山子他们，不想山子第一个摸到我家，送给我一双崭新的毛窝。那毛窝夹着花布，好看，结实，摸在手里暖乎乎的。山子说，这是给你的奖品，冬宝、友军也有。

我紧紧搂住山子的脖子，动情地说，好兄弟，如果你也读书，我们四个人都会是三好生，你记得吗，从一年级到四年级，我们哪一年缺过？

山子鼻子吸了几下，拿手去揉眼睛。山子自从眼睛瞎了以后，常常会流泪。

冬宝也赶来了，还有友军。山子照样给他们送上两双新毛窝。冬宝脱下脚上的破布鞋，直接穿上新毛窝。但很快，他的脸上便布满了愁云。经不住我们问，才吞吞吐吐地说，春节过后他就不去上学了。

我问为什么？

冬宝说，他妈病了，他和弟弟读书，缴不起学费。

山子急了，不就两块半学费么？怎么缴不起？

冬宝说，他妈要去上海看病，要花好多好多的钱。他们弟兄俩不能同时上学了，他要挣工分，不然到年底口粮分不上。

我一把抓住冬宝的手，使劲儿晃，你不是说将来要上大学，当医生的么？

是的，我们都有远大的理想，我们将来都要上大学。冬宝说要学医，山子的病现在看不好，将来医学发达了一定能看好。至于我，因为作文好，立志将来要当作家，把我们四个人之间的友谊写出来，写成小说，拍成电影，让全中国、全世界都能看得到。

我们三人都为冬宝着急，但我们又没有钱帮他，急得像热锅上的蚂蚁团团转。还是山子主意多，他说没钱我打毛窝去卖，一双能卖三四角，帮你缴学费。山子爸每年都能打几十双毛窝，卖了钱都留着，说将来到上海给山子看病。

冬宝倔强地摇了摇头。他脾气犟。

山子着急了，劝冬宝，老师说过，一失足成千古恨。你无论如何不能退学，上大学将来进了城就是城市人了，用不着跟泥巴打交道，农民多苦，一年四季刮风落雪都要下地，忙死忙活还吃不饱。

冬宝还是不吭声，只是用牙齿咬着嘴唇，薄薄的嘴唇被他咬得煞白，一点血色也没有，白纸一般。

我们跟着又劝了冬宝一通，可他始终不吭声。山子拢过冬宝，搭住他的肩。两张脸紧紧贴在一起，悄悄的，几行眼泪流下来，流过腮边，流过下巴。山子哽咽道，你成绩这么好不上学太让人伤心了，我想上却上不了……如果你不上，我再也不看电影、再也不和你们一起玩了。

我和友军看不下去，扳过冬宝的头，出主意道，几块钱学费算什么，我们去找知了壳，捡鸡毛，打楝树果，说什么这学费都能挣上来。至于挣工分，我们虽然不能，但你家养猪我们可以帮你挑猪草，原来一天挑一篮子，现在挑两篮子，这不费什么事。

山子还沉浸在刚才的伤心中，他说，冬宝，你这么小就要去挑泥、割稻，怎么干得动？怎么吃得消？大人一年都脱几层皮，你压趴了成了瘪豆怎么办？我现在打毛窝已经是熟手了，多打几双不费事，你千万不能这么想呀。

冬宝抱着我们三个人的头，再也说不出什么，我们的脸上全是泪水，咸咸的，搞不清是谁的。我们就那般抱着，谁也不愿意松开。最后还是山子提议，星期天我们上街去卖毛窝，多卖几回这学费就挣来了。我们怕山子爸不同意，山子拍着胸脯说他爸肯定同意。

文教局发文，要求各个学校组织学生观看电影《闪闪的红星》。老师专门在班上讲了小英雄潘冬子的故事，并布置写作文。我们进城看到电影院橱窗里的海报，惊讶地发现，山子长得像潘冬子，山子也这般眉清目秀，圆圆的脸，敦实，特别是两只大眼睛，水灵灵的，有神得很。

回来后我们来不及吃饭便一齐赶到山子家，兴奋地告诉山子，《闪闪的红星》好看极了，潘冬子也叫山子，你不但跟他长得特别像，名字也一样，他是小英雄，你也是。

山子脸上露出几分羞涩，我哪是？

我说电影要放一个星期，下个星期天我们陪你去看。

山子说行，下个星期天我们正好去卖毛窝，我已经打了六双了。

星期天到了，我们一早上了街，七里路，要走一个多小时。我们抢着背毛窝。路上遇到杨二和冬梅，冬梅坐在杨二自行车后面，搂着杨二的腰。她问张斜眼找过你们麻烦吗？如果找了我让杨二揍他。我骄傲地扬起头，他敢？冬梅"咯咯"地笑了，我们发现冬梅长得真好看。

我们来到坝口的百货公司门口，刚放下毛窝便有人上来问价。我们也不懂还价，山子说四角钱一双，一个老太太给了两块四角钱便把六双毛窝拿走了。

山子的脸笑成一朵花，水灵灵的，像早晨沾满露水的月季，两个小酒窝又大又深。他对冬宝说，我说了，多打几双毛窝不就把你的学费挣到了？

那天我们都很兴奋，山子挣的钱好像也是我们挣的，我们的父母一天才挣十几分工，值四五角钱。山子说，平时都是你们请我，今天该我请你们，请你们吃金刚脐，看电影。

我们一齐拍手，金刚脐喜欢，电影更喜欢。

金刚脐两分钱一个，山子花一角钱买了五个，我们四个人每人一个，剩下的一个他带给他爸。山子妈死后山子爸没有再找人，他说十个后娘九个狠。山子爸虽然严肃，但他平时一分钱也舍不得用，都留着将来给山子看病，山子提出帮冬宝，他一口便答应了，这让冬宝还有我们十分感动，多好的爸爸呀！

电影票五分钱一张，一共花了二角钱。山子说，还剩两块钱，再卖一次毛窝就能把冬宝的学费凑齐了。

上场电影才结束，我们便进场了。为了不影响其他人看电影，我们特意买了最后一排的票。我们一边吃着金刚脐，一边给山子讲故事情节。金刚脐六个角，我们一点一点地掰下来，放进嘴里，也不嚼，就让它慢慢变软，变烂，再咽下去。当讲到潘冬子爸加入主力部队走了，他问妈妈爸爸什么时候回来？妈妈说山上的映山红开了就会回来时，山子问，映山红什么样？我说它叫杜鹃花，比月季花小一点，开起来火红火红的，一大片一大片，好看极了。

山子揉揉眼睛说，春天来了映山红才会开，春天多好呀！

冬宝哼起了《映山红》，夜半三更哟盼天明，寒冬腊月哟盼春风……

电影开始了，军乐声开始响起来。我突然想起什么，提议道，这电影反正我们看过了，今天我们也陪山子一回，闭着眼睛听电影怎么样？

听电影？冬宝和友军一听立即拍手叫好，好，今天我们一起陪山子。

山子却连连摇手，不行不行，那不影响你们看电影了？

我说不影响，我们都看过了，今天我们三个都当山子。

好，四个山子拉勾！

拉勾！拉勾！

四个山子一齐闭着眼睛，仰着脖子，靠在椅子上。我说今天我来讲，你们一起听。我俯在山子耳边，小声告诉他，我们与潘冬子又见面了，我们见到了春芽子。胡汉三毒打潘冬子。潘冬子绝不向他低头。我抓住山子的手说，潘冬子有骨气。

山子的拳头攥得死死的，骂道，狗日的胡汉三！

军乐声又响起来了，气氛变得轻松起来，我拍着山子的手，听，红军部队来了，"红星闪闪放光彩，红星灿灿暖胸怀，红星是咱工农的心……"

冬宝也高兴地补充道，我们的部队！

冬子加入儿童团，肩扛红缨枪，开始批斗胡汉三。友军凑过来说，潘冬子的红缨枪和我们的一样。上学的时候我们每人都有一支红缨枪，山子用毛竹给我们削的，他手最巧。山子舒展着眉毛问，真的和我们一样？那当然。

当年我们四个人跟着山子爸到溙湖边巡逻，有人偷鱼。山子爸虽然是民兵排长，但他两手空空，我们有枪，我们威风。

冬子爸加入主力军部队走了，要到明年才能回来，山子着急地问，为什么要等到明年？我说那是战略转移。山子说，那不让冬子和他妈想死了？《映山红》的歌声开始响起来，"夜半三更哟盼天明，寒冬腊月哟盼春风，若要盼得哟红军来，岭上开遍哟映山红……"

我们也跟着唱起来。

我们的眼前开满了映山红，朵朵花儿如红色的玛瑙，迎风挺立，娇艳欲滴，满山的映山红如海浪翻腾，似云霞燃烧，天地都成了火红的一片。

白狗子来了，冬子妈为了保护群众，吸引敌人过来，被敌人放火活活烧死了。

我听到那大火熊熊燃烧的声音，不敢吭声。山子不停地问，冬子妈没事吧？我们都没有说话，只把牙齿咬得格格响。

冬子妈牺牲了。山子难过得拿手揉眼睛，冬子这咋办呢？

我握紧山子的手，坚定地说，冬子不会屈服。

冬子加入革命队伍，打进米行，刺探情报。

冬子终于与胡汉三狭路相逢了。

山子和我们一样，连呼吸也憋住了，心跳得更快，手里的汗更多，湿漉漉的。

胡汉三喝醉了，山子放火烧他。胡汉三惊醒了，爬起身逃跑。哪里逃？潘冬子大喝一声。胡汉三哆嗦着，你！你！冬子横刀怒吼，红军战士潘冬子！

胡汉三杀猪般嚎叫，潘冬子一刀劈了他。

胜利了，我举起手欢呼，山子也一下子从椅子上蹦起来，电影院里一片欢腾。这是久违的欢呼，我们感到从未有过的快乐，报仇雪恨，大快人心！

冬子戴上了五角星军帽，成了真正的红军战士。冬子响亮地喊了声敬礼，我们也情不自禁地举起右手。

山子问冬子爸什么时候回来？我说快了，满山的映山红开了，冬子爸就要回来了。

远处传来急促的马蹄声，由远而近，山子急急地问，冬子爸回来了吧？

我高兴地说，是的，冬子爸回来了，两个人，骑着大洋马，旁边有警卫员。

山子兴奋地说，冬子爸当上了大官，还有警卫员。

冬子看见爸爸了，兴奋得张开双臂飞扑过去，喊着爸爸。

我们也兴奋得像冬子一样，蹦起来，欢呼着，扑过去。满山的映山红成了一团铺天盖地的火焰，呼啦啦映红了天地山川，世界成了红色的海洋，我们飞过那海洋，一起大声喊着，爸爸！爸爸！

四月天

天刚麻麻亮，四奶奶便起身去镇上。她来不及像往常一样给家人煮上一锅粥，也没有惊醒任何人，甚至连门口那只小黑狗也没唤上一声。从桃花垛到镇上三里远，四奶奶八十多岁了，要走一顿饭的工夫。

桃花垛是个东西长的小垛，像一条丝瓜傍在通扬河边。四奶奶住在最东头，往西依次散落着三十多户人家。大多数人家都没开门，只有队长存发在浇菜。存发近六十岁了，矮矮壮壮的，头发白了一大半。他叫了声四奶奶，问道，这么早你老人家去哪儿？

四奶奶没答他。

他又丢下担子，重问了一遍。

四奶奶还是没答他。

四奶奶只顾埋着头赶路，她不会告诉存发，她要去镇上找明子。明子昨天被存发送到养老院了。四奶奶到现在心里还气乎乎的。

把明子送到养老院，这话一个月前就有人传出来了，四奶奶不相信。明子是个瞎子，孤身一人，他吃派饭已经吃了二十多年了。这规定是四奶奶的男人当年定下来的，四奶奶男人当队长时存发还打光棍没找上女人。

路上的露水晶莹如珠，很快便打湿了四奶奶的布鞋，她拿脚跺了跺。露水本是好东西，庄稼离不开它，但这会儿她却讨厌它。队长存发早已被她甩到了身后，存发儿子跑运输，在长江里装黄沙，存发有时要去帮他卸货。当初听到要把明子送到养老院去时，她曾问过存发，存发没瞒她，说，现在不像农业社了，进厂的进厂，打工的打工，再没有头绪的也找门路去城里卖菜扫地，人越来越少，再这样下去明子的派饭就成了问题，总不能让明子三天两头饿肚子吧？

四奶奶问，明子同意吗？

存发回，明子同意。

四奶奶立即去问明子，明子告诉四奶奶，去镇上养老院是个好办法，现在大家都忙，有的人家一出去便是十天半个月的，专门回来给我做饭多麻烦。

多麻烦？不就是一个月一天么？随茶便饭就添一双筷子，又不是大鱼大肉，你说谁嫌麻烦我问谁去。

四奶奶真的去问过许多人家，她是个直性子人。从王家舍的王连玉开始，王连玉家人最多，一家八口，还有个瘫子。王连玉感到很委屈，对四奶奶说，我们家虽然人多，但哪一次怠慢过明子？王连玉是个瓦匠，老婆有时就跟在后面做小工。王连玉说，这么多年我们从没误过点，只有一回，责任还不在我们。

四奶奶记得这回事，那天中午，太阳偏西了明子还没来吃饭，外面既没下雨又没下雪。王连玉老婆放心不下，跑到明子家，一进门就闻到了一股臭味。原来明子解手时不小心把屎粘到裤子上，他正在用刷子刷。王连玉老婆二话没说，立即拎着脏裤子到河边去洗，洗干净后帮他换上新裤子，才带着明子来吃饭。明子见一家人都在等他，连说不好意思不好意思。

四奶奶相信王连玉的话，他是个实诚人，不会哄人。问过王连玉，她又问过扣锁，扣锁家最穷，父母都有病，又养了三个儿子。扣锁说，我们家哪次卖小猪不看日子？不就等着明子一起吃派饭么？还有，我们夫妻俩当年打那么凶的架都没误了明子的饭，现在怎么可能会不愿意呢？

四奶奶记得那是一年春节前磨豆腐，扣锁跟着豆腐师傅后面打下手，那天他一夜没睡，上午十点多，好不容易才歇下来，拉来一捆草躺下，一支烟工夫不到，他老婆刘芳喊他回去烧猪食，她要回娘家。扣锁一听火了，骂道，上吊还要让人喘口气，你娘家失火死人了？刘芳急了，狗日的哪有这样骂人的！两个人犟上了，祖宗八十三代都骂下来了。骂着骂着便动起了手，两个人从晒场上一直打到渠道上，再从渠道上打到田里，一直打到太阳西斜。那天正好明子轮到扣锁家，队长存发着急了，你们打吧，往死里打，打死了我给明子做饭。

就在大家都以为明子一准吃不上午饭时，半个小时不到，刘芳披头散发出了门，一路小跑去了明子家。她臂弯里挎了个篮子，里面装了一碗菜饭，还挑了猪油，饭上还有一块涨鸡蛋。扣锁还满嘴白沫拉着存发评理，存发不耐烦了，去去去，你有个球理！

四奶奶几乎问遍所有的人，但没有一个人承认。是啊，这派饭吃了这么多年，从没有人说长道短过，况且大家条件现在越来越好，愁吃愁穿的年代都挺过来了，现在反而不行了，这鬼出在何处？不是存发是谁？

四奶奶这般笃定地认为。

她更恨存发，现在后悔起来，早上看见他时没啐他一口。

就要到镇上了，天也亮了许多，人也渐渐多起来，不少背着书包的学生蹦蹦跳跳上学来了。桃花垛的学生都认得四奶奶，个个老远就喊着四奶奶好。四奶奶人缘好，爱做善事，所以大人小孩个个都尊敬她。

有个高个子男孩悄悄蹿到四奶奶背后，大叫了一声四奶奶。四奶奶吓了一跳，揉着发花的眼睛，想了想才想起来他叫豆芽，有名的调皮大王。四奶奶撇撇嘴，笑着骂道，细打摆子，怪不得你常挨你妈打。

四奶奶印象最深的一次是豆芽偷吃明子的涨饼。那次豆芽妈去城里卖糠，正巧明子派到他家吃饭，豆芽妈早上涨了五块饼，其中一块带给明子。豆芽一看，他妈给明子涨的饼比他们的大了一圈，而且更黄，显然放了更多的油。豆芽实在馋不过，和几个同学偷偷地吃去了一半。本以为做得神不知鬼不觉，不巧那天队长存发给明子送芦花，揭开碗一看，傻眼了，当即跑到豆芽家，等豆芽妈卖糠回来劈头盖脸就是一通骂，你是怎么教育娃的？上梁不正下梁歪，丢人现眼的东西！

豆芽妈脸上挂不住，等豆芽一放学，二话不说，揪着他的耳朵到明子家来对证。明子起初还替豆芽揽责任，说饼太大他主动让豆芽帮忙吃点的。豆芽妈气坏了，连扇了豆芽几个耳光，明子吓得苦苦替豆芽求情，还拿身子死死拦住豆芽妈。在这件事上存发还是做得不错的，四奶奶想，谁不对了一定不能留情面。

四奶奶觉得身上有点出汗了，太阳已经露出了脸，不少人家的屋顶上开始冒出炊烟，三三两两的鸭子也开始摇摆着下河觅食。平时这个时候，她正在家里煮早饭。明子每次轮到四奶奶家，四奶奶都要给他煮一只鸭蛋，尽管平时她们家从不舍得吃鸭蛋，只有隔三差五才给孙子煮一只。有一次家里鸭子不下蛋了，她去问存发家借，存发曾问她，叔爹当年怎么提出让明子吃派饭的？存发是招来的女婿，他叫四奶奶男人叔爹。四奶奶告诉他，明子父母都是老实人，明子十岁时妈死了，爹养牛，大忙季节耕地，整夜都不歇息，终于一天夜里累倒在地里，再也没有醒来。从那时起人们便开始让明子吃派饭。

终于到镇上了，养老院在镇西头，四奶奶去年来过，刚建成时队里组织大家来参观。养老院前后四排平房，后边紧挨通扬河，前面一大块空地种着青菜、大蒜、萝卜等，绿油油的。

四奶奶停下来喊明子，可没人应，连喊几声，才有个驼背的老人拄着拐杖出来，说明子跟他住一间房。

四奶奶问，明子呢？

驼背人回，他一早起床回垛上了。

回垛上了？四奶奶吃了一惊，仄过身子又问，为什么回垛上？

驼背人摇摇头，他说去一会儿就回。

四奶奶着急了，跺着脚，这儿离垛上三里远，还要过一座桥，明子咋认得？

驼背人说，也是的，不过我问过他，他说认识，来过几趟，十岁前还在镇上念过书。

四奶奶本来还想再问，但话没出口便拄着拐杖往回赶。驼背人一直把她送到大门口，说了什么话她也没听清。

四奶奶心想，坏了，还是被自己说中了，明子怎么可能待在养老院呢？一帮七老八十的人，他年纪轻轻的怎么合群？他眼睛不好，哪会有人专门照顾他？桃花垛三十户人家，一百多号人呢，比这养老院的所有人还要多。

她急急地往回走，心里只觉得有一股气在往上顶，一直顶到胸口。这气不是别人惹的，恰恰是队长存发惹的，我说不能送明子上养老院你偏不信，还说帮明子长远打算，长远打算个屁！明子能在这儿待下去？你这是在甩包袱，把明子甩了，就没你的事了。你说大家现在都忙，以前哪个人不忙？

四奶奶一气脑子里便乱嘈嘈的，像许多人在吵，男的女的，老的少的，吵得她头昏眼花，吵得她脑门发胀，居然回头时走错了方向，本来向东，却向西走了两节田远，都走到镇政府了。她拍拍额头，往回走。她在想，明子这会儿到哪儿了？刚才怎么没碰到？难道去夏朱庄了？今天阴历二十六，夏朱庄有集市，可谁会带他去呢？

太阳已经升到一竿子高了，庄户人家的鸡都跑到渠道上，几只领头的公鸡跳到渠道上打鸣，两边的杨柳绿得逼人，一直垂到水面上，映绿了渠道里的水。路上不时碰到行人，有男有女，四奶奶碰到一个就问，有没有看见明子，一连问了十多个人，大家都摇头说没看见。

走了一半路远，迎面遇上一个骑自行车的，叮叮打着铃。四奶奶让到一边，来人从自行车上跨下来。四奶奶见是会计玉田，又问玉田。玉田回，明子不是去养老院了吗？不提倒罢，一提四奶奶便气不打一处来，冲着玉田抱怨起来，去什么养老院？待了一天便回来了，你们做的好事！我说不能送，存发不相信，你也不相信，这不人都不见了。

会计玉田和队长存发搭班子，但现在也到镇上社办厂上班，今天休息，去镇上换油。他劝四奶奶，存发这事做得没错，这是为明子的长远考虑，现在不像过去了，大家都忙，垛上的人越过越少了。

四奶奶打断会计玉田的话，这事就是存发和你出的鬼点子，你们两个一路货，人少又咋的，哪个说不养明子的？

会计玉田笑道，大伙们不敢跟你说真话。

四奶奶火了，你们哄我？

会计玉田赶紧低下头，弯腰朝四奶奶作揖，我的四奶奶，外面的事情你不清楚。政府办养老院的目的是什么？就是为了照顾孤寡老人。过去政府没人管这事，也没钱，现在条件好了，这是好事，体现了我们这个社会大家庭的温暖。

四奶奶不买账，温暖个屁！照你这么说，养老院这么好，明子为什么跑回来？

玉田说，说不定他回来有事，或者有东西忘家里了。

四奶奶冲他拂拂手，你去换油吧，我还要去找明子，你们不要他，把他踢走，没良心的东西！

玉田有点着急了，四奶奶你不能这样说，我可不是什么没良心的？你说我对明子不好吗？

会计玉田跟明子是邻居，明子会打毛窝，就是把茅花捶软了打成草鞋，明子每年都要给垛上人每人打一双，包括嫁出去的姑娘。打毛窝用的茅花每年都是玉田帮他去收。有时毛窝打多了，玉田还会上街顺便帮他卖几双，攒点零花钱。

四奶奶不愿跟玉田再啰唆，她还要急着赶路。玉田只得跨上自行车，临走时感慨道，四奶奶，你是菩萨心。

四奶奶没好气地嘟哝道，谁像你们？

会计玉田说得不错，四奶奶是菩萨心，这方圆十里人人皆知。四奶奶一生做了多少好事谁也数不清，谁家有难事了，首先想到的就是来找四奶奶。那年扣锁家失火，烧得精精光光，连棉花胎也烧没了，四奶奶二话没说，捧出大儿子刚结婚的两床新被子送了过去。明子爹死的第二天，四奶奶便把明子接到家里，住了一个多月，要不是其他人看着过意不去，四奶奶还不会让他走。三年自然灾害期间，吃集体食堂，一对安徽母女讨饭饿昏在池塘边，四奶奶刚从食堂提了粥回来，二话没说，扶起母女俩把三碗粥灌下去了，终于把她们灌活了，母女千谢万谢，最后她还把家里仅剩的两碗米也全给了人家。

天气开始变暖了，四奶奶感到身上热乎乎的，过了惊蛰，马上就要清明了。四奶奶敞开棉袄，停下来喘气。腿有点酸，拿手捶了捶，毕竟八十多了，再也不那么灵便。她没敢多耽搁，拿起拐杖又开始走。

路上又遇上几个上学的孩子，他们跳跳蹦蹦，还没等四奶奶问他们话便一闪眼不见了。

有去城里上班的，骑着自行车，匆匆地摇着铃风一般过去了。四奶奶想，现在的人真的是忙，走路都这般风风火火的。

一辆摩托车从身边飞过，骑车人一身红衣裳，见到四奶奶回头叫了声。四奶奶认识他，兽药厂跑供销的三头，正是他第一个向存发提出来没空给明子煮饭的，实在不行可以贴点钱。队长存发当时发了火，骂道，有几个臭钱就了不得啦，钱是万能的？那时的存发还是不错的。

四奶奶理都没理他，眼皮都没抬。在她看来，三头就是个二流子，没良心。明子不也给你打过毛窝么？他白吃你的啦？夏天晚上哪天不给你们说书唱戏，一唱就是大半夜！

前面是个水泥桥，四奶奶停下来，特意伸头朝桥下望了望。这桥过去是木桥，下雨天常有人掉下去，有一次一下子掉下去两个人。四奶奶怕明子不小心掉下去，拿手拍了拍水泥栏杆，半人高，扎实得很。

桃花垛到了，不到三节田远。又有几个姑娘骑着自行车过来，四奶奶让到一边，问她们，看见明子了吗？其中一个扎马尾巴的姑娘说看见了，他在西头，在队长存发家门口。

四奶奶心一揪，明子还是回来了！队长存发住最西头，过去明子吃派饭都是由西向东，每月一号是存发家。可现在存发把你送到养老院了，你还回来找他干什么？知人知面不知心，你是好人坏人分不清呀！也难怪了，你眼睛看不见。

四奶奶真后悔，早上遇见存发时没狠狠骂他一顿，你还好意思问我上哪儿去？你说上哪儿去？她甚至后悔刚才没有去镇里找书记告状，镇政府就在养老院对面，她认得那个戴眼镜的书记。

终于看见明子了，他手里抓着竹竿，站在那儿。四奶奶揉了揉眼睛，远远地喊，明子。

明子听到了，问，四奶奶你起这么早哇？

四奶奶回，我都去镇上找了你一趟，找不到你，急死人了。

明子开玩笑道，我这么大一个人，会被人卖掉？

四奶奶说，有人说你回家了，我晓得你肯定会回来。

明子笑道，你咋晓得的？

四奶奶不放心，吃不惯吗？

明子答，吃得惯。

四奶奶问，睡不着吗？

明子答，睡得着。

四奶奶问，有人欺你吗？

明子答，哪儿会！

四奶奶不相信，会比桃花垛好？

明子答，不差。

四奶奶叹了口气，那是你刚去，时间长了肯定不行。

明子摇头，不至于吧，人家都客气着呢，送过来吃，收过去洗，床单全是新的。

四奶奶问，你这不是回来了么？

明子轻松一笑，拿手里的竹竿笃着地面，不是这个意思，今天二十六，不是夏朱庄赶集么？我来找扣锁、玉田他们。

四奶奶不高兴，找他们干什么？他们都不要你了，你还来找他们？

明子回，前天我没找到他们，昨天又走得匆忙。今天夏朱庄有集市，我想他们肯定会回来。

四奶奶气呼呼的，回不回来咋样？铁将军把门，人走茶凉，这些人没良心。

明子哈哈一笑，四奶奶，你想错了，我去养老院了，要和大家打个招呼，其他人家都打过了，还有他们几户没打招呼，今天夏朱庄有集市，我估计能会齐。

四奶奶吃惊得瞪大眼。

明子拿手揉了揉眼睛，动情地说，这么多年，如果不是大伙们照顾我，我明子哪能活到今天，说不定早就变成灰了。

四奶奶这才松了口气，明子，话不能这样说，一个垛上的，哪是外人？

明子双手作揖，动情地说，特别要感谢你四奶奶，你比我的亲奶奶还亲。

四奶奶只觉得眼里一热，眼前便开始模糊起来，看不清明子的脸。她拿手揉了揉眼睛，又拍了拍明子肩上的灰，还把他手里的竹竿抓过来看了又看。明子的竹竿以前都是四奶奶削，一年削三根，是从自家屋后竹园砍的，昨天明子去养老院时她还特意多削了四根，让他带走。

四奶奶将信将疑地问，明子，你不会哄我吧？

明子赶紧抓住四奶奶的手，四奶奶，我什么时候哄过你？

四奶奶直了直身子，不用怕，待不惯就回来，他们不养你我养你。

明子连连点头，待得惯待得惯。

四奶奶咧开没牙的嘴，我还能活几年，咱有吃的，绝不会让你饿着。

明子赶紧双手作揖，你这么好的人一定会长命百岁，菩萨保佑呢。

四奶奶开心地笑了，眼睛眯成了一条缝。

明子要走了，说今天遇不上扣锁、玉田他们，过几天再来，反正有八户人家没谢呢。

四奶奶想起明子一准还没吃早饭，问明子，明子说，我答应院长回去吃早饭的，不然人家不放心。过几天我再来你家吃。

明子执意要走，四奶奶望着明子，不再坚持。

明子回过身，双脚并拢，恭恭敬敬给四奶奶鞠了一个躬。然后拿起竹竿，一探一点上路了。

四奶奶拿手搭在额上，目送着明子上了渠道。四月的天，开始和暖起来，麦苗儿都蹿到老高，路边的桃花开成粉红的一片，杨柳在风中扭着腰，绿得晃人的眼。明子消失在一片绿色中，连竹竿儿声也听不见了。

家里的小黑狗不知什么时候来了，围着四奶奶直蹦直跳。四奶奶的手还搭在额上。过了一会儿，四奶奶突然听到渠道那边有人在大声喊明子。

那是队长存发的声音，四奶奶看不见两个人，但她的耳朵还好，听得清他们说话。

存发问，明子，你怎么回村了？让我找得好苦。

明子答，有几户人家没来得及打招呼。

存发说，用不着，我都替你招呼过了。

明子回，多谢存发叔。

存发问，记得今天是几号么？我给你送饭去的。

明子说，记得，一号。不过不麻烦你了，养老院都有，你们都忙。

存发说，不管多忙，一号还是我送，你放心，叔身子硬朗，再送几年没问题。

春蚕上山

宋为诚老人钻出桑树林，脱掉外套，拿手擦着满头的汗水。他的身边躺着一大堆刚采下的桑叶，散发着一缕缕特有的清香。

妻子李哑巴跟在后面，装满桑叶的蛇皮袋压得她几乎贴着地走。李哑巴十七岁时发高烧，去医院打了几针后便再也说不出话。宋为诚和李哑巴都七十一岁了，他们养了几十年的蚕。李哑巴执意今年要多养六席，六席几万条，想到今年要多吃二三亩桑叶，宋为诚不禁摇了摇头。

李哑巴放下蛇皮袋，喘着粗气，她张着嘴冲着宋为诚呀呀地比划着，宋为诚听得懂，妻子要他抓住太阳上来的时机多采些桑叶。宋为诚心里说，人哪像机器，上吊还要喘口气呢。但他却没把这话说出来。他们唯一的儿子春富死了近一年，李哑巴哭昏过三次，最后一次醒来后拿头往墙上撞，撞得额上的血淌了半天。从那以后她的脑子便开始不清爽，三天两头缠着宋为诚比划，儿子去哪儿了？宋为诚每次都不吭声，只是把嘴边咬出一道道血印。终于，有一天他告诉妻子，儿子去南方收蚕茧了。什么时候回来？春蚕上山的时候。

儿子春富死后留下了六十多万元的债务，大多是收蚕茧时打下的白条，多的三万多，少的一两千，一共二十六张。儿子的死讯刚传到村里，要债的人就挤满了院里。宋为诚看着那些字条，一条条通红的火蛇似的，嘶嘶地朝着他吐着蛇信子。熬过几个不眠之夜，宋为诚告诉上门要债的人，儿子欠下的钱他来还。

他把家里能卖的都卖了，还了十一万。李哑巴每每看见宋为诚揣着钱出门，都要跟着他走上一段，边走边指着腰兜里的钱。宋为诚只得告诉他，这是给儿子的。于是，李哑巴释然，点点头拍着手，她记得，春蚕上山，儿子就回家了。

媳妇冬梅正坐在院子里愣愣地望着远方，她是云南人，十年前嫁给春富。春富死后，她就常常一个人这般坐着，苦瓜似的脸上再也没有了笑容。孙子七岁，在院子里追着小狗玩，不时发出欢欢的叫声。冬梅去喂蚕，她丢了几片桑叶，又折回来倚着门框。孙子抓着桑叶尖叫着跑过来，摇着她说，爷爷说了，蚕宝宝不能吃这么大的桑叶。她这才恍然醒来，公公叮嘱多次了，幼蚕吃的桑叶要用剪刀剪碎了，不然结出来的茧就是黑色的。她羞愧地拍着头，咋又忘了，这记性？冬梅就那般坐着，远处传来摩托车的突突声，她的眼角翘了翘，春富过去回来总是骑摩托车的，他会把摩托车骑得飞快，二三十厘米的口子一冲便过去了，吓得冬梅每次都搂紧他大叫。但今天骑摩托车的则是河对过的刘二，那个游手好闲染着一头红毛的家伙。他将车支好，双眼贼贼地盯着冬梅，冬梅浑身立即起了无数的鸡皮疙瘩，起身就走。红毛刘二一把搂住冬梅，臭烘烘的嘴凑上来，春富差我的钱何时还？

　　冬梅甩开他的手，逃出去，隔着木栅栏说，我说过多次了，你的钱都是药锅里煮过的，春富怎么可能问你借？红毛刘二歪着头，怎么，想赖账？冬梅伸出手，拿欠条来！红毛刘二鼻孔里哼了一声，他忘了打，说好了回来补，哪晓得他回不来呢。冬梅急急想关门，红毛刘二蹿到身后，把冬梅死死顶到墙上，一只手伸进她的衬衫，流着口水说，其实两万块好说，只要你听我的便行。冬梅拼命挣扎，又咬又抓，红毛刘二喘着粗气，腾出手去扯冬梅的裤子。冬梅弯腰抓起地上的剪刀，你敢！

　　宋为诚背着桑叶回来了，李哑巴跟在后面。看见红毛刘二，李哑巴吓得直往宋为诚后面躲。红毛刘二松开手，黑着脸冲着宋为诚，春富欠我的两万块什么时候还？宋为诚扔下蛇皮袋，虎着脸说，我早就说过了，有字据的承认，没字据的不承认。红毛刘二不买账，用力踢着地上的蛇皮袋，钱三没字据，你不也认了？宋为诚挡开那脚，钱三不会讹人！红毛刘二跳起来，你说我讹人？宋为诚戳着他的鼻子，警告道，你再这般闹我要去找村主任！红毛刘二昂起头，轻蔑地指着裤裆，找村主任卵用，你问问他，这村里老子说了算还是他说了算！红毛刘二一脚踢开门，扔下一句狠话，不认账就放火烧屋，让你们全家上西天。

三天后，天上飘起了毛毛细雨，像是无数蚕儿吐出的银丝，千万条，荡漾在半空中，渐渐又聚结成一张网，罩住了人的眼，裹住了整个世界。傍晚时分，冬梅来到蚕房，宋为诚在为蚕添桑叶，李哑巴爬到凳子上，给茧分家，茧多了，挤不下。宋为诚回过身，揉了揉眼，望着面前的冬梅，冬梅又黑又瘦，乱蓬蓬的头上不知什么时候长出了一缕缕白发，一双眼睛肿得像熟透了的桃子。突然，冬梅拉着孙子扑通一声跪在宋为诚和李哑巴面前，李哑巴吓呆了，差点儿从梯子上跌下来。宋为诚丢下手里的桑叶，拿手撑住墙，喘着粗气。不知过了多久，他才弯腰伸出手去扶地上的冬梅和孙子，冬梅不起来，两行泪水断了线的珍珠似的往下流，胸前的衣裳湿了，地上的桑叶湿了，就连准备给蚕上山用的稻草也湿了。空气中只剩下几万条蚕在吃桑叶，像拼了命似的，你争我抢，发出的沙沙声格外刺耳。宋为诚说，孩子，不怪你，这个家你再也蹲不下去了，走吧。他伸出那张砂纸一般的双手，抚摸着孙子的头，叮嘱道，不过，孩子，你不要忘了，你是宋家的后代。冬梅拉过孙子，又给公公和婆婆磕了个响头，呜咽道，爸妈，冬梅对不起你们。

门前的月光下，多了两个木桩似的影子。

宋为诚在床上躺了半天，直到李哑巴从桑田里回来冲着他呀呀大叫，他才起身给蚕上桑叶，他一把一把把桑叶撒下去，撒着撒着竟走了神，把稻草也撒到蚕身上，气得李哑巴直跺脚。李哑巴摊了两锅小面饼，煮了满满一锅粥，盛了四碗放在桌上。宋为诚喝了自己那一碗，默默地将剩下的两碗倒回锅里。

村主任到二组的王二爹家调解矛盾，回头时专门拐到宋为诚家，告诉他，村里想把清理河道的事包给他，一年三千块。宋为诚感激地为村主任点上烟。一支烟抽完了，村主任跟他拉呱，宋爹，当初有没有想过干脆不还钱，你哪还得起呀？宋为诚愣了愣，点点头。那干嘛要硬着头皮还呢？宋为诚摇摇头，不还心里过不去啊。村主任又说，上次在城里开会，报社的记者要来采访，说宋为诚替儿还债了不得。宋为诚赶紧拂拂手，值不得，值不得。村主任不再说话，又抽完了一支烟，临走时拉了拉宋为诚的手，担心地问，你想过没有，要是一辈子还不掉呢？宋为诚不再吭声，仰头望望天，低头搓着手，好久，才冒出一句话，老天爷不会这般狠吧。

宋为诚和李哑巴又多了一样活儿，每天天不亮就撑着小船清理河道，晨曦中，一条小船，两根竹篙，轻轻掠过静静的小河，他们不放过任何一处垃圾哪怕一段枯枝。微风拂过，清理后的河面清澈如镜，两岸芦苇青青，杨柳依依，不时惊起几只黄绿相间的翠鸟，滑过水面，疾飞而去，洒下一串清脆的鸟鸣……

宋为诚会套龙虾，头天晚上安下笼子，次日清理河道时顺便收虾，这天他收到了两条大黄鳝，上岸后送给王二爹。王二爹刚从镇上回来，给宋为诚捎回二斤肉。自从儿子死后，除了过节，他们再也没有买过荤菜，他们要把每一分钱都省下来，替儿子还债。一些好心的邻居看着心疼，便隔三岔五顺带些鱼肉给他们。宋为诚也记不清王二爹带过多少次肉，这次说什么也不肯要。推搡间，李哑巴从外面背着桑叶回来，见宋为诚手里拎着肉，一把抢过来，慌忙塞到王二爹手上。任凭王二爹怎么说都坚决不听。宋为诚心里明白，李哑巴是怕花钱。

太阳出来了，一出来便火辣辣的，天空一下子晴朗了许多。该为桑田理墒施肥了，桑树怕渍。宋为诚喝了一碗粥，便抓着铁锹下了田。一棵棵矮壮的桑树错落有致，郁郁葱葱，远远望过去，像一片望不到边的绿色海洋，但一钻进去，你便感到了密不透风，成片的桑树像一个大盖子似的罩在头上，一条墒还没理完，浑身便湿漉漉的，像从河里爬上来似的，铁锹在手里显得愈发的笨重，喘出的气也越来越粗。他坐到地上，抓过带过来的军用水壶，一仰脖子，咕咕咕喝了个底朝天。理墒最怕牛虻和蚊虫，它们闻到汗味，像吃了兴奋剂一样围着人叮，等你一掌拍下去，殷红的血便立即冒出来。后来，他干脆穿上长袖，放下裤管，任由周身的热气烘烘地往外涌。

清了几条墒，便去钱三的养猪场取粪，钱三的猪粪没人要，任他取。从养猪场到桑园两里多地，他一口气要挑三十多担，刚开始几担还挺得住，但渐渐地感到脚下发飘，特别上渠道时，两条小腿不住地打颤，他狠狠地掐了小腿一把，骂了句不争气的东西，迈开大步，吭唷吭唷昂起头，但肩上的担子越来越斜，身子也更加摇晃不定。没法，他只得喊来李哑巴，为他接担，他走大半的路，李哑巴走小半。不知是他装得太满，还是李哑巴身板已大不如从前，粪担上了肩她便开始扭秧歌，哼哼地东倒西歪着，前面有条墒口，她屏住气一步跨过去，前脚还没着地，人扑通一声趴下去，两桶粪泼了一脸一身。

　　红毛刘二不知什么时候来的，骑着摩托车停到宋为诚前面，挑衅地卷着衣袖，宋老头，戏演得不错呀，放走了细草狗，债你一个人顶？宋为诚丢下担子，铁青着脸，冷冷地瞪着他。红毛刘二避开那目光，我不跟你啰嗦，你告诉我细草狗去处，我去问她要。

　　宋为诚脸上的肌肉一抽一抽的，两只深陷下去的眼窝射出两束火光，他攥紧拳头骂道，昧良心的人不得好死！红毛刘二跳起来，你说谁昧良心？宋为诚狠狠地吐了口唾沫，你自己说！红毛刘二拍着胸脯上的纹身，硬着头说，狗日的才昧良心！宋为诚抓过扁担，冷笑道，你赌什么咒，有胆量你到春富坟上去赌，昧良心的人出门让汽车撞死、响雷叫雷劈死！红毛刘二硬着头说，去就去，狗日的不去！春富的坟在村东头，二里远，红毛刘二跟在宋为诚后面，一会儿吹着口哨，一会儿哼着《小苹果》。宋为诚想到儿子的坟，心里又不禁涌出无数的酸楚，这讨债鬼走了，你让老子在这世上怎么活呀？还有老婆孩子，现在这个家不像家，人累得连牛也不如，你怎么就这么狠心撒手走了呢？来到春富的坟上，坟上又长出了许多杂草，他蹲下身扯去那些杂草，并一根一根地从土里抠出草根。回头看红毛刘二，哪有他的影子，原来红毛刘二又在渠道上缠住一个女人，女人丈夫打工回来了，他竟然还要睡人家。宋为诚一屁股坐下去，浑身像散了架，瘫在坟前，他拿手捂住脸，顷刻间，两行老泪夺眶而出，像开闸的洪水，挡也挡不住。

　　新蚕已长到一寸长了，千头万头，成堆成团，蠕蠕而动，在桑叶的遮盖下钻进穿出。蚕一生要蜕四次皮，每蜕一次皮后食量都会大增，一层桑叶铺下去，一阵沙沙声后，便只剩下一片片网状的叶脉。一个雨天，采不成桑叶，宋为诚和李哑巴一起补纱窗，蚕怕蚊子和苍蝇，蚕房需几道纱门。妻子边补边指着门外，宋为诚猜出她又在问什么，随手指了指卧着的蚕。说话间，门被推开了，村西头的李婶脚一伸进来便嚷开了，宋爹，你还的两千块里怎么有三张假钱，我去买化肥时差点被人家扣了。宋为诚想起来，还李婶的两千块是前天上门收猪的给的，一头猪一千九，他凑了一百块。宋为诚赶紧爬起来，把卖猪的细节又重复了一遍，并再三声明这钱他都没沾手。李婶将信将疑。宋为诚着急了，我真的没沾手。他伸手去拿那三张假钱，李婶却说，算了，本来我儿子就不让我来的，就三张假钞，权当我们帮宋爹的。宋为诚涨红脸，赶紧上前拉李婶，这，这……李婶生硬地挡回宋为诚的手，头也不回地出了门。宋为诚追过去，挡到李婶面前，你把这假钱给我，我找狗日的杀猪的！

　　李哑巴呆呆地望着雨中的李婶和宋为诚，她现在脑子迷糊的时候愈来愈多，不仅常常丢三拉四，甚至有时喂猪时也喂上一食槽桑叶。听到她天天指着头呀呀直叫，宋为诚想着无论如何要带她去医院看一下，要不蚕蜕三次皮后食量更大，更走不开。村主任让人带信叫下午去拿清理河道的三千块，这钱本来计划还给王二爹的，但想到要和妻子去医院，宋为诚准备去和人家打个招呼。

　　宋为诚去时王二爹在喝酒，他拉着宋为诚喝两口。王二爹三个儿子，都在城里做生意，三个儿子一个也不愿意养他，本来三家轮流过的，但三个儿媳妇的脸一个比一个黑，吓得王二爹上厕所撒尿都不敢出声。王二爹一个人回到老屋，一个人喝酒，一个人说话，一个人叹气。宋为诚劝道，你叹什么气，好歹还有儿子在呢。王二爹摇着头，儿子有什么用，去年看病的钱到现在都没人出，人家医生都上门要了五六次了。宋为诚摇摇头，家家有本难念的经，不行的话，你请村主任出出面，人总怕丢面子的。王二爹不听则已，一听便来了火，村主任出面？上次村主任来，话还没说上两句，三个孱人冲着人家又吼又骂，唉！宋为诚不知不觉喝得有点多了，他只感到眼睛有点发花，一双手伸进乱蓬蓬的头发中，使劲搔，搔得头发东倒西歪，像秋天地上的枯草。王二爹见他痛苦得咧着嘴，怕他又触起对儿子的思念，赶忙拍拍他的肩劝道，唉，咱都一样的苦命人，春富去了你也别再伤心，权当我那些不肖子。他趴到宋为诚耳边，低了声，我想春富在也不会比他们好到哪儿去。宋为诚突然睁大眼，吃惊地问道，你说什么？王二爹一仰脖子又喝下一杯酒，摇了摇头说，我听说春富死的不秀气，有的债也不是走的什么正道。宋为诚突然触电一般蹦起来，凶凶地戳着王二爹，吼道，你听谁说的？他难道走的歪道？他在浙江被人害了你不晓得？王二爹愣住了，木木地瞪大眼，他的话伤了宋为诚的心？他为什么要这般冲着自己吼？王二爹低下头，自言自语道，我也是听人说的。宋为诚猛地一拍桌子，骂道，放屁！一脚踢翻椅子，撞开门，踉踉跄跄走了。

一天晚上，外面下着雨，哗啦啦的像从天上往下倒。宋为诚正要上床睡觉，突然有人敲门，拉开门一看，门前站着湿漉漉的一个人，他揉揉发花的眼睛，才发现是冬梅。他赶紧让她进屋，问这么大的雨你怎么来的，冬梅不说话，只将一叠钱塞进宋为诚手里，说我攒了半年，才一千块，真拿不出手。冬梅脸上多了两块铜钱大的伤疤，宋为诚问为什么，她躲躲闪闪地说，红毛刘二不知怎么摸到她的新家，告诉她男人，他和冬梅相好过，男人杀猪的，抓着刀要杀红毛，红毛刘二吓跑了。但男人把她往死里打，门牙被打掉了两颗，肋骨打断了三根。冬梅说着眼泪便出来了。宋为诚搓着手，长气连着短气叹。他怎么也不肯收下那一千块钱，争执中惊醒李哑巴，冲着冬梅呀呀叫着。冬梅不吭声，她突然伸出手去揪冬梅，冬梅吓慌了，赶紧往外溜。宋为诚从后面抱住李哑巴，他记得，他曾告诉过李哑巴，冬梅去接春富的，可她为什么一个人回来？李哑巴抓过一根扁担，直冲冬梅而去，宋为诚拉开门，让冬梅走了，剩下李哑巴一个人狠狠地在黑夜中跺脚。

　　宋为诚决意要带妻子去医院，她已经发热头痛了一天一夜，咳得躺不下去。他扶着妻子先去了急诊室，抽血做化验，拍片子，医生说要住院观察。到窗口去缴钱，他总共带了两千七百块，河道清理费留了三百给李婶。望着那钱，他心里涌出一阵内疚，本来这钱是要还给王二爹的，不但没还成，还冲人家发了一通火，他想回去一定要去给他赔个不是。他把钱递给窗口里的白大褂，白大褂说住院要五千，不够。宋为诚说我总共只有两千七，你让她先住下，回头我再去借。白大褂头也不抬，借不了呢？难道要我当皮（赔）匠？对过的马尾巴连连点头，咱都当过，好人做不得。后面排队的大声催，更有性急的骂骂咧咧要拖他出去。

　　宋为诚只得再去找医生，医生为难地说医院有医院的规矩。宋为诚只得求医生，那我先把人放这儿，借了钱就过来。医生连连摇手，不成不成，人在这儿出事了谁负责？宋为诚着急了，我是实在钱不够，不是耍赖。医生严肃起来，你拿什么证明你不耍赖？见宋为诚与医生争吵，李哑巴赶紧把他往医院外面拽，指指南方，再拍拍他的裤袋，宋为诚听得懂，她不肯花钱，她的病没事。这时候有个主任模样的人走过来，听了原由，问道，你家子女呢？宋为诚不吭声，主任又问了一句，他终于摇了摇头，儿子死了，家里没人。主任叹了口气，这样吧，你哪个村的，我打电话找一下你们村主任。村主任不久来了，拉着医生的手，说这个老人真的没钱，他的钱全替儿子还债了，报纸电视都登了他的事。主任眼睛瞪得圆圆的，像两只鸡蛋，连连叹道，是听说过，是听说过，不简单！不简单！村主任说住院还差多少钱，我们帮忙来借。宋为诚呆呆地望着村主任，什么话也说不出。

　　李哑巴出院了，回到家屁股还没把板凳捂热便急着来到桑田边，十多天不见，这些伙伴变得更加翠绿，更加可爱。微风轻拂，满田的桑叶都在向她招手，绿色的贝壳似的，揉一揉眼钻进桑林，一股股清香扑鼻而来，沁人心脾。李哑巴感到，那是人世间最美好的味道。

宋为诚专门去村头小店买了一包十一块的红南京，去了王二爹家，走到半路，李哑巴追上来，手里抓着一只网兜，里面是早上刚收的半兜龙虾。王二爹又在喝酒，已喝得眼睛眯成一条缝，宋为诚恭恭敬敬地抽出支烟，拿火给他点着。王二爹拍着身边的凳子让宋为诚坐，再给他倒满一杯酒。宋为诚端起酒杯，说，二哥，兄弟冒犯你的地方你多担当点。一仰头干了那酒。

蚕蜕四次皮了，这次蜕皮后吃的桑叶将会是最多的，一筐筐桑叶铺上去，沙沙的声音响彻整个蚕房，眨眼工夫便不见了影子，白里透青的蚕爬出来，扭动着胖胖的身子，四下里张望，寻找着食物。这时候的宋为诚忙得连上茅坑都是小跑着，妻子出院后身体更加不行，手脚慢了许多。按照往年，这时候养蚕人都要请人帮忙剪桑叶，但他哪里请得起呢？现在一个工要八十块，偏偏今年又多养了那么多。但他也理解妻子的苦衷，这几年蚕茧的价格还不错，一斤二十五六块，六席能多卖上万块。他打电话让江都的妹妹赶过来帮着剪几天，妹妹来了不到半天，儿媳妇的电话便打爆了，一股劲儿抱怨少卖一天臭豆干少挣一百多块。妹妹走了，村主任带报社的记者来采访，望着他忙得不断喘气心疼地说，宋爹，再想着怎么还钱也不能拼老命呀。村主任本来还想再喊几个人来的，但从村北头喊到村南头也没喊上一个，村主任只得摇头，市场经济了，怕哪家失火了喊个人救火也喊不来。宋为诚嘿嘿笑着，没事，挺过这一阵就好了。

第二天四点多起床，不巧外面飘起了小雨。宋为诚心里咯噔了一下，剪下的桑叶只够吃一天多，要是这雨下个不停咋办？拉开门，没想到的是，东边屋檐下多了一大堆新鲜的桑叶，上面盖着一层塑料布，用手探了探，桑叶没发热，糙糙的，全是嫩桑叶。宋为诚心头一热，眼前立即模糊起来，他小心翼翼揭开塑料布，眼光落在捆桑叶的细草绳上，全村只有一个人能搓这么细的草绳，那就是冬梅。

蚕儿身体的前边开始透明起来，也不吃桑叶了，把头抬得很高，左右摇摆，像在跳舞。宋为诚知道，蚕儿要吐丝了。蚕儿要把茧结在搭好的菜籽杆或麦草上，这就叫上山。他和妻子开始把一只只蚕捉上去，这是整个养蚕季里最忙的时刻，也是收获希望的时刻。宋为诚和李哑巴忙得腰酸背痛，两眼发花。蚕吐丝需两天两夜，他们顾不上吃饭，顾不上喝水。李哑巴的精神明显好多了，她呀呀地一边忙着一边朝宋为诚说着什么，眼光里泛着多日不见的神彩。宋为诚听得出，她说今年的蚕宝宝格外大，格外壮，春蚕上山，儿子也快回来了。

蚕把头抬得很高，吐啊，吐啊，没完没了，好像蚕肚子里有团丝线，永远抽不完扯不断似的。下面的草上爬满了蚕儿，得把其他的蚕捉到更高的地方。蚕房里开始结满了蚕茧，一片片，一层层，白花花的，耀眼得很。他们将结好的茧摘下来，小心地放进箩里。宋为诚的脸上露出久违的笑容，那笑灿灿地爬在脸上，爬在额头上，挤着原本僵硬的肉，发出冰河解冻般的声音。李哑巴拉过他，指着最顶上几颗蚕茧，宋为诚喜悦地看到，那上面结着的一堆茧又大又白，鸽子蛋似的，他一辈子还没见过这么大的茧。李哑巴兴高采烈地挪过梯子去摘那茧，眼看就要摘下来，万万没想到的是，随着咣当一声，她尖叫着摔下来。

蚕茧撒了一地，李哑巴的脸色也渐渐成了蚕茧一样雪白。

图书在版编目（CIP）数据

软肋 / 黄跃华著. — 北京：中国民族文化出版社
有限公司，2021.1
ISBN 978-7-5122-1417-0

Ⅰ.①软… Ⅱ.①黄… Ⅲ.①短篇小说—小说集—中
国—当代 Ⅳ.①I247.7

中国版本图书馆CIP数据核字（2020）第257649号

软肋

作　　者：黄跃华

责任编辑：张　宇

出 版 者：中国民族文化出版社　地址：北京东城区和平里北街14号
　　　　　　邮编：100013　联系电话：010-84250639　64211754（传真）

印　　装：三河市金元印装有限公司

开　　本：710mm×1000mm　1/16

印　　张：13

字　　数：200千

版　　次：2021年1月第1版第1次印刷

标准书号：ISBN 978-7-5122-1417-0

定　　价：55.00元